LE TEMPS, LE TEMPS

du même auteur
chez le même éditeur

ALLMEN ET LE DIAMANT ROSE
ALLMEN ET LES LIBELLULES
LE CUISINIER
LE DERNIER DES WEYNFELDT
LE DIABLE DE MILAN
LILA, LILA
UN AMI PARFAIT
LA FACE CACHÉE DE LA LUNE
SMALL WORLD

du même auteur
dans la collection Titres

BUSINESS CLASS

MARTIN SUTER

LE TEMPS, LE TEMPS

Traduit de l'allemand
par Olivier MANNONI

CHRISTIAN BOURGOIS ÉDITEUR ◊

Titre original :
Die Zeit, die Zeit

La traduction de cet ouvrage
a été soutenue par Pro Helvetia

fondation suisse pour la culture
prohelvetia

ISBN 978-2-267-02497-5

Pour Toni

1

Quelque chose n'était pas pareil, mais il ne savait pas quoi.

Debout à la fenêtre, Peter Taler tenait sa bouteille de bière à deux doigts, par le goulot, afin que sa main n'en réchauffe pas le contenu. Comme s'il avait jamais laissé à la bière qu'il prenait à son retour du travail le temps de tiédir.

Une Nissan grise vint se garer sur l'une des quatre places de parking aménagées devant l'immeuble. Entre la Citroën de Taler et la Lancia des nouveaux locataires, dont il ne connaissait pas encore le nom. Keller descendit, ôta sa veste du siège arrière, la passa, attrapa sa sacoche, verrouilla la voiture avec la télécommande de sa clef de contact et marcha vers la boîte aux lettres. Il souleva le volet, s'assura que son épouse avait déjà relevé le courrier, et se dirigea vers la porte de l'immeuble.

Taler but une gorgée. De toutes les boissons qu'il connaissait, la bière frappée était sa préférée. La sensation qu'elle procurait à la bouche, la manière dont elle descendait dans la gorge, les précautions avec lesquelles elle déployait son effet – tout cela était admirable et rien ne le valait. La seule chose qu'il n'appréciait pas, c'était l'odeur. C'est pour cette raison qu'il la buvait à la bouteille. Plus le goulot était étroit, plus l'odeur se faisait discrète.

La dernière des quatre places de stationnement, dont chacune était pourvue d'un écriteau frappé du numéro d'immatriculation de son utilisateur légitime, était encore libre. Elle appartenait à Mme Feldter, dont l'usage du parking était aussi aléatoire que son rythme de travail. Il arrivait que son emplacement reste libre pendant des jours, ou occupé pendant des semaines, parfois sa Cinquecento bleu turquoise y passait toute la journée, mais parfois aussi, très bourgeoisement, toute la nuit. Mme Feldter était hôtesse de l'air. Elle se trouvait pour l'heure quelque part entre ciel et terre, ou bien dans l'une de ses villes de destination. Sa voiture était sans doute garée à l'aéroport, sur le parking du personnel. Tout suivait son cours normal.

Et pourtant quelque chose n'était pas pareil.

En allant vers la cuisine, il termina sa bouteille, la posa dans le sac destiné au verre usagé, en sortit une autre du réfrigérateur et se posta de nouveau à la fenêtre.

Quelque chose n'était pas pareil.

Il connaissait très précisément ce petit morceau du monde. Lorsqu'il se postait tout contre la fenêtre, il avait vue sur quelque cent vingt mètres à sa gauche, jusqu'à un virage qui débouchait sur le chemin Gustav-Rautner. À droite, le regard ne portait qu'à mi-distance environ, jusqu'au point où ce même chemin disparaissait dans une deuxième courbe.

L'autre rive de cette étroite voie goudronnée était jalonnée de pavillons des années cinquante, constamment rénovés et réaménagés, pourvus de petits jardins dont la plupart avaient été transformés en terrasses, des lieux faciles à entretenir où les plaques de béton occupaient plus de surface que le gazon.

De son côté de la rue se dressaient sur deux rangées des blocs d'immeubles à trois étages, de ceux qui avaient été modernes dans les années soixante : les flancs habillés de plaques de béton à gravier, les façades couvertes de crépi beige. Les immeubles étaient légèrement en quinconce afin qu'au moins quelques-uns des appartements de la deuxième rangée puissent jouir d'une vue directe sur le chemin Gustav-Rautner. C'est dans la première rangée, au numéro 40, deuxième étage, qu'habitait Peter Taler.

La majeure partie du temps où il se trouvait chez lui, il le passait comme maintenant, devant cette fenêtre dont le large rebord de bois était encore criblé des taches d'eau laissées par les locataires précédents qui l'avaient utilisé, comme l'avait prévu l'architecte, pour y poser des jardinières.

Peter Taler ferma les yeux et se remémora la vision qu'il avait gravée dans son esprit : juste après le virage de gauche le numéro 33, repeint de frais en blanc cassé, avec une véranda préfabriquée et six capteurs solaires sur le toit à pignon. Les habitants étaient un couple sans enfants, d'âge moyen.

De la maison voisine, au 35, chemin Gustav-Rautner, on ne reconnaissait pratiquement plus l'aspect d'origine. On avait pourvu son grenier de grandes fenêtres. En s'appuyant sur un appentis aux allures d'échafaudage, on lui avait ajouté deux balcons ; près de la moitié du jardin avait été sacrifiée pour accueillir un garage, et l'autre moitié était pleine à craquer : un grill en maçonnerie avec cheminée, une table de granit et ses six chaises en rotin, une balancelle type Hollywood et une piscine hors-sol se disputaient la place. L'été, cette bruyante famille de quatre têtes passait les beaux week-ends et les belles soirées en plein air. Et à partir du mois de novembre, maison et jardin se transformaient en une mer de guirlandes clignotantes.

À côté, le 37, fait pour accueillir des enfants, pourvu d'un toboggan, d'une balançoire et d'un portique avec mur d'escalade. Tout cela à l'abandon et usé par les intempéries, comme les graffitis que les enfants avaient été autorisés à bomber sur la façade lorsqu'ils étaient devenus trop grands pour le terrain de jeu. À présent, ils avaient quitté le nid. Taler ne les avait jamais vus lorsqu'ils logeaient encore là-bas, mais il supposait qu'il s'agissait des deux personnes assez jeunes qui venaient parfois en visite : très rarement, une femme avec un petit chien. Un peu plus fréquemment, un homme conduisant une moto lourde et bruyante.

La maison suivante, le numéro 39, faisait face à l'appartement de Taler. C'était la seule qui se trouvât encore dans son état d'origine : jaune à volets verts, une clôture basse en lattes de bois lasuré brun foncé, une haie variée où les forsythias fleurissaient en mars. Sur le gazon, qui ressemblait plutôt à une prairie, se dressaient deux pommiers et, à côté du petit salon de jardin avec la table de fer badigeonnée de rouge et les chaises pliables, un érable nain japonais. À la limite du jardin voisin s'étalait une petite plate-bande potagère, à l'abri de l'appentis, une serre à tomates en film de plastique vert, déformée par le vent, courbait l'échine. La fenêtre du salon était encadrée par un espalier en bois.

L'habitant de la maison voisine avait remplacé une grande partie du jardin par des dalles de béton, et rempli ce petit coin repas de meubles de jardin et de balancelles. Ici aussi, on trouvait une cuisine d'été avec meubles de jardin et piscine hors-sol, dans laquelle il arrivait au père de faire le fou, avec une exubérance exagérée, en compagnie de ses deux enfants. Il avait racheté à son voisin, celui de la maison suivante, un morceau de jardin sur lequel il avait construit un garage. Taler ne pouvait pas le voir de là où il se trouvait, il n'apercevait que son portail télécommandé lorsqu'il s'ouvrait ou se fermait. Le propriétaire pouvait l'actionner avant même que sa voiture n'apparaisse dans le virage. Il conduisait une camionnette rouge portant le logo de la boutique spécialisée en jeux électroniques dont il était propriétaire ou pour laquelle il travaillait, Taler ne le savait pas précisément.

Toute cette scène idyllique petite-bourgeoise se détachait, comme un décor en carton-pâte, devant quelques grands arbres, le reste d'un petit parc rattaché à une vieille villa d'industriel. Peter ouvrit les yeux et compara l'image extérieure à celle qu'il avait intériorisée. Qu'est-ce qui n'était pas pareil ?

Une Cinquecento bleu turquoise s'installa rapidement, en décrivant une courbe élégante, sur la place libre du parking. Mme Feldter ouvrit presque la portière en marche et resta debout à côté de la voiture quelques secondes après que le moteur se fut tu.

Elle alla à la porte du passager, prit sur le siège sa veste d'uniforme et une valise à roulettes. C'était une grande femme mince, la trentaine finissante, marchant d'un pas habitué à ignorer les fluctuations. Sur le chemin menant à la porte de l'immeuble

– Peter Taler pouvait entendre, à travers la fenêtre isolée, le roulement de la petite valise à roulettes sur le béton à gravier –, elle lança un bref coup d'œil vers la fenêtre du salon, où il se tenait. Taler recula d'un pas malgré lui, bien qu'il eût pu être certain qu'il ne pouvait être vu à travers le rideau de tulle, puisqu'il n'avait pas allumé la lumière.

Il vida la bouteille et jeta un nouveau coup d'œil par la fenêtre.

Quelque chose n'était-il vraiment pas pareil ?

Dans la cuisine, il ouvrit la troisième bouteille de la soirée. Celle qu'il avait l'habitude de boire en faisant la cuisine.

Il hacha des oignons et un peu d'ail, les fit glacer à brun avec de l'huile d'olive dans une petite poêle en fer, ouvrit une boîte de tomates pelées et versa leur jus dans l'évier, les tomates sifflèrent lorsqu'il les fit tomber sur les oignons. Il touilla avec une cuiller en bois, couvrit la poêle et réduisit la chaleur de la plaque en réglant le bouton sur 4.

Puis il ouvrit le robinet d'eau chaude, attendit qu'elle fût brûlante et remplit la grande casserole à spaghettis.

Autrefois, Laura appelait ça « de l'eau de ballon pas fraîche ». Pour lui, c'était « de l'eau chaude écologique ». Cela raccourcissait le temps de chauffage de la plaque électrique, du temps dont l'eau avait besoin, autrement, pour atteindre la température du ballon, soixante degrés. Laura lui avait rétorqué que le ballon devait réchauffer la même quantité d'eau, et qu'au bout du compte cela consommait la même quantité d'énergie. La théorie de l'eau pour les spaghettis resta l'une des nombreuses questions non résolues de leur vie commune.

Peter Taler posa la casserole sur la cuisinière, sala l'eau, ferma le couvercle, revint à sa fenêtre à jardinières et regarda fixement à l'extérieur.

Tout lui parut identique à ce terrible dix-sept mai, un peu plus d'une année auparavant, lorsque Laura s'était mise à appuyer comme une folle sur le bouton de la sonnette, en bas de l'immeuble et qu'il n'avait pas ouvert tout de suite. Cette fois-là aussi, quelque chose n'était pas pareil, et il n'était pas capable de dire quoi.

Dès le premier procès-verbal de police qu'il avait dû signer, on lisait : « Questionné sur le fait de savoir s'il a observé quelque chose ou s'il a remarqué quelque chose dans la rue, le témoin répond par l'affirmative. Il déclare que quelque chose n'était pas pareil, mais qu'il ne peut pas dire quoi. » Taler en était resté à cette déposition. Il ne pouvait pas encore dire de quoi il s'agissait. Mais un jour il trouverait. Alors, il coincerait ce salaud.

Mais il avait beau s'efforcer de reconstituer l'image de cette soirée, le temps l'érodait. Et avec l'image pâlissait aussi le sentiment qu'il était à deux doigts de pouvoir dire ce qui n'avait pas été pareil, qu'il l'avait sur le bout de la langue comme un mot qu'on n'arrive pas à se rappeler. Ne rien changer dans l'appartement n'avait été d'aucune utilité. Sachant que l'odeur, le goût, la musique peuvent raviver des souvenirs, il ne cessait de préparer des *spaghetti al pomodoro* et de faire passer *Back to Black* d'Amy Winehouse. Comme ce soir-là. Mais cela ne l'aidait pas beaucoup non plus.

Un bruit irrégulier pénétra jusque dans sa

conscience. Il se dépêcha de revenir à la cuisine. L'eau des spaghettis débordait et tombait en chuintant sur la plaque de la cuisinière. Il écarta la casserole et éteignit la plaque. Il la rallumerait plus tard pour faire cuire les pâtes. Il lava brièvement sous le robinet une tige de basilic, la mit dans la poêle où il préparait la sauce tomate, la recouvrit et revint dans le salon.

Quelques fenêtres étaient désormais éclairées. Le crépuscule commençait à ternir la verdeur des haies. Le chat tricolore sauta sur la clôture, resta un moment sur un des poteaux et fit un grand bond au-dessus de la plate-bande pour atteindre le gazon.

Le réverbère s'était allumé, sa clarté blanche et froide commença à s'imposer face à la lumière déclinante du jour.

Il se rendit une fois de plus à la cuisine. Il souleva le couvercle de la petite poêle pour libérer l'arôme des tomates et du basilic, et ralluma la plaque électrique destinée à l'eau des spaghettis.

Puis il dressa la table pour deux personnes, déboucha une bouteille d'antinori, remplit deux verres, en prit un et revint à son poste d'observation.

Dans le jardin, de l'autre côté de la rue, le vieil homme qui habitait là-bas se tenait à présent avec son tuyau près de l'un des pommiers, et l'arrosait d'un jet mou. Il gardait la tête baissée, comme si ce travail exigeait toute sa concentration.

Là non plus, il n'y avait rien de spécial : cet homme travaillait souvent dans son jardin. Il tondait, taillait, bêchait, rectifiait, arrosait et plantait. Et, l'automne venu, faisait brûler ses déchets de jardin, en dépit de l'arrêté municipal.

Il s'appelait Knupp et c'était un original. Il n'entretenait aucun contact avec le voisinage. Il ne disait pas bonjour et ne répondait pas aux saluts. Il ne bavardait pas au-dessus de sa clôture, n'avait d'yeux pour personne, il allait même jusqu'à chasser les chats.

Non, ça, ça n'était pas tout à fait vrai. Il s'en prenait à un chat bien précis, le tricolore. Les autres, il les tolérait. Taler l'avait même déjà vu nourrir ceux qui étaient admis. Poser sur le rebord de la fenêtre une petite assiette sur laquelle – à en croire la brièveté de leur repas – ne restaient que quelques rares reliefs du sien.

L'eau recommençait à bouillir. Taler ouvrit l'emballage, versa les spaghettis et les remua à quelques reprises pour qu'ils ne collent pas les uns aux autres. Il régla le minuteur au huitième cran et l'emporta avec lui à la fenêtre.

Knupp avait disparu.

La sonnerie du minuteur le fit sursauter. Il revint à la cuisine, laissa glisser les spaghettis dans la passoire et fit couler beaucoup d'huile d'olive au fond de la casserole vide. Puis il y remit les pâtes, versa dessus une nouvelle dose d'huile d'olive, les fit tourner à quelques reprises avec la pince à spaghettis, en déposa une portion dans l'assiette, y ajouta de la sauce tomate et du parmesan râpé, et s'assit avec le tout à la table du salon.

L'odeur du repas, le goût du vin, la lumière crépusculaire de la chambre, l'assiette vide qui attendait Laura – tout était comme jadis. Et – pour la première fois depuis – le vague sentiment que quelque chose ne collait pas, là, à l'extérieur.

Il se leva et regagna la fenêtre. Jamais encore il n'avait été aussi près de la solution.

Mais il avait beau se concentrer, se plonger intensément dans le tableau qu'offrait cette petite rue de quartier où le soir tombait déjà, l'illumination ne venait pas. Et pourtant, quelque chose lui disait que ce qui n'était pas pareil avait forcément quelque chose à voir avec le pavillon jaune d'en face.

Aucune lumière n'était allumée dans les chambres. Mais le réverbère éclairait la façade.

On fit glisser un rideau sur le côté. Dans le triangle que celui-ci dégagea, on distinguait le visage du vieil homme, encadré par sa chevelure d'un noir artificiel et sa barbe bizarrement taillée. Il était tourné vers l'un des pommiers.

Taler, à sa fenêtre, se tenait aussi immobile que Knupp à la sienne.

Le rideau retomba, le visage avait disparu.

2

Depuis dix jours, le « Bonjour Peter » de Sandra Dovic à la réception avait repris une tonalité tout à fait normale. Pour le premier anniversaire de la mort de Laura, elle semblait avoir décidé de renoncer à glisser dans sa voix une nuance de compassion et de revenir au droit commun dans ses relations avec Taler.

— Bonjour, répondit-il, et il passa devant elle pour rejoindre l'ascenseur.

Ce n'était pas un bon jour. Peter était resté debout jusque bien après minuit. Il n'avait cessé de se poster à sa fenêtre, avait étudié le jardin à peine éclairé par la lumière parcimonieuse du réverbère, de l'autre côté de la rue, et tenté de déterminer ce qu'il y avait de différent là-bas. Il avait vu le vieux Knupp fermer les persiennes de son salon.

Il avait observé, des heures plus tard, les bandes lumineuses qui s'éteignaient et, peu après, la fenêtre qui s'était ouverte au premier étage. On pouvait deviner la silhouette de Knupp.

Lorsque Knupp s'était éclipsé, la bouteille d'antinori était vide. Le verre plein de Laura était encore sur la table, mais il n'y toucha pas.

Il alluma une Marlboro Gold puis la posa dans le

cendrier. Lui-même n'avait jamais fumé. Mais Laura, si. Le parfum de ses Marlboro Gold la rapprochait aussi un peu de lui.

Il ouvrit une nouvelle bouteille, bien qu'il eût su comment cela finirait : il allait pleurer toutes les larmes de son corps et se réveiller à l'aube sur le canapé, les vêtements froissés, la langue sèche, le crâne battant.

Un deuxième poste de travail se trouvait dans son bureau. Il était vide. Son collègue avait quitté l'entreprise peu avant la mort de Laura, et celui qui lui avait succédé avait été logé ailleurs. Taler ignorait si c'était par égard envers lui et sa douleur, ou par peur de ce halo de mort qui l'entourait désormais.

Il y avait des jours où il aurait préféré avoir de la compagnie, mais un matin comme celui-là, il était heureux qu'on le laissât en paix. Il ouvrit la fenêtre d'un geste brusque, suspendit sa veste dans l'armoire, démarra l'ordinateur, alla chercher un double express au distributeur et le but debout, à petites gorgées.

Du jour au lendemain, le timide début de l'été s'était éclipsé pour laisser le temps revenir au stade de la franche fin d'hiver. De la pluie froide tambourinait sur le tuyau en zinc qui assurait l'aération au restaurant du personnel et sur les bennes à ordures de la sinistre cour intérieure.

Sous l'appentis de l'entrée de service, deux collaborateurs de l'entreprise fumaient leur cigarette. Après la mort de Laura, Peter Taler avait joué avec l'idée de se mettre à fumer. Mais qu'elle ait fumé, et lui pas, avait été dans leur relation un fait tellement inamovible qu'il aurait eu l'impression de la trahir s'il s'y était mis maintenant qu'elle n'était plus là.

Il avait déjà suffisamment de mal à ne pas considérer

comme une trahison le fait de continuer – provisoirement – à vivre. L'unique justification recevable était qu'il lui fallait trouver l'assassin de Laura. Ensuite, ce serait fini. Pour lui-même et pour l'autre.

Taler ferma la fenêtre, s'installa devant l'écran et prit la pile de factures déposée dans la corbeille « arrivée ».

Depuis huit ans, il travaillait chez Feldau & Co., une entreprise de taille moyenne implantée de longue date. Son poste relevait du service financier. Mais cet intitulé était plus présentable que la réalité. Il s'occupait, pour l'essentiel, de la comptabilité des créanciers et consacrait beaucoup de temps à la saisie des factures. Quand il n'était pas surchargé par cette besogne, on le collait à la comptabilité des débiteurs. Et dans la période qui précédait les clôtures de comptes, Gerber faisait appel à lui pour des interventions spéciales dans la comptabilité des bilans.

Gerber était son supérieur direct, il avait le titre de fondé de pouvoir et le rôle de deuxième homme du service financier. Une position qu'on avait à l'origine destinée à Taler, mais qu'on n'avait « plus voulu lui infliger » après la mort de Laura, pour reprendre l'expression subtile et sensible qu'avaient utilisée Perlucci, le chef du service financier, et Weingartner, le chef du personnel. Taler resta à sa place et conserva son titre un peu miteux de « chargé de dossier ». Cela lui avait été indifférent.

Peu avant dix heures, Kübler entra dans le bureau, comme toujours sans frapper. Il apportait un nouveau paquet de factures qu'il avait ouvertes en bas, au bureau du courrier, et pourvues du tampon d'arrivée.

Kübler était chargé du courrier, des archives, du

matériel et de la bonne humeur. Il tentait de faire rire Feldau & Co. avec ses sentences et ses traits d'esprit, mais n'y parvenait pas avec Taler. Même du vivant de Laura, celui-ci ne lui avait jamais fait le plaisir de se laisser arracher un rire. Et plus tard, il avait un jour explicitement demandé à Kübler de « lui ficher la paix avec son humour de merde ». Celui-ci avait certes mis ces propos sur le compte du coup du sort qui avait frappé Taler, mais il lui en voulait tout de même. Il apportait et remportait les factures sans commentaire, et n'ouvrait la bouche que lorsque la chose était absolument inévitable.

Mais cette fois, il dit :

— Temps de merde.

Peter détourna le regard de son écran et toisa Kübler. Il était petit, corpulent, blond-roux, il portait une veste de cuir ouverte et un tee-shirt vert frappé du logo de Feldau & Co. Il avait posé les factures dans la corbeille d'entrée et paraissait attendre une réponse.

Taler haussa les épaules. Le climat lui était égal.

Mais Kübler ne baissa pas les bras :

— Hier c'était presque le printemps, et maintenant, ça.

Peter Taler opina.

— C'est vrai, marmonna-t-il, et maintenant, ça.

— Bon, eh bien, dit Kübler, et il sortit.

Quelque chose n'était pas pareil. Ici non plus.

Les quatre places de parking étaient encore vides. La pluie avait rempli la cuvette formée par l'asphalte et la grande flaque le força, comme chaque journée d'averse, à escalader le fauteuil du passager pour sortir par l'autre portière.

Le sac en papier contenant ses courses était trempé. Il dut le porter sous le bras jusqu'à la porte de l'immeuble et se livrer à des contorsions grotesques pour repêcher la clef de la maison dans la poche de son pantalon. Elle lui glissa des mains, et lorsqu'il la ramassa et se redressa, son regard tomba sur la maison de Knupp.

Le vieil homme se tenait immobile entre les deux pommiers. Il portait une pèlerine militaire vert-de-gris et s'appuyait à une bêche. Dès qu'il remarqua que Taler l'avait vu, il se détourna.

Lorsque Peter regarda par la fenêtre, peu après, la bêche était plantée au bord de la plate-bande réservée au potager. Knupp avait disparu.

Il apporta ses courses à la cuisine : bière, tomates, spaghettis, basilic, parmesan, huile d'olive, salade, vin rouge. Il avait l'intention de préparer le même repas que la veille. Peut-être cela l'aiderait-il, aujourd'hui, à déterminer ce qui n'était pas pareil.

Mme Gelphart était passée. L'évier brillait, le torchon était plié et accroché sur le robinet, un sac en plastique neuf équipait la poubelle, les couverts de la veille avaient été lavés et rangés. Et cela sentait le détergent qu'elle utilisait toujours parce qu'elle appréciait son odeur.

Mme Gelphart logeait dans la maison voisine de la deuxième rangée, depuis 1972, l'année où son mari avait pris le poste de gardien du lotissement. C'était Laura qui l'avait embauchée comme femme de ménage, et il l'avait gardée. Comme tout ce qui lui rappelait Laura.

Mme Gelphart venait deux fois par semaine et insistait pour faire en plus un grand nettoyage de printemps pour lequel on devait l'aider à déplacer les meubles lourds. Depuis que Laura n'était plus là, elle maternait Peter. Elle lavait son linge, posait des fleurs dans un vase, lui apportait les restes d'un pot-au-feu dont elle préparait volontairement une trop grande quantité et l'encourageait à recommencer à sortir, malgré tout.

C'est par elle qu'il connaissait les histoires de ses voisins. Qu'il savait par exemple que Knupp avait quatre-vingt-deux ans, qu'il s'agissait d'un enseignant à la retraite, veuf depuis vingt années dont chacune l'avait un peu plus transformé en original.

Taler passa *Back to Black* d'Amy Winehouse, sortit du réfrigérateur sa première bière d'après le travail et s'installa à la fenêtre.

Le sentiment que quelque chose n'était pas pareil ne l'avait pas quitté. Ce n'était pas la bêche au bord du potager. Ni la pluie monotone.

Le dernier jour de Laura, il n'avait pas plu. La journée avait été printanière. Il avait fait la cuisine, bien que c'eût été son tour à elle. Elle avait appelé et annoncé qu'elle serait en retard. Et il avait dit :

— Ça n'est pas grave, dans ce cas c'est moi qui prépare le repas. Spaghettis. OK ?

Elle avait été surprise : il ne se montrait pas aussi conciliant d'habitude.

Il prépara la sauce tomate, mit la table, fit bouillir l'eau et coupa de nouveau la plaque pour que l'eau remonte à ébullition dans la minute qui suivrait l'arrivée de Laura. Puis il se posta à la fenêtre et attendit.

Laura prenait son temps. Elle avait dit qu'elle

comptait être rentrée à la maison à sept heures au plus tard. Peter, debout à la fenêtre, regardait le crépuscule et, déjà, les lampes qui s'allumaient peu à peu. Pendant tout ce temps, il avait forcément remarqué à l'époque ce dont il ne se souvenait plus à présent.

À huit heures moins le quart, il composa son numéro de portable. Elle ne répondit pas.

C'est ensuite qu'il commença à s'inquiéter. À huit heures et quart, il avait déjà laissé trois messages sur sa boîte vocale.

Il venait tout juste de se rendre à la cuisine pour surveiller la sauce tomate lorsque la sonnette retentit. Tiens donc, se dit-il – avec un soulagement qui se teinta aussitôt d'irritation –, on a oublié ses clefs, par-dessus le marché. Et c'est lui, cette fois-ci, qui prit tout son temps. Il allumait la plaque électrique sous la casserole d'eau lorsqu'on sonna de nouveau. Et cette fois avec fureur.

— Oui, oui, moi aussi j'ai attendu ! grommela-t-il avant de se diriger d'un pas tranquille vers l'interphone et d'appuyer sur le bouton d'ouverture de la porte.

La sonnerie avait cessé.

Taler entrouvrit la porte de l'appartement et retourna à la cuisine. C'était là qu'il voulait qu'elle le trouve.

Une fois encore, elle prenait son temps.

Au moment précis où il allait appuyer une deuxième fois sur le bouton de l'interphone, la sonnette retentit de nouveau. Il enfonça le bouton, mais la sonnette repartit.

— Qu'est-ce qu'il y a ? cria-t-il, agacé, dans l'interphone.

— Monsieur Taler ?

C'était la voix affolée de M. Zeier, qui avait déménagé depuis.

— Oui ?

— Descendez. Votre femme, il nous faut une ambulance !

Il ne se souvenait pas d'avoir appelé l'ambulance. Juste d'avoir tenu Laura dans ses bras et prononcé son nom, sans arrêt, « Laura, Laura ». Et le sang, partout.

Peter Taler vida la bouteille, alla chercher la deuxième et regarda fixement par la fenêtre.

Pas un être humain, pas un animal, pas un mouvement. La pluie avait cessé, Amy Winehouse chantait *Love Is a Losing Game.*

Pourquoi, se demanda-t-il, n'ai-je jamais pris de photo ? Ça me permettrait de comparer les tirages. Comme dans le jeu des sept erreurs.

Il passa à la cuisine et se mit à préparer le repas. Lorsqu'il revint à la fenêtre, les réverbères déposaient déjà leurs éclats luisants sur l'asphalte trempé et les voitures garées.

3

La petite caméra digitale de Laura se trouvait là où elle avait toujours été : dans le casier à roulettes rangé sous sa table à dessin. Il datait de l'époque où elle avait fondé Illulaura. C'est ainsi qu'elle avait baptisé la SARL grâce à laquelle elle comptait vivre de son métier d'illustratrice free-lance. Peter était entré dans la société comme associé à part égale, avait pris en charge l'administration et apporté la moitié des vingt mille euros de francs suisses qui constituaient le capital initial. Ceux-ci avaient très vite été engloutis dans l'équipement de bureau, l'électronique, le matériau et les dépenses courantes ; Laura dut bientôt reconnaître qu'ils n'avaient pas la moindre chance face aux graphistes établis qui bourraient les trous de leur carnet de commandes en pratiquant le dumping. L'Illulaura cessa ses activités. Provisoirement, comme Laura ne cessait de le souligner. Il n'était pas question de la liquider, ne serait-ce qu'en raison du nom. Taler s'y était tenu jusqu'à ce jour.

Laura prit un emploi salarié d'illustratrice scientifique. Elle était tout de même autorisée à accomplir chez elle une partie de son travail. C'est la raison pour laquelle elle avait conservé son atelier dans l'une des trois pièces de l'appartement – c'était la pièce Illulaura. Il lui était aussi arrivé d'y dormir lorsqu'ils s'étaient disputés.

Dans cette pièce se trouvait également son ordinateur, relié à un grand écran plat. Après la mort de Laura, la police avait vainement examiné le disque dur à la recherche d'indices qui auraient pu la mettre sur la piste d'un mobile. Depuis, l'appareil était resté à sa place et n'avait guère été utilisé. Taler n'en avait pas à lui, il passait déjà beaucoup trop de temps devant l'écran au bureau.

Taler ôta la batterie de son appareil photo et la plaça dans le chargeur. Une diode rouge s'alluma. D'ici à ce qu'elle passe au vert, il avait tout loisir d'aller faire quelques achats pour le week-end. On était samedi.

La matinée était fraîche. Le ciel était d'un gris clair qui pourrait, au fil de la journée, se transformer en bleu pâle. Il faisait sec, abstraction faite des flaques laissées par la pluie de la veille. Peter Taler traversa la rue et passa sur le trottoir qui longeait les jardins des pavillons.

Knupp, en combinaison grise, ratissait son potager. Il leva brièvement les yeux et Taler lui répondit d'un hochement de tête, tout en sachant que le vieil homme l'ignorerait. Lorsqu'il fut à sa hauteur, il inspira l'odeur des mottes de terre fraîches et humides.

Il marcha pendant une dizaine de minutes à travers le quartier résidentiel encore paisible, jusqu'à ce qu'il arrive devant le « Juanitos ». Un Espagnol de la deuxième génération avait repris quelques années plus tôt cette boutique en décrépitude et en avait fait une supérette florissante, grâce à un assortiment habilement composé. Chez Juanitos, on trouvait tout ce qu'on avait oublié d'acheter en ville ou ce dont on manquait à la maison. Et quand on n'avait pas envie de cuisiner, on pouvait s'y rabattre, du matin au soir, sur des tapas frais, renouvelés chaque jour.

Un lourd cabas dans chaque main, Taler se remit en route vers son domicile.

Dans le potager fraîchement ratissé de Knupp, deux merles fouillaient la terre en quête de vers. Une idée ne lui sortait plus de la tête : s'il avait l'impression que quelque chose n'était pas pareil, c'était lié à ce terrain.

Il posa ses cabas près des boîtes aux lettres et souleva le rabat de la sienne. Rien. Lorsqu'il souleva de nouveau ses sacs, il jeta un coup d'œil vers la maison de Knupp. Il eut tout juste le temps de voir le vieil homme s'éloigner de la fenêtre et reculer dans l'ombre de sa chambre.

La batterie était chargée. Il la glissa dans le boîtier, installa le pied et l'appareil à l'endroit où lui-même se tenait d'ordinaire et prit quelques photos témoins. Pour la prochaine fois où il aurait le sentiment que quelque chose n'était pas pareil.

Puis il s'installa avec son journal dans l'un des fauteuils du salon et tenta de lire.

Dans un quartier voisin, une jeune femme avait été abattue. On l'avait trouvée au sol, dans le jardin, devant la maison de ses parents. Pas de témoins, pas de suspects, pas de mobile.

La dépêche était brève, sans doute parce que le journal avait reçu la nouvelle juste avant le bouclage. Mais ils avaient eu suffisamment de temps pour donner la précision suivante :

« Cette affaire rappelle celle de Laura W., il y a un peu plus d'un an. La jeune femme avait été exécutée devant sa porte alors qu'elle attendait que son mari lui ouvre (elle avait oublié ses clefs). Sur ce cas-là, la police tâtonne encore aujourd'hui. »

Ils ignoraient combien de temps il avait pris avant d'appuyer sur le bouton qui ouvrait la porte. Personne ne le savait, il n'en avait rien dit à la police. Juste qu'elle s'était mise à sonner comme une folle. Mais pas combien de temps.

Il laissa tomber le journal sur le tapis et se leva d'un seul coup pour chasser les images : Laura, son meurtrier dans le dos, appuyant comme une folle sur la sonnette pour sauver sa vie. Lui-même en haut, dans l'appartement, se dirigeant vers la porte avec une insupportable lenteur pour la punir d'être arrivée en retard et d'avoir oublié ses clefs.

Et l'assassin. Qui vise Laura et l'atteint, par-derrière, en plein cœur.

Les balisticiens ne purent même pas établir précisément la provenance du coup de feu. Tout ce qu'ils savaient, c'était que le projectile était un calibre .22LR subsonique. Des munitions que l'on utilise essentiellement pour le tir sportif. Subsonique signifiait que l'arme était équipée d'un silencieux.

Plus le temps passait sans que l'on ait découvert le moindre indice, plus se gravait dans son esprit l'hypothèse que Laura avait effectivement été abattue pour le sport, et rien d'autre.

La seule chose qui laissât penser qu'elle connaissait le tireur, ou du moins qu'elle l'avait forcément vu, était la frénésie avec laquelle elle avait appuyé sur la sonnette. Cela dit, ce n'était pas la première fois non plus qu'elle sonnait comme une folle.

Après sa journée de travail, elle avait pris le temps d'aller au Troca avec Barbara. Barbara était une collègue de travail qu'elle connaissait depuis ses études. Les deux femmes avaient bu du prosecco, une assez grande quantité en une heure et demie : la médecine légale avait relevé un taux d'alcoolémie sanguine d'un degré deux.

À huit heures moins le quart, les deux femmes avaient pris le bus. Barbara était descendue au bout de trois stations, Laura avait continué sa route. Des témoins l'avaient vue seule dans le bus. Elle était assise, souriant dans le vide, pouffant même parfois un petit peu.

Le chauffeur de bus se la rappelait lui aussi. Il raconta qu'elle avait failli manquer son arrêt et avait crié « stop ! » au moment où il s'apprêtait à redémarrer. Il s'était arrêté une deuxième fois, avait ouvert la porte, et elle l'avait chaleureusement remercié. Elle était la seule passagère à être descendue à l'arrêt Kalkstrasse.

Le dernier témoin à avoir vu Laura vivante avait été Mme Kaab, l'habitante du 33, chemin Gustav-Rautner, la maison aux panneaux solaires. Elle était justement en train de vider ses poubelles dans le conteneur, et avait échangé quelques mots avec Laura. Elle lui avait dit en riant : « Normalement, c'est un travail d'homme ! » Et Laura avait répondu : « Nous, nous alternons. Un coup je la sors, l'autre coup il ne la sort pas. »

Un peu plus tard, Laura Wegmann avait été découverte morte devant l'entrée de son immeuble par

M. Zeier. Tous les voisins avaient été interrogés. Personne n'avait rien entendu. Personne n'avait rien vu.

Peter Taler ouvrit le tiroir de la petite commode à côté de la penderie, dans le couloir, et fouilla dans les listes de courses, les enveloppes, les notes, les tickets de bus et les petites cartes de sociétés, qui le remplissaient presque à ras bord. Il lui fallut un moment pour trouver ce qu'il cherchait : une carte de visite portant le sigle de la police et le nom de Giovanni Marti, sergent enquêteur.

Marti était le policier auquel il avait eu le plus souvent affaire à l'époque. Un homme aimable, tranquille, frisant la soixantaine, et que son métier, comme il l'avait avoué un jour à Taler, « avait rendu plus sensible au lieu de l'endurcir ». Il était le seul avec lequel Taler eût gardé le contact. Il lui avait promis de le tenir au courant. Peter pouvait lui aussi l'appeler sans se gêner et à tout moment.

Il composa le numéro de portable griffonné sur la carte.

— J'attendais votre appel, dit Marti. Et puis j'aurais donné de mes nouvelles dès que nous en aurions su plus.

— Vous avez certainement déjà quelque chose à en dire.

— L'affaire présente des similitudes : personne n'a rien entendu, personne n'a rien vu, personne ne peut se figurer un mobile. Mais nous n'en sommes qu'au tout début.

— Et l'arme ?

— Trop tôt pour ça aussi. Mais ça n'est certainement pas la même. Un autre calibre, du trente-deux.

Taler ne répondit rien.

Comme pour l'encourager, le sergent ajouta :

— Mais le trente-deux est aussi utilisé en tir sportif.

— Quel salaud ! s'exclama Taler.

— Je vous l'ai dit : dès que j'en sais plus, je vous fais signe.

Ils raccrochèrent. Taler alla reprendre son poste d'observation à la fenêtre.

La Lancia des nouveaux locataires était garée à sa place. La femme sortit de son siège-coque le nourrisson dont les pleurs perçaient à présent parfois la nuit. L'homme était en train de tirer des cabas du coffre. Ses cheveux roux prenaient naissance si bas sur son front qu'on aurait dit un petit bonnet de bébé qui aurait glissé vers l'avant.

Derrière la famille, de l'autre côté de la rue, Knupp sortit du jardin. Il portait un pantalon de velours côtelé brun et avachi, un pull vert et une veste en tweed chiffonnée. Il avait à la main un cabas élimé qui, jadis, avait été rouge. Taler savait qu'un sac de nylon à motifs était roulé dans le cabas. Knupp l'utilisait le plus souvent comme contenant supplémentaire lorsqu'il revenait des courses.

Le vieil homme passa sur le trottoir et se dirigea vers l'arrêt de bus. Il évitait le Juanitos. C'était peut-être trop cher pour lui, ou bien il ne tenait pas à y rencontrer un voisin qui l'aurait forcé à échanger quelques mots.

Peter suivit des yeux cette silhouette qui traînait la jambe, jusqu'à ce qu'elle se fût éclipsée dans le virage.

Le chemin Gustav-Rautner s'étalait de nouveau devant lui, paisible. Comme la surface lisse d'un lac juste avant qu'on n'y jette une pierre.

Il n'y avait pas beaucoup de lieux où l'assassin

aurait pu se cacher. La haie de Knupp, la benne à ordures en zinc, les voitures garées, les trois buissons de persistants au bord du chemin dallé qui menait des boîtes aux lettres à l'entrée de l'immeuble. Pour la police, l'auteur du crime était motorisé et avait poursuivi ou attendu Laura en voiture.

Un teckel à poils durs traversa la rue et se dirigea vers la clôture du jardin de Knupp. Le chien habitait un appartement dans les immeubles de la deuxième rangée. Peter Taler connaissait même son nom : Joggi.

Le chien renifla la clôture, leva la patte, huma sa propre marque, leva de nouveau la patte et repartit, satisfait.

Et soudain, il fut revenu, le sentiment que quelque chose n'était pas pareil.

Le trépied où était fixé l'appareil de Laura était toujours à la même place. Peter prit quelques photos, ôta la carte mémoire de l'appareil, démarra son ordinateur et glissa la carte dans le lecteur. Le logiciel photo importa les images.

C'est lui-même qui figurait sur la première. Il était au lit, souriant et pas rasé, les genoux occupés par un plateau où étaient disposés des croissants et du jus d'orange, du café, un petit paquet cadeau et une brioche au centre de laquelle on avait enfoncé une bougie allumée.

La photo avait été prise le quatre mai, le jour de son quarante et unième anniversaire. Laura lui avait fait une surprise en lui apportant son petit déjeuner au lit. Dans le petit paquet se trouvait un bloc-notes en moleskine dans lequel il ne serait autorisé, annonçait la dédicace, qu'à écrire des choses réjouissantes. On y trouvait trois notes, la dernière du dix-sept mai, le jour de sa mort. « Isidore l'Anticyclone a amené le printemps. » Il avait trouvé le cadeau un peu idiot, et plus encore la condition qui lui était associée, et n'avait noté ces quelques mots que pour lui faire plaisir.

Il y avait encore d'autres photos de cette matinée d'anniversaire, dont une qu'il avait prise. Laura, vêtue de son seul slip. C'est que le petit déjeuner d'anniversaire était ensuite devenu fort agréable. Ils étaient arrivés tous les deux en retard au travail.

Vinrent ensuite les photos prises depuis la fenêtre. Il y en avait neuf, plus qu'il ne l'aurait cru. Il les cocha et les tira sur l'imprimante laser couleurs de Laura. Encore un appareil issu de l'inventaire de l'Illulaura SARL.

Taler posa les photos les unes à côté des autres sur la table du repas. La première différence qui lui sauta aux yeux : sur le parking, au pied de l'immeuble, se trouvait… la Polo gris métallisé de Rohrbach !

La famille Rohrbach avait déménagé trois mois plus tôt. Il revint à l'écran et vérifia les informations sur l'image. La photo avait été prise le 16 mai de l'année précédente. La veille de la mort de Laura.

Lorsque Laura photographiait, elle le faisait toujours avec une certaine volonté formelle, une *déformation professionnelle*, comme elle l'appelait en français. Or on ne distinguait aucune sorte d'ambition artistique dans ce cliché-là. Il était aussi banal que ceux qu'avait pris Peter. Comme si elle aussi avait juste voulu garder la trace de quelque chose.

Il ne lui fallut pas longtemps pour trouver de quoi il s'agissait. À côté de la terrasse aux meubles de jardin repeints en rouge, là où se trouvait autrefois l'érable nain du Japon, il y avait à présent un trou.

Sur les plaques de pierre, on avait déposé un petit tas de terre de creusement, et à côté, jeune tige aux branches encore vertes, le charmant arbrisseau.

Pourquoi Laura avait-elle voulu fixer la fin de l'érable nain ? Et pourquoi ne lui avait-elle rien dit ?

Les perspectives des photos qu'il avait prises ne correspondaient pas avec celle de Laura. Il déplaça et régla le pied et l'appareil jusqu'à ce que les photos coïncident avec une précision suffisante pour qu'il puisse les imprimer sur papier calque et les superposer sur le caisson lumineux de Laura.

Les conteneurs avaient un peu changé de position, les voitures aussi, les meubles de jardin n'étaient plus les mêmes, certaines fenêtres étaient ouvertes, d'autres fermées, la lumière était différente et sur la photo de Laura, tout contre la marge de droite, on voyait la moitié d'un vélomoteur en train de sortir du cadre.

Et l'érable nain du Japon était de retour.

Taler alluma sa lampe de chevet et s'assit sur son lit. Il ignorait ce qui l'avait subitement arraché au sommeil.

Les aiguilles du réveil indiquaient quelques minutes après quatre heures. Ce n'était pas une bonne heure pour se rendormir.

Il ouvrit le tiroir de la table de chevet et en sortit le pistolet.

Depuis la mort de Laura, c'est toujours au même fantasme qu'il faisait appel pour s'endormir : il se voyait sortir son Sig P 75, l'arme personnelle qu'il avait touchée comme soldat des services sanitaires – on l'appelait ici le Pist 75 –, le pointer sur l'assassin de

Laura et vider le chargeur sans la moindre hésitation. Neuf coups.

Mais cette fois, cela ne marcha pas.

Étaient-ce les tapas de Juanitos qui lui avaient fait office de dîner et qui étaient toujours préparés avec un peu trop d'ail et d'huile ? Ou bien l'enfant dont la fenêtre était située deux étages en dessous de la sienne avait-il pleuré ?

Il but une gorgée à la bouteille d'eau minérale posée à côté de son lit.

Non, ce n'était ni un bruit ni la lourdeur de son repas qui l'avait réveillé. C'était une réflexion. Et elle avait quelque chose à voir avec les photos presque identiques. Mais quoi ?

Peter se leva et passa dans le bureau de Laura. La pièce baignait dans la clarté lugubre du caisson lumineux qu'il avait oublié d'éteindre.

Il frissonna. Deux ans plus tôt, déjà, il s'était réveillé au beau milieu de la nuit, pour constater que l'autre place dans le lit était vide. Laura, comme toujours, était en retard pour l'une de ses rares commandes privées et avait décidé de passer quelques nuits au travail. Il avait voulu aller voir et avait trouvé son bureau tel qu'il était à présent : vide, avec le caisson pour unique source de lumière. Il l'avait éteint et au moment de fermer la porte il avait entendu d'un seul coup sa voix affolée : « Quoi, quoi, quoi ?! » Elle s'était couchée à même le sol et s'était endormie.

Taler alluma la lumière et tenta de ne pas se retourner pour voir si Laura était là. Au cours des premiers mois, il s'était constamment attendu à la voir surgir, et il aurait sans doute perdu la raison s'il ne s'était pas interdit de compter à tout moment sur son apparition.

Il posa les deux photos sur le caisson lumineux et tenta de se concentrer. Mais à part l'érable et les objets déplaçables – meubles, outils de jardin, véhicules, etc., tout était exactement identique.

Sauf les plantes qui, bien entendu, avaient grandi au cours de l'année.

C'est à ce moment-là qu'elle revint, l'idée qui l'avait brutalement tiré du sommeil :

Les plantes avaient poussé, mais pas les pommiers du jardin de Knupp.

Non seulement ils ne s'étaient pas développés, mais ils avaient rajeuni. Ils avaient certes à peu près la même hauteur, mais leurs troncs avaient perdu la moitié de leur épaisseur.

Knupp les avait échangés. Comme l'érable nain. Ce qui n'était pas pareil, c'était ça. Le jour d'épouvante, l'érable nain. Et la veille au soir, les pommiers.

Taler se recoucha et tenta vainement de se rendormir. Il sentait le battement de son cœur et le bouillonnement de ses idées le maintint éveillé.

Dès que la lumière le lui permit, il se leva et rejoignit la fenêtre aux jardinières, son tee-shirt et son boxer pour tout vêtement. Maintenant qu'il savait, il s'étonnait que le rajeunissement des pommiers ne l'eût pas frappé tout de suite.

Knupp était agenouillé dans son potager. Il semblait repiquer des plants, en faisant quelque chose de singulier : chaque fois, il consultait un papier, comme s'il ne pouvait pas accomplir ce travail sans mode d'emploi.

Taler alla chercher la paire de jumelles qu'il avait

achetée pour sa nouvelle vie d'observateur, et qu'il avait posée dans le buffet, à portée de main. Il la pointa sur le jardin potager.

Knupp était si proche de lui, à présent, que Peter Taler pouvait distinguer le tremblement de ses mains. Et c'était bien cela : le vieil homme mesurait les distances entre les végétaux et faisait des corrections. Il déterrait les plants et les repiquait avant de reprendre la mesure des intervalles.

Taler prépara le petit déjeuner et l'apporta à sa table. Il surveillait Knupp par la fenêtre aux fleurs. Celui-ci se tenait à côté du potager, avait déplié un trépied – et prenait des photos.

Taler rejoignit lui aussi son appareil et photographia depuis la perspective de Laura. Lorsqu'il compara sa propre photo à celle qu'elle avait prise, sa supposition se confirma : la plantation du potager était strictement identique à ce qu'elle était un an plus tôt.

Cela ne faisait aucun doute : Knupp n'était pas normal.

4

Le lundi il débaucha plus tôt que d'habitude. Il voulait être de retour chez lui avant que Mme Gelphart eût quitté les lieux

— Je suis content que vous utilisiez de nouveau le bureau, dit-elle. Ça n'est pas sain, d'habiter dans un mausolée.

Les fenêtres de la pièce étaient grandes ouvertes, cela sentait le détergent avec lequel Mme Gelphart lavait toujours le linoléum à grande eau.

Taler ne s'arrêta pas sur sa remarque.

— Je trouve que vous devriez aussi réaménager un peu la pièce. Comme tout l'appartement, d'ailleurs. Vous ne pouvez pas faire un pas sans la rencontrer. Ça ne fait que vous enfoncer encore.

— Je vais y réfléchir.

— C'est ça, réfléchissez. Dans le réfrigérateur, il y a deux parts de tarte aux pommes. Vous aimez bien ça, je suppose.

Peter n'aimait pas la tarte aux pommes. Il répondit tout de même :

— Merci. Vous me gâtez.

Puis il reprit :

— Knupp ne tourne pas rond, je me trompe ?

— Il est devenu un peu bizarre. Pourquoi ?

— Il déterre ses pommiers et en plante de plus jeunes à la place.

Elle haussa les épaules.

— Et il replante ses légumes au même endroit que l'an dernier, au millimètre près.

— C'est bien ce que je dis : ça n'est pas sain de vivre dans un mausolée.

Peter ne voyait pas le rapport.

— Je crois qu'il veut que tout reste comme jadis, il y a vingt ans, quand sa femme était encore en vie. Comme vous.

Taler la toisa avec irritation.

— Mais enfin ça n'a rien à voir.

— Pour Knupp non plus, ça n'a pas commencé comme ça. C'est depuis quelques années seulement qu'il est devenu aussi extrémiste. Alors faites attention.

Taler ne répondit rien.

— Au début, il s'est contenté de tout laisser en l'état. Mais les plantes avaient encore le droit de pousser. Un jour, il y a deux ans, mon mari est rentré à la maison et a dit : « Tu as vu avec quelle sauvagerie Knupp a rabattu ses pommiers ? » Tout de même c'étaient de si beaux arbres, en bonne santé. Avec des pommes comme ça. (Il lui fallut ses deux mains pour montrer la taille des fruits.) Et ce coup-ci, il a remplacé les arbres rabattus par de plus jeunes.

— Y compris l'érable, à la même époque, n'est-ce pas ?

— Oui. Et il n'arrête pas de rajeunir aussi des choses dans la haie.

Lorsque Mme Gelphart fut partie, Taler s'installa à la fenêtre, comme d'habitude, avec sa première bière d'après le travail. Mais cette fois, il ne se concentra plus que sur le jardin de Knupp.

Le vieux avait-il quelque chose à voir avec la mort de Laura ? Ce n'était pas la première fois que cette idée lui venait. Après le crime, Taler avait suspecté tous les voisins. La police les avait tous entendus. Et tous mis hors de cause. Knupp compris. Sans même parler du fait qu'il n'avait lui non plus aucun mobile, ses mauvaises jambes ne lui auraient pas permis de traverser la rue à deux reprises sans être vu. Et avec le tremblement qui lui agitait les mains, il lui était impossible de réussir un tel tir de précision depuis son terrain.

Que Knupp ne fût pas seulement un peu lunatique, mais sérieusement dérangé, était cependant une nouveauté qui faisait apparaître la question sous un autre jour. Un fou n'a pas besoin de mobile. Un fou ne prend pas de précautions.

Comme s'il avait senti que Taler pensait à lui, Knupp sortit de la maison et leva les yeux vers sa fenêtre. Puis il se dirigea vers l'arrosoir zingué qu'il avait posé sous un robinet, contre le mur de la maison. Il était lourd et il eut du mal à le porter jusqu'à son potager. Il arrosa les jeunes pousses avec le grand aspersoir jusqu'à ce que le récipient soit vide, le rapporta et le remplit de nouveau pour la fois suivante.

Puis il rattacha au robinet le tuyau qui pendait sur son support, juste à côté, et le déroula suffisamment pour atteindre les pommiers. Lorsqu'il les eut bien irrigués, il tira une plus grande longueur de tuyau et s'occupa de la haie.

Taler savait désormais pourquoi ces plantes avaient besoin de tellement d'eau.

— Il n'y a rien d'illégal à remplacer des plantes.

Assis à son bureau, Marti regardait avec un peu de désarroi les photos étalées devant lui. Deux autres policiers étaient installés dans le bureau. L'un comme l'autre au téléphone.

— Je dis juste que je sais, à présent, ce qui n'était pas pareil ce soir-là. C'était en rapport avec les plantes.

Le sergent le regardait sans dire un mot. Taler eut pour la première fois l'impression de lui taper un peu sur les nerfs.

— Et les plantes ont un rapport avec Knupp.

Marti ne répondait toujours pas.

— Et Knupp a un rapport avec la mort de Laura, poursuivit Taler, imperturbable.

Marti dodelina du chef.

— Je ne vois pas la logique.

— Pas la logique. Le sentiment.

La voix de Marti exprimait une certaine lassitude :

— Nous l'avons passé au crible.

— Mais à l'époque vous ne saviez pas encore que cet homme est dérangé.

— Ça n'aurait rien changé. Il est atteint de tremblement sénile. Avec ça, on ne touche aucune cible à plus d'un mètre.

Marti avait devant lui un dossier peu épais dont il citait des extraits.

— Et il « souffre de difficultés à la marche liées à une arthrose de la hanche (coxarthrose) ». En clair : il lui est impossible de traverser la rue rapidement dans un sens, puis dans l'autre, pour aller descendre quelqu'un en vitesse.

— Pourquoi n'avez-vous pas perquisitionné sa maison ?

Marti soupira :

— Monsieur Taler, dans ce pays, la police ne mène pas de perquisitions dans les maisons de personnes qui ne sont pas suspectes.

Taler ne céda pas :

— Mais maintenant, vous pourriez le faire.

— Parce qu'il a transplanté ses pommiers ?

— Pas transplantés, remplacés. Il enlève des plantes et les remplace par des plus jeunes.

L'un de ses deux collègues s'était levé de son bureau et se tenait à présent à côté de Marti.

— Tu as une minute ?

Marti se leva.

— Je reviens tout de suite, dit-il à Taler.

L'air du bureau était vicié. L'imposte basculante au-dessus de la fenêtre étroite et haute ne suffisait pas à diffuser assez d'air frais dans la pièce. Et l'eau de toilette qu'utilisait l'un des trois policiers n'arrangeait pas les choses. Le sergent Marti revint seul et reprit sa place.

— Du nouveau dans l'autre affaire. Un témoin a vu un vélomoteur à l'heure du crime. Sur sa béquille, moteur en marche.

Peter marqua un temps d'arrêt. Puis il chercha dans les photos posées sur la table de Marti et en sortit celle que Laura avait prises deux jours avant sa mort.

— Ici.

Il désigna le deux-roues coupé en deux qui sortait du cadre sur la droite.

— C'est peut-être pour ça que Laura a pris cette photo.

Marti attrapa une loupe dans le tiroir du bureau et étudia la photo.

— Je peux la garder ? demanda-t-il en mettant son instrument de côté.

— Pour quoi faire ?

— Nous étudions toutes les pistes.

— Vraiment ?

Taler lança un regard moqueur à Marti et se leva.

— Je vous tiens au courant, dit le sergent en guise d'adieux.

— Vraiment ? répéta Taler, malicieux

Puis il quitta le bureau.

Le commissariat central remontait à une époque où les architectes n'avaient pas besoin de lésiner sur l'espace quand ils construisaient des bâtiments officiels destinés à impressionner la population. Peter Taler parcourut le large corridor où flottait une odeur de cire et de soucis. Des gens attendaient sur des bancs de bois ou étudiaient des affiches qui ne les intéressaient pas. De l'extérieur parvenait le son d'une sirène de police qui s'éloignait lentement.

Taler se retrouva dans la rue. C'était une journée claire et bleue du début de l'été. Beaucoup d'employés passaient leur heure du déjeuner sur les bancs, mâchaient leurs sandwichs ou mangeaient à la cuiller le casse-croûte préparé dans une barquette en plastique.

Il avait laissé sa voiture à la place qui lui était réservée et avait pris le tram. Le douze arrivait au moment précis où il aperçut l'arrêt. Il se mit à courir, traversa sur les bandes blanches, mais au rouge, et manqua de se faire écraser par un 4×4 klaxonnant. Lorsqu'il atteignit le bouton vert qui permettait d'ouvrir les portes, le voyant venait de s'éteindre. Taler frappa du plat de la main contre le tram qui démarrait. Puis il se détourna en jurant et découvrit, juste face à lui, le rictus de l'automobiliste dont les réflexes lui avaient sauvé la vie un instant plus tôt.

Lorsqu'il glissa sa carte dans la pointeuse, avec un quart d'heure de retard, il rencontra Kübler.

— Mieux vaut tard que jamais, fit celui-ci avec un sourire crispé.

Mieux vaut jamais, pensa Taler.

Et à peine était-il dans son bureau que le téléphone sonnait. C'était Gerber, son chef de service.

— Il faut qu'on parle, dit-il.

Il était installé derrière son bureau bien rangé et téléphonait. Lorsque Taler entra, il posa la main sur le micro du combiné et chuchota : « Mais assieds-toi donc. » Ils se tutoyaient, cela remontait à l'époque où Taler avait été pressenti pour le poste de Gerber et où celui-ci avait voulu se mettre bien avec lui.

Taler s'assit sur le siège des visiteurs, posé en biais face à la longueur du bureau, un peu plus loin qu'il ne l'aurait fallu.

Gerber avait au bout du fil le collaborateur d'une entreprise qui louait des machines pour le bâtiment ; il l'appelait « Jeff ». Taler le connaissait d'autrefois. Jeff l'avait parfois invité à des tables coûteuses, supposant à tort qu'il avait de l'influence sur le choix des fournisseurs de Feldau & Co.

Taler eut le sentiment que Gerber faisait volontairement traîner l'entretien. Cela signifiait qu'il avait quelque chose de désagréable à lui dire. Mais s'il s'était agi de son licenciement, Weingartner, le chef du personnel, aurait été présent. Au niveau hiérarchique de Gerber, on ne renvoyait personne sans Weingartner. Taler se détendit, se permit même de jeter à sa montre un coup d'œil qui signifiait : « Je n'ai pas toute la journée. »

Lorsque Gerber eut enfin raccroché, il joignit les mains derrière la nuque, s'adossa à son siège, regarda Taler dans les yeux, les paupières à moitié fermées, et soupira :

— Peterpeterpeter.

— Raté le tram, dit Peter.

Gerber évacua le problème d'un geste de la main.

— Ce n'est pas à cette fois-ci que je pense. C'est à ta performance globale. Nous savons tous les deux de quoi je parle, n'est-ce pas ?

Taler resta muet et attendit.

— Je sais, c'est difficile, reprit son chef de service.

Tu ne sais rien du tout, tu n'en as pas la moindre idée. Et pas seulement là-dessus : tu n'as pas la moindre idée de quoi que ce soit, pensa Taler.

— Mais c'est bien connu, le temps soigne toutes les plaies. Ça remonte à un an. Il faut que tu tournes la page. Que tu regardes vers l'avant.

Taler se taisait. Il aurait volontiers répondu quelque chose, mais il n'en avait pas le droit. Et rien d'autre ne lui venait à l'esprit.

— Je sais, c'est difficile, répéta Gerber. Mais… (il avait haussé la voix) mais si tu continues comme ça, je ne pourrai pas te soutenir plus longtemps.

Ah bon, tu me soutiens ? songea Taler. Sans ton aide, je serais à la rue depuis très longtemps ? Merci, merci.

— Perlucci n'arrête pas de me parler de toi. Weingartner aussi a demandé de tes nouvelles. À plusieurs reprises.

Gerber laissa ses paroles produire leur effet sur son subalterne.

Taler n'était pas très impressionné, mais il lui fallait s'exprimer à présent, il ne pouvait pas se permettre de perdre ce boulot. Pas tant que l'assassin de Laura se promènerait librement. Il n'avait, pour le moment, pas le temps de chercher un nouvel emploi. Ensuite, ça lui était égal. Ensuite, tout lui serait égal.

— Je sais. Je vais essayer.

— De redémarrer ?

Taler acquiesça.

Gerber ramena vers l'avant ses mains, qu'il avait tenues jointes derrière la nuque pendant tout ce temps, se pencha sur son bureau et regarda Peter dans les yeux, avec un doux sérieux.

— Essayer, ça ne suffit pas, Peter. Il faut que ça marche.

Taler hocha la tête, en se donnant l'air aussi coupable que possible.

— Il faut te remettre dans le bain. Feldau & Co. a fait preuve de beaucoup de compréhension à ton égard, tu es forcé de l'admettre. On t'a laissé du temps, on t'a épargné, on t'a pris avec des gants de velours.

Taler le laissa parler.

— Mais nous – nous ! –, nous sommes une entreprise, pas une organisation caritative, surtout par les temps qui courent. Je les comprends, là-haut, quand ils trouvent que la période des égards a suffisamment duré. Même moi, en toute amitié, je ne peux pas dire le contraire.

Peter Taler remercia Gerber pour son aide active et prit congé.

Lorsqu'il fut à la porte, Gerber lança :

— Peter ?

Taler se retourna et vit le sourire encourageant de Gerber.

— La vie continue.

Taler sentit la haine monter en lui.

De retour dans son bureau, il alluma l'ordinateur et s'installa devant la fenêtre ouverte.

Le vent s'était levé et poussait des nuages sombres sur le carré de ciel au-dessus de la cour intérieure.

En dessous, Kübler revenait du bureau de poste avec un chariot à deux roues plein de paquets en provenance du service courrier ; il l'approcha de la fourgonnette et se mit à la charger. Il leva les yeux vers la fenêtre de Taler, lui fit signe et se concentra de nouveau sur les paquets.

Taler s'assit à son bureau et prit la première liasse de factures. Il y apposa le tampon de la comptabilité, entra les données dans l'ordinateur, et ses pensées ne tardèrent pas à l'emporter ailleurs.

On avait vu un vélomoteur. Une mobylette, moteur en marche, à proximité du lieu du crime. Et l'on voyait aussi un vélomoteur sur la photo que Laura avait prise l'avant-veille de sa mort. Qu'avait-elle voulu photographier ? Se sentait-elle poursuivie par un motocycliste ?

Non, dans ce cas elle aurait orienté l'appareil photo vers le deux-roues, et pas vers la maison de Knupp.

Le demi-cyclomoteur en marge de l'image devait être là par hasard.

Mais c'était peut-être une trace. Marti, en tout cas, s'était intéressé à la photo. Plus qu'au comportement étrange de Knupp.

Un claquement l'arracha à ses réflexions. Une bourrasque avait brutalement refermé la fenêtre. Taler bondit, mais avant qu'il ne pût abaisser la poignée, le vent avait déjà balayé les factures sur son bureau et les avait éparpillées dans la pièce. Il s'agenouilla en maugréant et commença à les ramasser. Au moment précis où il se trouvait sous le bureau orphelin de son ancien compagnon de bureau, Kübler arriva avec un panier de nouvelles factures.

— Je ne veux pas déranger, dit-il.

Il les posa à côté de l'ordinateur de Taler et sortit sur la pointe des pieds, avec une exagération de pantomime.

La tempête de printemps avait laissé ses traces dans le jardin de Knupp. Le jeune feuillage des nouveaux pommiers semblait avoir souffert, les quelques fleurs avaient perdu leurs pétales et celles du lilas étaient tellement ébouriffées, si chargées de pluie, que leur poids courbait les branches.

Il continuait à pleuvoir, mais c'était devenu une pluie de printemps paisible. Comme un point d'orgue à l'orage violent dont le lointain roulement de tonnerre paraissait désormais conciliant.

Taler sortit de sa voiture en escaladant le siège du passager et en passant au-dessus des flaques, vida la boîte aux lettres et rejoignit en vitesse la porte de l'immeuble.

Il faisait frais dans l'appartement. Il avait laissé entrouvertes les fenêtres de la chambre et de la cuisine, et l'air de l'orage avait rafraîchi les lieux.

Il ferma la fenêtre, s'assit devant l'ordinateur de Laura et ouvrit la dernière photo qu'elle avait prise du chemin Gustav-Rautner. Il agrandit le vélomoteur sur la marge droite de l'image, en s'arrêtant juste avant le point où l'on commençait à discerner les pixels.

Il était noir, ou bleu marine, et pourvu d'un porte-bagages où l'on avait coincé quelque chose qui ressemblait à un sac de sport. On voyait bien la moitié de la roue arrière, une bonne partie du pot d'échappement et le carter de chaîne. Du conducteur, on distinguait le dos et une partie du casque. Son coupe-vent, d'une couleur indéfinie, semblait ouvert, car le souffle du déplacement le rabattait un peu vers l'arrière. Il avait un casque intégral dont la visière paraissait fermée et sur le fond sombre duquel on distinguait faiblement quelque chose de clair. Un logo ou une image. C'était peut-être jaune.

Le véhicule ayant été photographié sur le côté, Taler ne pouvait pas lire le logo ; mais il vit des lettres sur le carter de chaîne. Il y en avait trois : un petit *c*, un petit *i* et un petit *a*.

c i a ? Qu'est-ce que cela signifiait ?

Les lettres en minuscule, trapues, avaient en haut et en bas de petits empattements, ce que l'on appelle des serifs ; la police était par conséquent une antiqua. Deux expressions que lui avait apprises Laura.

Mais pourquoi ce logo lui rappelait-il vaguement quelque chose ?

Il passa à la cuisine, prépara sa sauce tomate à base d'oignons, d'ail, de tomates pelées, de basilic et d'huile d'olive, attendit que les premières bulles éclatent et que se diffuse le parfum dont il espérait qu'il stimulerait sa mémoire, revint dans le bureau de Laura, déposa une cigarette allumée à son intention dans le cendrier et regarda le fil de fumée bleue monter, gracile, vers le plafond bas.

Certains jours, le cendrier de Laura était plein de cigarettes qui s'étaient consumées sans qu'elle y eût touché. Elles étaient disposées en rayon autour du centre, comme des larves gris clair. Pendant ce temps-là, Laura dessinait, l'esprit ailleurs. Dans de tels instants, son visage était totalement détendu et ses lèvres en mouvement permanent.

Peter avait appris à ne pas la déranger quand elle était dans cet état-là. C'était aussi dangereux que de réveiller une somnambule.

Sur le bureau de Laura, à côté de l'ordinateur, se trouvait toujours la petite pile de courrier qu'il avait ramassée dans la boîte aux lettres. Les dépliants publicitaires en constituaient la majeure partie, en dépit de l'autocollant qu'il avait mis sur sa boîte aux lettres pour qu'on ne lui en dépose plus. Il y avait aussi un décompte de la Sécurité sociale et la facture de chauffage envoyée par le syndic de l'immeuble.

Tout en dessous se trouvait une enveloppe qui ne ressemblait ni à de la publicité ni à une facture. Elle était jaune, demi-format, et portait pour toute adresse les mots « Peter Taler, personnel », tapés à la machine.

Elle contenait un certain nombre de photos en noir et blanc tirées sur papier glacé. Chacune montrait une fraction de la façade du 40, chemin Gustav-Rautner, et au centre la fenêtre fleurie du salon de Taler. Sur chacune d'elles, on reconnaissait les contours d'une silhouette – Peter Taler à son poste.

Les photos avaient été prises de face, au téléobjectif.

Taler marchait dans son salon et regardait par la fenêtre. Tout en haut du pignon de la maison de Knupp se trouvait une petite fenêtre circulaire. Elle se situait juste un peu au-dessus de la hauteur des yeux de Taler. Il alla chercher ses jumelles et les dirigea vers l'œil-de-bœuf. L'orifice était noir et vide. Mais tout d'un coup il distingua un mouvement. Un bref éclair de lumière, comme un reflet sur un objet brillant. Était-ce un objectif ?

Taler garda ses jumelles fixées sur sa cible. Il en était sûr, désormais. La fenêtre était ouverte.

Comme pour le lui confirmer, elle fut déplacée, capta la lumière crépusculaire de cette soirée pluvieuse, la réfléchit brièvement en direction de Taler – et se ferma.

Le verre opalin industriel de la vitre transforma le trou noir en point aveugle.

Taler s'assit devant l'ordinateur de Laura et afficha les photos. Sur l'une des quatre qu'il avait prises, l'œil-de-bœuf était noir et vide. Sur celle de Laura, il était à moitié ouvert.

Comme si Knupp avait voulu le fermer ou l'ouvrir au moment où elle avait pris le cliché.

C'est donc que Knupp le surveillait. Comme Taler surveillait Knupp. Et prenait même des photos à cette occasion.

Pourquoi ? Voulait-il juste montrer à Taler qu'il savait très bien qu'il était sous sa surveillance ? Ou simplement lui démontrer que lui, Knupp, était le surveillant et non le surveillé ?

Le fumet provenant de la cuisine était devenu plus intense. Mais il s'y mêlait une autre note que Taler ne connaissait que trop bien.

Il courut dans la cuisine et ouvrit la fenêtre en grand. De la fumée montait de la petite poêle où cuisait la sauce tomate. Taler enroula un torchon autour de sa main droite, ôta la poêle de la cuisinière, la tint sous le robinet et fit couler l'eau. Un nuage de vapeur monta en sifflant jusqu'au plafond.

Il fit couler de l'eau dans la poêle et y ajouta un peu de liquide vaisselle pour attendrir le fond noir et calciné. Puis il revint dans le salon.

Le système automatique avait mis en marche l'éclairage public. Le jardin de Knupp était plongé dans une pénombre auréolée de mystère. D'une fenêtre au rez-de-chaussée filtrait une faible lumière jaune. Il pleuvait de nouveau. Ou encore ? Taler n'y avait pas prêté attention.

Depuis quand Knupp le surveillait-il ? Était-ce seulement depuis qu'il avait remarqué que Taler le surveillait ? Ou bien depuis plus longtemps ? Le faisait-il déjà du vivant de Laura ? L'œil-de-bœuf à moitié ouvert sur la photo qu'elle avait prise plaidait en faveur de cette hypothèse.

Une fenêtre de mansarde ne s'ouvrait et ne se fermait pas sans raison. Surtout pas quand une arthrose de la hanche transformait en épreuve la montée de l'escalier.

Pourquoi le vieux lui avait-il envoyé ces photos ? Cela pouvait-il signifier autre chose qu'une volonté d'entrer en contact avec lui ? Avait-il quelque chose à lui dire ? À lui avouer ? Avait-il observé quelque chose qu'il dissimulait à la police ?

Taler se confectionna un sandwich au salami, alla chercher une bière dans le réfrigérateur et s'installa sur le canapé sans allumer la lumière.

Lorsqu'il revint de la cuisine, un quart d'heure plus tard, avec sa deuxième bière, il se posta à la fenêtre et regarda fixement l'obscurité trempée par la pluie.

Les phares d'une voiture se rapprochèrent. Lorsqu'ils balayèrent le jardin de Knupp, Taler crut y avoir distingué une silhouette.

Taler se réveilla en nage. L'air de la chambre était étouffant. Un courant d'air froid avait dû pousser le thermostat à déclencher le chauffage central. Le radiateur démodé, si proche de lui qu'il pouvait le toucher depuis son lit, était brûlant.

Il se leva et alla à la fenêtre aux jardinières. La rue était sèche, quelques flaques mises à part. Un plafond de nuages hauts rendait grise et plate la lumière du petit matin.

L'œil-de-bœuf au pignon de Knupp était fermé. De la fumée s'élevait de la cheminée.

Et une fois de plus quelque chose n'était pas pareil.

La fenêtre de la cuisine était restée ouverte. Taler la ferma et alluma la machine à espresso. Il frissonnait dans son pyjama trempé de sueur.

Il alla près du trépied, dans le salon, et prit une photo témoin.

Plus tard, lorsqu'il monta dans sa voiture, il vit Knupp à côté du tas de compost. Il manipulait le broyeur.

Il pointa trois quarts d'heure avant le début officiel du travail, pour compenser son retard de la veille. Mais aussi pour pouvoir comparer tranquillement les photos qu'il avait apportées sur sa clef USB.

Il mit du temps à trouver la petite différence. C'est qu'il l'avait cherchée dans le jardin de Knupp. Or cette fois-ci elle se trouvait dans le jardin voisin, celui qui jouxtait le potager. À cet endroit-là, il y avait eu un buis. À présent, il n'y était plus.

Peter afficha la photo de Laura et vit sa supposition confirmée : le buis était manquant. Cette silhouette que les phares de la voiture avaient brièvement éclairée dans le jardin était-elle celle de Knupp ? Était-il en train de rétablir l'état originel dans le jardin voisin ?

On frappa à la porte, qui s'ouvrit au même instant. Kübler fit irruption avec les factures arrivées au courrier du matin. Sans que Taler eût pu faire disparaître la photo de l'écran, il posa la liasse sur le bureau et regarda le moniteur sans la moindre gêne.

— Pour la soirée diapo ?

Taler ne trouva pas de réponse avant que Kübler, souriant, quitte la pièce en lançant joyeusement : « Une bien belle journée ! », le sourire aux lèvres.

Peter se consacra de nouveau aux deux photos. Cela ne faisait aucun doute, le buis avait été planté l'année d'après la mort de Laura. Il était encore petit et même Krupp, malgré son léger handicap, n'avait pas dû avoir de mal à le déterrer. Il comprenait à présent ce que celui-ci passait au broyeur si tôt dans la matinée.

Il se mit à tamponner les nouvelles factures. Autrefois, cette activité lui avait paru humiliante. Il était tout de même titulaire du diplôme supérieur de finance et de comptabilité. Dans d'autres entreprises, la comptabilité recevait les justificatifs déjà tamponnés et n'avait plus qu'à renseigner les rubriques. Et en règle générale, cette tâche-là était confiée à un comptable en second. Un comptable titulaire du diplôme spécialisé était seulement chargé de viser les comptes, pour autant qu'il s'en occupait.

Mais Feldau & Co. avait pris la dernière crise du bâtiment comme prétexte pour démanteler le service financier. Cela avait entre autres forcé des employés hautement qualifiés à assumer certaines basses besognes.

Depuis la catastrophe, cela lui était égal. Il n'avait plus d'ambition professionnelle. Il n'en avait jamais eu beaucoup auparavant, en tout cas pas dans cette branche où seule une volonté contestatrice l'avait poussé à s'engager. De l'ambition, il en avait eu dans son vrai métier. Mais sans succès, malheureusement.

Peter Taler aurait aimé devenir comédien. C'était déjà son rêve lorsqu'il était petit garçon. Mais ses parents, tous deux universitaires, n'avaient pas montré beaucoup de compréhension pour ce vœu professionnel qu'ils avaient accueilli avec ironie. C'est pour les punir qu'il avait tout fait pour ne pas entrer au lycée classique et avait suivi, après le collège, un apprentissage commercial, puis une formation professionnelle complémentaire de comptable. Comptable ! Le contraire de ce qu'il voulait être.

Dès qu'il fut majeur, il présenta sa candidature dans plusieurs écoles de comédiens et fut refusé par toutes. Il finit par prendre des cours particuliers chez Brigitte von Feldbach, une vieille comédienne qui surnageait en donnant des leçons de diction à des managers, des politiciens et des élèves comédiens refusés par les écoles.

On l'invitait souvent à des castings, car il présentait une certaine ressemblance avec Henry Fonda, dont il tenta aussi d'imiter la démarche dégingandée. Mais cela n'était jamais allé au-delà de quelques rôles de figurant dans des théâtres de province, des productions télévisées et des spots publicitaires. Pourtant, même lorsque Brigitte von Feldbach, sous le coup d'une rechute d'alcoolisme, lui avait affirmé qu'il n'avait « absolument pas l'ombre d'un putain de talent », il avait continué. C'est seulement lorsqu'il était tombé amoureux de Laura et que celle-ci lui avait avoué préférer un bon comptable à un mauvais comédien qu'il avait abandonné son rêve. Il continua à soigner sa ressemblance avec Henry Fonda, mais se concentra pour le reste sur ce métier qu'il avait choisi par contestation. Il y prit même un petit peu de plaisir et était à deux doigts de franchir la première grande étape de sa carrière lorsque le monde s'effondra.

Taler avait à présent tamponné toutes les factures et commença à les entrer dans la comptabilité. Elles l'emportèrent bientôt auprès de son voisin Knupp, et il se demanda comment il devait réagir à l'envoi des photos.

5

Il n'y avait pas moyen d'abaisser la poignée. Peter Taler dut passer la main par-dessus le portillon du jardin et l'ouvrir de l'intérieur. Il savait que le vieux le surveillait, mais il ne regarda pas les fenêtres : il se dirigea droit vers la porte de la maison.

« A. et M. Knupp-Widler », lisait-on sur l'écriteau, en dessous de la sonnette. Il appuya sur le bouton et le bruit strident le fit sursauter.

Il ne se passa rien.

Un petit cœur en osier pendait dans le cadre du fenestron ambré encastré à hauteur d'yeux dans la porte de la maison. Un signe de bienvenue surprenant pour les visiteurs de cet homme grognon et hostile.

Taler sonna de nouveau. Rien.

À côté de la porte était installé un décrottoir. Quelqu'un s'en était servi pour enlever les mottes de terre de ses semelles.

Il allait sonner pour la troisième fois lorsque la porte s'ouvrit. Knupp se tenait face à lui.

Taler l'avait déjà souvent regardé à travers ses jumelles, mais il ne l'avait encore jamais approché de si près. Il paraissait beaucoup plus jeune que sa posture et sa démarche boiteuse ne le laissaient supposer à distance.

Son visage était d'une singulière immobilité, et sa peau inhabituellement lisse pour un homme de quatre-vingt-deux ans. Ses cheveux étaient d'un noir profond, il portait manifestement un postiche. Le plus remarquable était sa barbe. Elle soulignait d'une ligne fine la mâchoire étonnamment anguleuse et allait de pair avec une fine moustache. Elle était teinte en noir et entourée de germes de poils blancs.

Cette présentation, qui faisait un peu opérette, ne cadrait pas avec le reste de l'aspect de cet homme.

Sous les sourcils, teints comme le reste, les yeux regardaient Taler derrière deux paupières légèrement resserrées.

Knupp n'avait pas encore dit un mot. Il fit un pas de côté pour le laisser passer.

Taler désigna les photos qu'il tenait à la main. Knupp hocha la tête et lui fit signe d'entrer.

Le couloir était couvert d'une moquette vert olive élimée. Une veste en tweed usée, celle que Knupp portait le plus souvent, était accrochée à un portemanteau en fer forgé, à côté d'un manteau de dame couleur lilas. Dans le porte-parapluies, en fer forgé lui aussi et assorti au portemanteau, se trouvaient un parapluie d'homme et un autre de femme. À côté, au mur, était fixé un miroir, et face à celui-ci un poster encadré du Kilimandjaro.

Il flottait une bonne odeur de café.

Knupp passa dans le salon et désigna une chaise

devant la table. Taler s'assit et Knupp s'installa devant lui.

Un chemin de table courait sur toute la longueur du plateau reluisant. Knupp avait posé ses deux mains l'une sur l'autre, comme s'il voulait empêcher avec la première le tremblement de la seconde.

Taler posa les photos sur la table et les déploya en éventail comme des cartes à jouer.

— Pourquoi me surveillez-vous ?

— Parce que vous me surveillez. Et vous ?

— Pour la même raison.

Knupp le démentit d'un mouvement de la tête.

— Vous m'observez parce que vous croyez que j'ai un rapport avec la mort de votre femme.

— C'est le cas ?

Knupp refit le même geste.

— Mais vous savez quelque chose à ce propos.

Taler donna à sa phrase le ton d'une affirmation. Il sortit de sa poche la dernière photo de Laura, la déplia et la tendit à Knupp.

— Vous savez quelque chose sur ce vélomoteur ?

Knupp se pencha sur l'emplacement que lui désignait Taler.

— Non, murmura-t-il.

— Lorsqu'elle a pris la photo, vous étiez à cette fenêtre.

Il montra l'œil-de-bœuf entrouvert.

Le vieil homme ne s'y arrêta pas. Il se leva.

— J'ai fait du café. Oh, non, à cette heure-ci vous préférez de la bière.

Pendant qu'il était dans l'autre pièce, Peter regarda les photos de plus près. Effectivement, sur l'une d'entre elles, la silhouette à la fenêtre donnait l'impression de boire au goulot d'une bouteille.

Un buffet occupait le mur près de la table. Il était recouvert de la même plaque polie à en reluire que la table. Et lui aussi était décoré d'un chemin de table en dentelle. Au-dessus se trouvait une coupe de fruits contenant quelques pommes et bananes, flanquée de deux chandeliers dont les bougies n'avaient jamais servi. Derrière, contre le mur, des deux côtés d'une pendule au tic-tac paisible, quelques clichés, la plupart en noir et blanc et pris avec une certaine ambition photographique. À deux exceptions près, elles montraient la même femme à différents moments de sa vie. Elle avait un large visage aux yeux clairs et largement écartés. Sur les premières photos, elle avait peut-être vingt-cinq ans, sur la dernière la cinquantaine. Sur toutes, elle riait ou souriait.

Une femme joyeuse et aimable qui n'était guère assortie à ce monsieur grognon.

Sur deux photos, elle se trouvait avec lui. L'une, très formelle, tailleur et costume, bouquet à la main et fleur à la boutonnière, peut-être la photo des fiançailles. Sur l'autre, le même couple se tenait devant une Land Rover peinte en motifs zébrés. Knupp portait déjà sa barbe étrange.

— Beaucoup trop tôt. Comme la vôtre.

Knupp était arrivé au seuil de la porte et avait vu ce qu'observait Taler. Il portait un plateau avec une tasse de café dont le contenu avait débordé entre la cuisine et le salon. Une bouteille de bière encore fermée était couchée à côté.

— De quoi parlez-vous ? demanda Taler.

Knupp posa le plateau sur la table, ouvrit la bière et s'assit.

— De quelque chose d'évitable.

Il ne donnait pas l'impression de vouloir s'étendre sur le sujet.

Taler prit la bière. Haflingerbräu, sa marque. Un hasard, voulut-il espérer.

Il porta la bouteille à ses lèvres et but une gorgée. Knupp souffla dans son café et dévisagea son invité comme s'il attendait quelque chose. Il était assis dos à la fenêtre, et le crépuscule donnait quelque chose d'indistinct aux traits de son visage.

Peter Taler laissa son regard glisser sur Knupp et se perdre dans le jardin aux pommiers. Au-dessus de la haie, de l'autre côté de la rue, on voyait l'immeuble de trois étages où il logeait. À la fenêtre fleurie du troisième étage, la lumière s'alluma. Mme Feldter, l'hôtesse de l'air, était chez elle.

Taler brisa enfin le silence.

— Que disent vos voisins du fait que vous chapardiez leurs plantes pendant la nuit ?

Knupp ne répondit pas, mais Taler put deviner l'ombre d'un sourire.

— Pourquoi avez-vous fait ça ?

Là encore, le vieil homme resta muet.

— Parce qu'il est nouveau, n'est-ce pas ? Parce qu'il n'existait pas du vivant de votre femme.

La silhouette de la tête de Knupp monta et descendit.

Après une pause, Taler reprit :

— Ça ne la ramènera pas à la vie.

Knupp se leva, ferma les rideaux et alluma un lampadaire. Son cône lumineux éclaira un fauteuil où se trouvait un journal. Le peu de clarté qui traversait le tissu de son abat-jour brodé atteignit à peine le reste de la pièce.

Il prit le journal sur le fauteuil et le posa sur la table devant Peter Taler.

Sur la couverture, on trouvait une photo de Roy Black, avec un bandeau annonçant une nécrologie du chanteur à la page 12. On l'avait trouvé mort deux jours plus tôt dans sa cabane de pêcheur. Le journal portait la date du 11 octobre 1991.

Knupp saisit la tasse à café et la bouteille de bière vide de Taler, sortit de la pièce en boitillant et revint peu après avec deux nouvelles bouteilles. Il les posa sur la table et s'assit de nouveau.

Taler étudia la couverture. Il ne remarqua rien de spécial. Lorsqu'il voulut aller à la page 12, Knupp l'arrêta :

— Non, ne l'ouvrez pas. Ne l'ouvrez en aucun cas. Le journal doit rester intact. Ç'a été suffisamment difficile d'en trouver un qui n'ait pas été lu.

Knupp le reposa exactement à la même place et le lissa soigneusement. Puis il reprit place à la table, leva fugitivement sa bouteille en direction de Taler et but une gorgée en soutenant la main gauche avec la droite pour l'empêcher de trembler.

— Vous comprenez le temps ?

— Le temps ?

— Vous le comprenez ?

— Il passe. Je n'en sais pas plus.

— Première erreur. Il ne passe pas.

J'avais raison, se dit Taler, cet homme est fou.

— Mais vous n'êtes pas le seul à ne pas le savoir.

Moi-même, je l'ai compris il y a seulement quelques années.

— Et qu'est-ce que vous avez compris, au juste ?

Knupp avala une gorgée.

— Le temps ne passe pas, mais tout le reste passe. La nature. La matière. L'humanité. Mais pas le temps. Le temps n'existe pas. »

Il exposa sa théorie bizarre avec calme et patience, comme un vieil instituteur qui ressasse un sujet rebattu à une nouvelle classe.

— Ce mouvement constant d'évolution et de mort n'a qu'un seul but : faire croire que le temps s'écoule.

Knupp attendit que son élève lui fît le plaisir de hocher la tête. Puis il reprit.

— Les pommiers. Prenez les pommiers. Vous savez desquels je parle.

Peter acquiesça.

— Parce qu'ils poussent, parce qu'ils sont plus grands cette année que l'année précédente, nous croyons que le temps est passé. En fait, ce sont juste les pommiers qui ont poussé. S'ils arrêtaient de pousser, ce qu'on appelle le temps s'immobiliserait aussi. Aussi simple que cela.

Il finit de boire sa bière.

— La transformation crée l'illusion du temps. La répétition est sa mort. Un jour où tout serait identique à la veille serait la preuve qu'en réalité c'est le temps qui ne se manifeste pas. Et encore plus si c'est un jour identique à un autre, remontant à des années.

Il attendit un moment, jusqu'à ce qu'il ait l'impression que Taler l'avait suivi. Puis il reprit :

— Il n'existe qu'un seul indice du fait que le temps passe : la modification. Le temps est comme une maladie. On ne le reconnaît qu'à ses symptômes. Quand ils sont partis, la maladie n'est plus là non plus.

Knupp emporta les deux bouteilles de bière vides à la cuisine et revint avec deux pleines. Il les posa sur la table, bien au centre des dessous-de-bouteille, et s'assit.

— Si quelqu'un nous avait photographiés il y a un quart d'heure, quand les bouteilles étaient encore pleines, et avait recommencé maintenant qu'elles le sont de nouveau, et s'il comparait les photos, il croirait que quelques secondes seulement se sont écoulées. Si nous faisions l'effort de nous asseoir exactement de la même manière que sur la première photo, le temps ne se serait pas écoulé du tout. Nous pourrions ainsi revenir à l'instant que nous avons vécu il y a un quart d'heure.

Il prit sa bière sur la table.

— Nous pouvons aussi, de la même manière, nous transporter en arrière sur plusieurs jours, plusieurs mois, plusieurs années.

Knupp but une gorgée, reposa la bouteille et ajouta :

— C'est à cela que je travaille.

Taler prit une gorgée à son tour, par perplexité et pour remettre le temps en marche.

— Vous travaillez pour ainsi dire à l'abolition du temps ?

Knupp dodelina du chef.

— Pas à son abolition. J'essaie de le prendre par la ruse.

Taler lui lança un regard incrédule.

— Vous savez ce que disent les bouddhistes ? Les bouddhistes disent qu'ils ne considèrent pas le temps comme quelque chose qui s'écoule en permanence, mais comme la succession d'une foule de moments séparés. Il me semble que cela se rapproche déjà un peu de la question. Comme une pellicule de cinéma. Une série de photos fixes. Comme je vous l'ai dit, le mouvement naît simplement du fait que ces images fixes changent en permanence. Sans ces modifications, l'idée du temps n'existerait pas.

Knupp souleva la bouteille de bière de sa main tremblante. Il but une gorgée et reprit :

— Si vous juxtaposez deux instantanés de ce type et qu'ils coïncident absolument, alors vous avez berné le temps. Vous l'avez pris par surprise, vous êtes bien forcé de l'admettre.

Taler ne savait pas pourquoi il se laissait entraîner dans cette discussion. Cela tenait peut-être au fait qu'il maniait des chiffres à longueur de journée.

— Une caméra enregistre vingt-quatre images par seconde. Il devrait être simple d'en produire deux identiques. Pendant un vingt-quatrième de seconde, le temps peut s'immobiliser.

— Secondes, minutes, heures... Autant d'inventions destinées à nous faire croire que le temps est une entité mesurable, et donc existante. Je vous le dis, peu importe le laps de temps entre les deux prises de vue identiques. Si vous y parvenez, le temps est mis hors circuit.

Knupp continuait à parler avec le calme et la sûreté de celui qui sait.

— Si vous arrivez à reconstituer exactement l'instantané d'une journée, n'importe laquelle, alors vous avez aboli le temps pour cet instant-là, et c'est en lui que vous vous trouvez.

— Et les facteurs sur lesquels on n'a aucune prise ? La météo, par exemple.

— Un peu de chance météorologique est nécessaire de temps en temps, dans la vie, admit Knupp.

Taler n'était pas certain que le vieil homme, tout de même, ne le menait pas en bateau. Mais celui-ci reprit avec le plus grand sérieux :

— J'ai bien entendu tourné et retourné mille fois toutes les objections dans mon esprit. Y compris le fait que, même si l'on parvenait à cloner une journée passée, cette perception serait subjective.

— Et alors ? Qu'est-ce que vous répondez à cela ?

— Les perceptions sont toujours subjectives.

Taler agita la tête, incrédule. Il désigna sa montre-bracelet.

— Ici, je lis huit heures seize. Et vous ?

Il lui mit le poignet gauche sous le nez.

Knupp haussa les épaules, indifférent.

— Vous pouvez aussi la régler sur onze heures seize.

— Et si c'était un cadran solaire ?

La question de Taler paraissait mi-irritée, mi-amusée.

— Vous voyez, nous sommes revenus à la modification. Le soleil change de niveau, nous mesurons ces différences et nous croyons que c'est le temps qui se modifie.

Les bouteilles de bière étaient de nouveau vides, et Knupp les rapporta à la cuisine.

Peter Taler était agacé de s'être laissé entraîner dans cette discussion avec un homme qui souffrait visiblement de troubles mentaux. Mais peut-être se rapprocher de Knupp lui permettrait-il tout de même de répondre aux questions sur la mort énigmatique de Laura.

Lorsque son hôte revint avec deux bouteilles fraîches, Taler reprit le fil de la conversation :

— Et concrètement, comment ça se passe ? Pour tout remettre, dans le monde entier, tel que c'était le jour J ?

Knupp s'était concentré pour ouvrir la capsule de l'une des bouteilles avec ses mains difficilement contrôlables. Il leva les yeux, étonné.

— Je ne parle pas du monde entier. Je parle d'ici, au 39, chemin Gustav-Rautner.

Il se consacra de nouveau au décapsuleur et répéta, en dodelinant de la tête :

— Dans le monde entier !

— Et comment faites-vous pour la saison ?

Knupp avait enlevé la capsule de la première bouteille.

— J'attends. Chaque jour se répète au bout d'un an.

— Tiens donc, un an. Vous utilisez tout de même des notions temporelles.

— Pour que vous compreniez. (Il tendit la main gauche, la paume vers le haut.) Nous avons ici le jour J. Tout est préparé minutieusement, si ce n'est que la date n'est pas la bonne.

Peter Taler observa la main. Il eut l'impression qu'elle tremblait un peu moins.

— Mais ici, la date approche. Regardez.

La main droite de Knupp, paume vers le bas, rejoignit la gauche avec un petit saut.

— Elle s'approche, elle s'approche, et – *boum !* (les deux vieilles mains se joignirent) – elle fusionne, pour un instant, avec le jour J.

Knupp lança à son invité un regard de défi.

— Aucune journée n'est identique à aucune autre. La position des planètes change constamment.

Peter Taler pensait avoir porté le coup de grâce à cette théorie absurde. Mais Knupp le para avec un sourire.

— Il n'y a pas de planètes au 39, chemin Gustav-Rautner.

Il détacha les mains et prit la deuxième bouteille.

Taler regarda en silence Knupp l'ouvrir en tremblotant.

— Et ça ? demanda-t-il, impitoyable, en désignant du menton la main flageolante.

— Pour ça, il y a les poches des pantalons, répondit le vieil homme, buté.

Mais Taler n'abandonna pas.

— Et contre ça ?

Il passa les deux mains sur son visage. Knupp comprit aussitôt. Il sortit et revint avec une photo de lui.

— Tenez. Mille neuf cent quatre-vingt-onze.

Taler observa le cliché. L'homme que l'on y voyait ne paraissait effectivement pas beaucoup plus vieux que celui qui lui faisait face. Knupp pointa du doigt son visage :

— Lifting facial supérieur, dit-il avant de montrer ses joues et son cou : Lifting facial inférieur, et pour finir les yeux : Lifting des paupières. Vous comprenez ? Plus du botox. J'ai investi une dizaine de milliers de francs.

Il tendit une bouteille à Taler et trinqua avec lui :

— Au jour J.

— Et c'est quand, le jour J ? demanda Taler.

— Le onze octobre mille neuf cent quatre-vingt-onze.

— Pourquoi justement celui-là ?

— C'est le jour dont je détiens le plus de photos. Venez.

Knupp l'emmena dans la pièce voisine. Un bureau lourd, avec un siège rotatif à l'assise molletonnée d'une épaisse couche de feutre gris, constituait l'essentiel du mobilier de la pièce. Au-dessus, un tableau de liège couvert de notes et de photos épinglées. Le dessus du bureau débordait lui aussi de morceaux de papier et de documents. Ils étaient classés selon un système incompréhensible, chaque pile étant couronnée de pierres peintes et laquées en guise de presse-papiers.

— Cadeaux d'élèves, commenta Knupp avec un sourire oblique.

Là aussi, on voyait aux murs des photos d'art en noir et blanc et des portraits encadrés de l'épouse défunte de Knupp aux différentes époques de sa vie. Mais y étaient aussi accrochés des prix obtenus dans des concours de tir et des fêtes de tireurs. Une étagère en bois qui allait du sol au plafond accueillait exclusivement les trophées que l'on ne pouvait fixer sur le mur : gobelets, statuettes, coupes, sculptures sur bois.

— Juste le principal, commenta Knupp, le reste se trouve au grenier.

Knupp rejoignit la vitrine qui se trouvait à côté de la fenêtre, dont les vitres étaient tendues, de l'intérieur, d'un tissu rouge bordeaux foncé. Il ouvrit une porte, en sortit deux classeurs et les porta jusqu'au bureau.

— Le onze octobre mille neuf cent quatre-vingt-onze, j'ai fait des essais avec un Leica qu'une relation m'avait proposé d'acheter. J'ai consommé six pellicules. Plus de deux cents photos en une seule journée.

Les classeurs contenaient une collection de photos en noir et blanc, chacune collée et numérotée sur un carton demi-format perforé. C'étaient des natures mortes prises depuis la maison et le jardin – un ouvrage en dentelle posé sur un fauteuil, un journal à côté d'une tasse à café vide, un plantoir à côté d'oignons de fleurs. Il y avait des vues d'ensemble, des détails de chambres, de tapis, de rideaux. Peter reconnut le salon dans lequel ils se trouvaient à présent, l'entrée, le jardin. Et il vit d'autres pièces à l'intérieur de la maison.

Dans le deuxième classeur se trouvaient des photos de l'épouse de Knupp. Des portraits sous des éclairages variables et des instantanés sur lesquels elle affichait un sourire pétulant, faisait un signe de refus ou dissimulait son visage.

— Près de cinquante ans. Elle ne les fait pas.

La voix de Knupp avait changé. Taler le dévisagea et constata qu'il souriait.

— C'était une belle journée, dit-il, songeur.

— Et c'est celle que vous aimeriez récupérer.

— Celle-là et toutes les nouvelles journées qui la suivront.

Ils revinrent dans le salon, mais Taler vida sa bouteille debout.

— Prévenez-moi quand vous y serez parvenu.

Cette fois, Knupp se leva lui aussi.

— Vous le saurez.

6

Cette nuit-là Peter Taler resta longtemps éveillé. Il n'avait pu s'arracher à l'étrange atmosphère qui régnait dans la maison de Knupp, elle s'était répandue dans son propre logement. Où qu'il regardât, il voyait les signes de la présence de Laura. Sa collection de parapluies bizarres à côté du vestiaire, la pile de foulards en cachemire soigneusement pliés au même format sur le porte-chapeaux, les Post-it pleins de numéros de téléphone et de pense-bêtes sur le miroir du portemanteau, ses produits de beauté sur la table de maquillage dans la chambre à coucher, ses robes dans sa partie de l'armoire, son oreiller en balles de millet de son côté du lit. Tout son bureau, où rien n'avait bougé. Toute sa présence, entière, intacte.

Jusque-là, il avait considéré ces signes comme une tentative d'ôter son caractère définitif à l'absence de Laura. Comme sa manière à lui de ne pas vouloir regarder les choses en face. Mais après la soirée passée chez son voisin, il regardait ces traces d'un autre œil. Faisait-il la même chose que le vieux Knupp ? Tentait-il lui aussi d'abolir la modification ? Et avec elle, le temps ?

Après les quatre bières avalées à jeun – il en avait

pris une chez lui avant de quitter son appartement pour se donner le courage de faire cette visite –, il était rentré chez lui un peu éméché. Une ivresse désagréablement hébétée – comme chaque fois qu'il laissait passer le moment où il fallait abandonner la bière pour le vin rouge. Il s'était autorisé une dernière cannette et avait vainement tenté de chasser l'atmosphère irréelle qu'il avait ramenée avec lui de la maison de Knupp.

Puis il s'était mis au lit et s'était aussitôt endormi. Lorsqu'il s'était éveillé, effrayé, croyant avoir laissé passer l'heure, il était un peu plus de deux heures.

Depuis, il était allongé dans son lit, incapable de se rendormir. Knupp était au centre de toutes ses pensées. Si l'on exceptait sa manie de faire des blagues au temps, il ne paraissait pas plus fou, ni dans ses mots ni dans son attitude, que la plupart des gens que connaissait Taler. Que le vieil homme pût avoir un lien quelconque avec la mort de Laura lui paraissait aussi extrêmement improbable après cette rencontre.

Ensuite, lorsqu'il parvint tout de même à se rendormir, il fut emporté dans un tourbillon de rêves furieux. Knupp y apparaissait tout le temps. Knupp en jeune homme, Knupp en grand invalide, Knupp en photographe, Knupp en jardinier. Sa femme était là à son tour, la femme toujours joyeuse de Knupp.

Une fois il s'éveilla brusquement de son sommeil parce qu'il était nu dans son lit avec elle. Elle lui avait posé en souriant la main entre les jambes, et son mari prenait des photos.

Il se leva et passa à la salle de bains. Le visage qu'il découvrit dans le miroir était celui d'un inconnu. La moitié gauche de son visage était froissée, l'œil à demi fermé comme s'il s'était figé à son réveil.

Taler fit quelques grimaces pour assouplir les traits de son visage et retourna se coucher.

Des rêves le hantèrent de nouveau. Laura dans le salon de Knupp, un ouvrage de broderie sur les genoux. Il bondit dans sa direction, la prit dans ses bras et l'embrassa. Elle l'embrassa elle aussi, et lorsqu'ils reprirent leur souffle, tous les deux, elle se mit à rire, et… c'était la femme de Knupp.

Taler s'éveilla en criant. Cinq heures venaient de sonner. Il but à sa bouteille d'eau minérale et se força à respirer profondément et régulièrement.

Laura sonnait. Il savait à présent que c'était une question de vie ou de mort. Elle sonnait de nouveau, à intervalles de plus en plus brefs.

Peter voulait courir à la porte, mais en dépit de tous ses efforts il ne parvenait pas à bouger.

Il se réveilla parce que quelqu'un pleurait bruyamment, et constata que c'était lui.

On sonnait toujours à la porte. Le temps qu'il arrive à l'interphone, personne ne répondait plus. Il alla à la fenêtre aussi vite que possible et eut tout juste le temps de voir partir le vélomoteur à la remorque jaune.

Le facteur ! Dans ce cas, il devait être un peu moins de sept heures et demie.

Dix minutes plus tard, les cheveux encore mouillés, sans avoir pris le temps de se raser, il s'installa au volant. Le moteur était déjà en marche lorsqu'il se rappela le facteur. Il redescendit et alla chercher l'avis de dépôt dans la boîte aux lettres.

Il était au nom de Mme Laura Wegmann-Taler.

Avant de remonter dans sa voiture, il regarda le jardin de Knupp, de l'autre côté. Le vieil homme se tenait entre ses deux pommiers. Peter lui fit un signe. Knupp hocha la tête. Lentement, avec insistance, comme s'il était arrivé quelque chose qu'il avait vu venir.

Sans le nouveau chantier, il y serait arrivé de justesse. Mais le système hydraulique qui actionnait la benne d'un camion, lequel venait tout juste de se débarrasser d'un chargement de goudron fumant, était tombé en panne. Le chauffeur tenta d'abord de réparer, et il fallut longtemps avant qu'il ne se décide à sortir de la voie avec son camion, benne levée.

Alors seulement, Taler vit le logo de la firme sur la porte du conducteur : « Feldau & Co., travaux publics ». Son propre employeur.

Il pointa avec une bonne demi-heure de retard. Mais il arriva à entrer dans son bureau avant que Kübler n'apporte le courrier et, à en croire la standardiste, Gerber ne l'avait pas demandé non plus.

La tête lourde, les mains fébriles, il tenta, assis devant l'écran, de se concentrer sur son travail. La soirée chez Knupp, la nuit pleine de cauchemars et le mauvais réveil dû aux coups de sonnette du facteur l'avaient assommé.

La présence de Laura la nuit passée était devenue encore plus tangible avec ce mystérieux courrier qui lui était adressé. Qui pouvait bien envoyer un paquet à une personne morte depuis plus d'un an ?

Il lui fallut attendre jusqu'au lendemain pour pouvoir aller à la poste et résoudre l'énigme. Si le temps n'existe pas, pensa-t-il, pourquoi passait-il à présent avec une lenteur si douloureuse ?

Knupp aurait peut-être répondu que cela tenait à sa propre lenteur. Les choses ne changeaient pas assez vite, sur l'écran tout restait identique plusieurs minutes durant, ses mains étaient posées, immobiles, à côté du clavier, son souffle était indolent, comme celui d'un dormeur. La cadence à laquelle il fournissait les indices du passage du temps était trop basse.

Le lendemain, pendant la pause du déjeuner, il se rendit à la poste. Elle était pleine de gens qui attendaient que leur numéro s'affiche sur le tableau lumineux. Peter Taler tira le 114 ; trente-deux clients attendaient leur tour devant lui. Il se mêla aux autres et les vit, à chaque coup de sonnette, regarder d'abord le tableau, puis leur numéro.

On avait tout juste appelé la moitié de ceux qui précédaient le sien. Peter sortit à l'air libre et observa le trafic et les passants. La plupart avaient l'air d'actifs qui souhaitaient se débarrasser aussi vite que possible de leur brève pause déjeuner. Comme lui.

Un jeune arriva à motocyclette, coupa le moteur et gara son engin à côté du support à bicyclettes. Peter eut l'impression d'avoir déjà vu le logo peint sur le carter de chaîne : « ciao », en police antiqua trapue. Il se rappela d'un seul coup le deux-roues qui sortait du cadre, sur la dernière photo de Laura. Il avait pu déchiffrer les trois premières lettres – *c i a*.

Il se promit d'attirer sur ce point l'attention de Giovanni Marti, l'inspecteur de police.

La modification avait effectivement fait passer le temps plus vite. Il revint dans le hall, au moment précis où l'on appelait son numéro. Il alla au guichet, déclina son identité, paya le contre-remboursement, dix-neuf francs suisses, et on lui remit le paquet. L'expéditeur était un bouquiniste.

Taler ne put réprimer sa curiosité. Il alla à l'un des pupitres mis à la disposition du public pour remplir les formulaires et ouvrit le paquet.

Il contenait un livre : *L'Erreur temps* de Walter W. Kerbeler.

On avait joint à l'ouvrage une carte postale, une photo en noir et blanc des chutes du Rhin, avec le château Laufen, le tout remontant à 1925.

On lisait au dos, d'une écriture régulière et démodée :

> Chère Madame Wegmann,
>
> J'ai le plaisir de pouvoir, enfin, vous faire parvenir le livre *L'Erreur temps*. Je ne comprends pas pourquoi un livre aussi demandé n'est pas réimprimé.
>
> Avec mes salutations les plus cordiales,
>
> Louise Neuschmid
> Antiquariat Librorum
> Nelkengasse 64

Il s'agissait manifestement d'un pavé indigeste centré sur l'idée que le temps est une illusion. L'auteur avait placé cette devise en exergue de l'ouvrage : « Rien ne s'est encore jamais produit dans le passé, et rien non plus dans le futur. »

Et Laura aurait commandé ce manuel scientifico-philosophique ? Son insouciante Laura ? Elle qui lui reprochait de ne pas arriver à vivre l'instant présent ?

Qui lui riait au nez lorsqu'il voulait planifier leurs vacances d'été au mois de mai ? Qui n'était jamais ponctuelle, sous prétexte que la ponctualité était la mère de tous les *burn out* ? Sa Laura, qui prenait la vie tellement à la légère, aurait sérieusement voulu s'occuper de questions de temps et d'éternité ?

Il trouva d'abord cette idée absurde. Mais Laura ayant un puissant esprit de contradiction, un livre prouvant que le temps n'existait pas aurait pu tomber pour elle à point nommé. Peut-être l'avait-elle seulement commandé afin de lui mettre cette théorie sous le nez s'il l'énervait de nouveau avec son *hyperponctualité*.

Dans son bureau, les fenêtres étaient ouvertes et il flottait une odeur de détergent. Une jeune femme portant la combinaison d'une entreprise de nettoyage était en train de faire le ménage dans le placard de son ancien collègue de bureau. Un ordinateur trônait de nouveau sur le bureau orphelin. Bernoulli, l'informaticien de l'entreprise, y était installé. Tous deux saluèrent Taler d'un rapide hochement de tête et reprirent leur travail.

— Qu'est-ce qui se passe ici ? demanda Taler.

La femme de ménage sourit.

— Pas parle allemand.

Et Bernoulli annonça :

— J'ai fini dans deux minutes.

— Fini quoi ?

— De configurer le poste de travail pour ta nouvelle collègue.

— Ah oui, c'est vrai, marmonna Taler.

Il ne voulait pas que Bernoulli comprenne qu'on n'avait même pas jugé nécessaire de l'informer. Il fit mine de travailler et attendit qu'ils s'en aillent tous les deux.

Dès qu'il fut de nouveau seul, il prit le livre dans sa serviette et tapa sur Google le nom de l'auteur, Walter W. Kerbeler.

Sa recherche le conduisit dans le monde étrange de ceux qui doutaient du temps et de ceux qui voulaient l'abolir. Depuis Aristote, pour qui il n'existait ni passé ni futur, ou Einstein, dont la théorie de la relativité remettait en cause le présent, et du même coup le passé et le futur, jusqu'aux adeptes de la gravimotion pour lesquels le temps n'existait pas, dès lors qu'on ne pouvait en faire l'expérience physique.

Walter W. Kerbeler était mort en 1988. Son œuvre maîtresse, *L'Erreur temps*, avait paru en 1976, et le monde des spécialistes ne l'avait pas pris au sérieux. Il avait été réimprimé à quelques reprises et à faible tirage par différentes maisons d'édition toujours un peu bizarroïdes ; après sa mort (« devenu un homme amer », commentait une brève biographie), plusieurs traductions en avaient été publiées dans la maison fondée par un groupe d'adeptes de sa théorie ; mais le livre était épuisé depuis une scission survenue entre ces *kerbéliens* peu avant la fin du millénaire.

Ce n'était pas l'univers de cette femme aux pieds sur terre qu'était Laura. C'était le monde de l'extravagant Albert Knupp. Était-il possible qu'elle eût été en contact avec lui ?

Taler écarta cette idée. Ça n'aurait pas été inconcevable, mais Laura lui en aurait certainement parlé.

La Nelkengasse était une courte impasse à la lisière de la vieille ville. Ce n'était pas une rue passante, elle servait seulement d'accès à d'étroits immeubles d'habitation et à quelques boutiques dont le loyer n'était pas bien élevé. L'une proposait des bibelots ésotériques, une autre des articles de bricolage, une troisième des maquettes de trains. L'Antiquariat Librorum se trouvait dans l'immeuble qui barrait en oblique le fond de la ruelle. Devant ses deux vitrines se trouvaient des piles de livres de poche usés, vendus un franc ou cinquante centimes, selon leur état.

— Vous cherchez quelque chose de précis, ou vous souhaitez seulement regarder un petit peu ? demanda une femme du haut d'une échelle.

Sa chevelure était d'un rouge flamboyant, elle devait avoir dépassé les soixante-dix ans depuis bien longtemps et paraissait trop fragile pour monter encore sur des échelles.

— J'ai besoin d'un renseignement, répondit Peter. Il s'agit de ce livre, que m'a envoyé Mme Neuschmid.

— Je suis Mme Neuschmid.

Elle descendit de son échelle avec précaution et se rapprocha de lui. Sa peau tendre était striée d'une multitude de rides minuscules, des traits d'eye-liner donnaient de l'allant à son regard, et une couche dispendieuse de rouge foncé lui soulignait les lèvres. Elle jeta un coup d'œil sur le livre.

— Ça, je ne vous l'ai pas envoyé à vous. C'était destiné à une cliente.

— Laura Wegmann, je sais, c'était mon épouse.

Elle le toisa.

— Une jolie fille. Tout à fait hors du commun.

Ces taches de rousseur et ces yeux vert clair, avec ces cheveux noirs et ce teint sombre.

Taler acquiesça et sentit les larmes lui monter aux yeux.

— Qu'est-ce qu'elle est devenue ? Vous vous êtes séparés ?

Il ne parvint pas à répondre tout de suite : sa voix ne lui aurait pas obéi. Il prit son souffle, se mordit les lèvres et tint la main sur la bouche, songeur. Comme il le faisait à chacune des nombreuses occasions où les larmes le submergeaient.

— Je sais, dit Mme Neuschmid avec empathie, c'est douloureux, les séparations.

Peter Taler hocha de nouveau la tête. Il ne pouvait pas répondre.

— Prenez le temps.

Elle se détourna discrètement pour attendre que Taler retrouve une contenance.

— Elle est morte, parvint-il à dire.

Mme Neuschmid se pétrifia.

— Dieu du ciel ! Elle avait l'air en si bonne santé.

— Assassinée.

Taler connaissait l'effet produit par cette annonce brutale. Mais la colère qu'elle déclenchait en lui chaque fois l'aidait, pour un moment, à surmonter sa tristesse.

La femme lui toucha l'avant-bras sans rien dire.

— Abattue, ajouta Peter.

— Par qui ?

Il fit un mouvement désemparé de la main.

— On ne le sait pas ?

— Je finirai par le savoir.

Mme Neuschmid hocha la tête comme si elle n'en

avait pas le moindre doute. Elle lui lâcha le bras et demanda :

— Et le renseignement que vous vouliez me demander ?

— J'ignorais que Laura s'intéressait au genre de questions qu'aborde le livre. Elle a dit quelque chose à ce sujet ?

— Dit quelque chose ? Non, elle est entrée et a demandé cet ouvrage-là. Sans hésiter.

— Elle était déjà venue chez vous ?

— Elle venait depuis des années. Elle cherchait des modèles d'illustrations. Elle n'était pas dessinatrice ?

— Illustratrice.

— Exactement. C'est ce qu'elle m'a dit un jour. Des illustrations scientifiques, n'est-ce pas ?

Taler confirma.

— Mais elle n'avait jamais rien cherché sur le thème du « temps » ?

— Non, je me le rappellerais.

— Pourquoi ?

— Les jeunes ne s'intéressent pas à ce sujet-là. Ce sont les plus vieux. J'ai des habitués pour qui je dois mettre de côté tout ce qui concerne le sujet. C'est pour cette raison que j'ai été étonnée quand votre femme a déposé cette demande de recherche.

— Est-ce normal, que vous envoyiez simplement le livre contre remboursement lorsque vous l'avez trouvé ?

— Si le prix ne dépasse pas le budget prévu, oui. Ce sont les termes de l'accord.

— Et il arrive souvent que la recherche d'un livre vous prenne autant de temps ?

— Oh, oui. Il arrive que cela dure encore plus longtemps.

— Plus longtemps qu'un an ?

— Un an, non. Mais six mois, comme dans ce cas-là, oui.

Peter la dévisagea avec étonnement.

— Mais, pour Laura, ça a duré plus d'un an.

— Non, non, vous vous trompez. Quelques mois, peut-être. Six, au maximum.

Taler la démentit d'un geste de la tête.

— Madame Neuschmid, dit-il, Laura est morte depuis plus d'un an.

Elle réfléchit.

— Tout à fait impossible, finit-elle par dire. C'était juste avant Noël. Ça, j'en suis certaine.

— Ça ne se peut pas, madame Neuschmid.

Sa réponse était teintée d'indulgence. Il n'avait aucune envie de s'engager dans une discussion.

Elle dodelina du chef et dit, plus pour elle-même que pour lui :

— C'est quand même incroyable que vous les jeunes, vous pensiez toujours savoir ce qui est possible et ce qui ne l'est pas.

Peter abandonna.

— Vous avez peut-être raison, ça pourrait aussi remonter à moins loin que ça.

Il serra la main osseuse de la libraire et la remercia pour ses renseignements.

— D'un autre côté, dit-elle en souriant, moi et le temps…

7

Un bouquet de fleurs était posé sur le deuxième bureau. Peter Taler ferma la fenêtre, car la matinée était fraîche, et s'assit devant son écran. Il voulait que sa nouvelle collègue de bureau le trouvât au travail.

La soirée de la veille avait été la première, depuis la mort de Laura, qu'il n'eût pas passée à regarder fixement par la fenêtre. Il savait à présent ce qui n'avait pas été pareil ce soir-là, et il y avait plus important à faire. Il devait explorer la vie secrète de Laura.

Il avait pris rendez-vous pour déjeuner, le lendemain, avec Barbara Vollger, l'amie de Laura, celle avec qui elle avait passé ses dernières heures. C'est d'elle qu'il voulait apprendre si Laura s'était intéressée à la théorie du temps non existant. Ne fût-ce que pour lui faire une blague.

Ce soir-là, il lança sur l'ordinateur de Laura une recherche sur le mot « temps ». Un seul dossier s'afficha, curieusement intitulé « Au joli temps des noces ». Il contenait une liste d'invités, plusieurs variantes du plan de table, les cartons à disposer devant les assiettes et différentes versions de leur annonce de mariage. L'une d'elles leur avait valu une dispute. Elle montrait, illustrée avec la technique photoréaliste de Laura, une mante religieuse dévorant son mâle après l'accouplement. Peter n'avait jamais pu établir à quel point cette proposition était sérieuse. Dès cette époque, il l'avait soupçonnée de n'avoir défendu cette idée avec autant d'acharnement que parce que lui-même y avait opposé un refus immédiat et totalement dépourvu d'humour. Et ce jour-là, en rouvrant le dossier, il avait eu la certitude que cette explication était la bonne.

Les autres documents rangés dans le classeur des photos de noces, représentaient le cadeau d'un condisciple de l'école des Arts décoratifs, qui s'était entre-temps fait un nom comme photographe. Et il y avait, dans le lot, ses deux photos préférées de Laura. Sur la première, elle dansait sur une table, la robe de mariée retroussée jusqu'aux genoux, à côté d'une dame d'un certain âge – une tante, autant qu'il s'en souvînt – qui protégeait son dessert de la main gauche, et de la droite son visage contre la jambe droite levée par Laura. Sur la deuxième, elle avait posé sa tête sur son épaule et dormait comme un enfant exténué. Laura était les deux à la fois : la femme sans façons, pétulante, sûre d'elle-même. Et la câline, la tranquille, la petite fille qui avait besoin de protection.

Il était allé se coucher de bonne heure et avait pris un somnifère, au bout d'une heure à n'avoir pensé qu'à elle.

Le lendemain matin, il avait vu, sur la corniche de la fenêtre du salon de Knupp, le chat noir manger dans une petite assiette.

On frappa peu avant neuf heures, et la secrétaire de Perlucci fit entrer la nouvelle voisine de bureau de Taler.

— Permettez-moi de vous présenter M. Taler, avec qui vous partagerez ce bureau, dit-elle, rayonnante.

Il se leva et lui tendit la main.

— Betty Zehnder, enchantée.

Le mélange de timidité et de curiosité qu'on lisait dans son regard révéla à Taler qu'on avait informé sa collègue de sa tragédie. C'était une petite femme un peu replète, qui n'avait sûrement pas dépassé les vingt-cinq ans Elle avait un joli visage qui ne tarderait pas à prendre quelques traits de matrone, et portait, comme le faisaient à l'époque beaucoup de jeunes femmes en toute ingénuité, un décolleté vertigineux.

Suivit une petite pause embarrassée à laquelle Taler mit un terme :

— Soyez la bienvenue.

— Merci, répondit Mme Zehnder en lui offrant un sourire.

Elle exprima gentiment sa reconnaissance pour le bouquet de fleurs, les dix jetons gratuits pour la machine à café et la promesse qu'elle pourrait adresser toutes ses questions sans la moindre gêne à notre collaborateur de longue date, M. Taler, « n'est-ce pas ? ». Sur ce, la secrétaire de Perlucci la laissa seule avec Taler.

Mme Zehnder posa son portable sur son bureau et sortit de son sac à main quelque chose de jaune. Elle le montra à Peter.

— Bob l'Éponge. Ma mascotte.

Il ressemblait effectivement à une éponge, rectangulaire, pourvue de bras et de jambes, d'yeux en boule de loto et d'un sourire à deux dents.

— Sans lui, chez moi, plus rien ne va.

La chose avait le dos pourvu d'une ventouse. Mme Zehnder l'humecta avec la langue et le colla sur l'écran.

— Eh bien voilà.

Elle commença à étudier les papiers qu'on avait préparés à son intention. Manuel d'organisation, organigramme, plans comptables, liste des débiteurs et des créanciers.

Au cours de la petite heure qui suivit, Peter Taler oublia parfois la présence de la jeune femme. C'est son parfum qui la lui rappela. Il n'était ni importun ni désagréable, juste inhabituel. Un parfum qui lui sembla étranger à cette pièce où lui-même passait une si grande partie de sa vie.

— Je peux vous appeler Peter ?

La question le prit tellement au dépourvu qu'il avait dit « OK » avant même de pouvoir réfléchir à sa réponse.

— Je m'appelle Betty.

— OK, répéta-t-il.

Laura et lui passaient pourtant leur temps, jadis, à se moquer des gens qui disaient « OK ».

— Peter, si tu ne veux pas en parler, je comprends complètement.

— Pas de problème.

— On m'a dit ce qui s'était passé. L'horreur absolue.

Il sentit monter les larmes et ne put que hocher la tête.

Il arriva avant Barbara au Blumenegg et commanda une eau minérale. Le restaurant était apprécié par les employés des entreprises avoisinantes, parce que le service était rapide, les menus simples et l'addition modeste. On lui avait attribué une table au milieu de la salle, bien qu'il en eût réservé une près du mur lorsqu'il avait téléphoné. Il n'aimait pas qu'on pût regarder son assiette de toutes parts. Mais la serveuse lui répondit que, si une table sur le côté avait été libre, on lui aurait donné une table sur le côté.

Barbara arriva hors d'haleine avec près de vingt minutes de retard et le salua en lançant :

— J'espère que tu as déjà commandé.

Taler ne l'avait jamais particulièrement appréciée. Elle connaissait Laura depuis bien plus longtemps que lui et cela l'avait toujours dérangé qu'elle en sache plus que lui sur elle. Une fois par mois, les deux amies passaient une soirée entre filles. Et il ignorait avec quelle fréquence elles déjeunaient ensemble : leurs lieux de travail se situaient dans le même quartier.

— Tu n'avais pas une plus mauvaise table pour nous ? demanda-t-elle à la serveuse.

— Si j'avais su qu'elle était pour toi… répondit celle-ci avec un regard moqueur et oblique à Taler.

Ils commandèrent une grande salade : c'était le plus rapide, et Peter devait rapidement revenir à son bureau. Il put enfin poser la question qui le préoccupait.

— Est-ce que Laura t'a jamais parlé du temps ?

— Le temps ? Bien sûr. La manière dont il passe. Le vieillissement. Les femmes, ça parle de ce genre de choses.

— Non, pas comme ça. Le phénomène temps, je veux dire. Savoir s'il existe vraiment, etc.

Lorsque Barbara riait, c'était une belle femme. Lorsqu'elle ne le faisait pas, elle avait les commissures des lèvres un peu tombantes, ce qui lui donnait une expression amère.

— Il y a des gens qui en doutent ?

Taler acquiesça.

— Et pas les plus bêtes. Albert Einstein, par exemple.

La serveuse apporta les gigantesques salades. Haricots rouges, concombres, carottes, pommes de terre, salades vertes variées. Avant que Laura commence à manger, elle confirma :

— Pas Laura.

— Hier, un livre d'occasion consacré à ce sujet est arrivé par la poste. Il était adressé à Laura. Elle avait déposé une demande de recherche chez un bouquiniste.

— Je n'y crois pas.

— J'y suis allé. La propriétaire me l'a confirmé. Elle la connaissait.

— Elle s'intéressait peut-être aux illustrations, suggéra Barbara.

— Le livre n'est pas illustré.

Peter Taler, à son tour, s'attaqua à sa salade. Au bout d'un moment, il reprit :

— Le voisin, juste en face, le vieux du pavillon.

Barbara hocha la tête.

— Lui non plus ne croit pas au temps. Il essaie de tout remettre dans le même état qu'avant la mort de sa femme.

— Comment ça ?

— Par exemple les plantes dans son jardin. Il les arrache et les remplace par de plus jeunes.

— Il doit avoir un sacré grain.

Barbara mangeait avec appétit, Taler picorait sans plaisir dans son assiette.

— Elle n'a jamais parlé de lui, si ?

— Du vieux ? Jamais.

— Elle a peut-être été en contact avec lui. C'est peut-être lui qui lui a mis en tête cette histoire de temps qui n'existe pas.

— Elle me l'aurait raconté.

— C'est bien ce que je pensais.

— Justement.

Ils mangeaient en silence.

— Elle a photographié la maison. La veille de sa mort. J'ai trouvé l'image dans son appareil. Elle a peut-être remarqué qu'il avait échangé ses pommiers.

Il sortit de sa poche un tirage de la photo, la déplia et la posa à côté de l'assiette de Barbara. Elle regarda le cliché sans interrompre son repas. Elle haussa les épaules.

— C'est une photo, quoi.

— J'ai cru pendant un moment que c'était le vélomoteur qui l'intéressait, dit-il en désignant l'engin du bout du doigt.

Barbara posa ses couverts sur l'assiette vide et tint la photo tout près de son visage.

— Mais maintenant, depuis ce livre, j'ai l'impression que ça a un rapport avec le fou d'en face.

— Et qu'en dit la police ?

— Ils excluent que ce soit lui qui ait commis le meurtre. Trop de tremblements, la jambe trop boiteuse.

— Mais tu es d'un autre avis.

— Je ne crois pas non plus qu'il soit l'assassin. Mais il a quelque chose à voir avec. Ou bien il sait quelque chose dessus. Ça, j'en suis presque certain.

Barbara en prit note sans rien dire.

Peter poussa sur le côté son assiette à moitié pleine.

— Tu prends un café, toi aussi ?

Il regarda sa montre et fit non de la tête.

— Pas le temps.

Elle sourit.

— Tu vois bien qu'il existe.

La Nissan grise qui roulait devant lui depuis un bon bout de temps se révéla être celle de Keller, son voisin du premier étage. Il tourna pour prendre sa place réservée, Taler se gara à la place voisine.

Pour éviter la rencontre ou faire en sorte qu'elle fût aussi brève que possible, Taler fit comme s'il cherchait quelque chose dans la boîte à gants. Un coup d'œil discret lui permit de constater que Keller faisait manifestement la même chose.

Il descendit donc – et Keller prit la même décision au même instant. La rencontre devant les boîtes aux lettres devint inéluctable.

Keller évitait de le croiser depuis la mort de Laura. Comme s'il lui en voulait d'avoir importuné l'immeuble avec cet épisode.

Et Taler évitait Keller parce que celui-ci l'évitait.

Le voisin avait déjà ouvert sa boîte lorsque Taler le rejoignit.

— Quand ça n'est pas des factures, c'est de la pub qui va droit à la poubelle, dit Keller.

Son commentaire standard pour les rares rencontres à la boîte aux lettres.

Keller prit le courrier dans une main et ferma la petite porte de l'autre.

Taler ouvrit alors sa boîte. Des publicités, les mêmes que celles que tenait Keller, mais pas de factures. Juste une enveloppe brune non affranchie. L'adresse était rédigée à la main. D'une écriture propre et désuète.

Keller, qui avait poliment attendu pour parcourir avec son voisin les quelques mètres qui les séparaient de l'immeuble, dit : « Bon, eh bien », et s'éloigna.

Taler ne fit pas attention à lui. Il ouvrit l'enveloppe avec l'index. Elle contenait deux photos. Toutes deux montraient l'endroit où il se tenait à cet instant précis. Et sur les deux, on voyait Laura – une fois nette, une fois floue.

Knupp ouvrit la porte de sa maison et lui fit signe d'entrer. Taler le suivit dans le salon et s'assit sur la chaise qu'il lui proposait, devant la table où il prenait ses repas.

— Bière ? demanda Knupp.

Taler refusa, croisa les bras et attendit.

Mais le vieil homme, lui aussi, resta silencieux.

Il avait l'air changé. Sa barbe blanche était tondue de peu, les poils blancs qui contrastaient bizarrement, l'autre jour, avec ce noir qui n'avait rien de naturel, avaient disparu. Knupp était passé chez le coiffeur.

— Vous en avez encore beaucoup ? finit par demander Taler.

Knupp ne répondit pas à la question.

— Qu'est-ce que vous voulez ?

Le vieil homme observa ses deux mains qui tremblaient, posées l'une sur l'autre. Puis il leva le visage et regarda Taler dans les yeux.

— De l'aide.

— De l'aide ? Mon aide ?

— Moi la vôtre, vous la mienne.

— Et dans quel but devons-nous nous aider ?

— Le même but. Les retrouvailles avec nos femmes.

Le premier réflexe de Taler fut de se lever et de partir. Il finit tout de même par demander :

— Et comment comptez-vous y parvenir ?

— Je pensais que vous aviez compris.

— En plantant de nouveaux pommiers ?

La question était moqueuse, mais Knupp ne céda pas à la provocation.

— Entre autres.

— Oubliez ça. On ne peut pas faire revenir le temps en arrière.

Knupp dodelina du chef, l'air indulgent.

— Inutile de le faire revenir en arrière. Il n'existe pas.

Taler poussa un soupir résigné.

— Alors en quoi est-ce que je peux vous aider ?

Knupp ouvrit le bracelet en acier de sa montre et le fit passer à Taler. C'était un chronomètre massif, de marque inconnue, à cadran noir et aiguilles noires et blanches.

— Concentrez-vous sur l'aiguille des secondes.

Peter vit la fine aiguille glisser rapidement sur les marques.

— Voyez-vous le présent ? Non, vous ne le voyez pas. Il est toujours déjà passé. Même si vous divisez les secondes par deux, par dix, par cent, par mille.

Même si vous en faites des millionièmes, des milliardièmes – ça sera toujours passé.

Taler détacha son regard de l'aiguille qui avançait sans répit et dirigea les yeux vers le vieil homme.

— Vous pouvez diviser les secondes à l'infini, vous ne pourrez pas fixer le présent pour autant – et vous savez pourquoi ? Parce qu'il n'existe pas. Il n'existe pas, il n'a pas existé, il n'existera pas. Le présent, le passé, le futur : tout ça, c'est de la foutaise. Le temps n'existe pas.

Knupp lui lança un regard provocateur.

— Je n'y crois pas, finit par dire Peter Taler.

Comme pour mettre un point final au débat, Knupp répliqua :

— Laura y croyait.

Il se leva et sortit de la pièce.

Taler le suivit dans la cuisine. Il était déjà devant le réfrigérateur et en sortait deux petites bouteilles de bière.

— Qu'est-ce que vous savez de Laura ? l'interpella brutalement Taler.

Il s'était campé devant cet homme qu'il dépassait d'une tête, et lui barrait le chemin.

— Laissez-moi passer. Je vais vous raconter ça devant une bière.

Taler fit un pas de côté puis rentra derrière lui dans le salon. Avant même qu'ils aient repris leur place à table, il demanda :

— Vous étiez en contact avec Laura ?

Knupp, d'une main tremblante, porta la bière à ses lèvres. La réponse vint seulement lorsqu'il eut bu une gorgée.

— Nous avons parfois bavardé un petit peu. Par-dessus la clôture du jardin.

Les jours où Laura ne travaillait pas à la maison et se rendait dans les locaux de la maison d'édition, elle avait d'autres horaires que Peter. Il était donc possible qu'elle eût échangé, de temps en temps, quelques mots avec le voisin sans que lui-même le sache. Elle aimait bien nouer des contacts.

— Et c'est à cette occasion que vous avez discuté de questions philosophiques ?

— Non, non. De choses quotidiennes. La météo, le jardin, les cycles des plantes. Laura s'intéressait à l'anthroposophie et à l'agriculture biologique et dynamique.

— Elle a dit ça ?

— Je lui ai parlé un jour de son cabas, parce qu'il y avait écrit *Demeter* dessus.

C'était vrai, Laura avait peut-être acheté des produits biologiques. Mais en déduire qu'elle s'intéressait à l'anthroposophie, qui avait inspiré les fondateurs de cette chaîne de boutiques, était une absurdité.

— Et c'est par le biais de l'anthroposophie que vous en êtes venus à parler du phénomène du temps.

Taler avait chargé sa voix du maximum de sarcasme possible. Mais Knupp fit comme s'il ne s'en rendait pas compte :

— Non, c'est à une autre occasion. Un matin, elle est passée devant le jardin, et quand j'ai fait mine de vouloir papoter un peu, elle m'a dit qu'elle n'avait pas le temps. J'ai répondu : le temps n'existe pas. Elle s'est mise à rire, mais quelques jours plus tard elle est revenue sur la question. Elle désirait savoir ce que j'avais voulu dire. Je lui ai expliqué la même chose qu'à vous.

Peter resta silencieux. Il était touché. Était-ce possible ? Laura pouvait bien avoir eu l'ambition de faire sortir du bois ce voisin inamical et fermé. Mais si elle y était parvenue, elle le lui aurait sûrement raconté avec fierté.

Ou alors... elle le lui avait peut-être caché ? Comme autrefois, quand elle s'était inscrite à un stage de formation à un programme d'illustration assistée par ordinateur, sans en discuter d'abord avec lui ? Il l'avait appris par hasard au moment où il allait évoquer avec elle le menu du vendredi suivant – le vendredi était le jour où il faisait la cuisine. Et elle avait dit, en passant : « Oh, mais vendredi je suis en stage. »

Elle lui avait alors annoncé que pendant trois mois, elle fréquenterait ce cours tous les vendredis soir de sept heures à dix heures. Lorsqu'il lui avait demandé pourquoi elle n'avait pas pris une décision aussi importante avec lui, elle lui avait répondu que c'était un choix professionnel, et que de toute façon il ne s'intéressait pas à son métier.

Ce fut l'un de leurs derniers affrontements sérieux ; il atteignit son sommet lorsque Laura déplora qu'ils vivent ensemble mais en passant l'un à côté de l'autre, et qu'elle l'accusa d'en être responsable. Ils avaient laissé couver la querelle pendant trois jours, en violation de l'une de leurs règles principales, consistant à toujours se réconcilier avant d'aller dormir. Cela aussi, avait affirmé Laura, était un signe de la dislocation de leur couple.

Taler avait classé cette affaire sans aller jusqu'au bout de la discussion – il détestait aller jusqu'au bout des discussions – et Laura n'était pas non plus revenue sur l'incident. Elle avait simplement fréquenté ce cours de formation continue, tous les vendredis soir, jusqu'à sa mort.

Si elle lui avait caché le fait qu'elle avait fait connaissance avec Knupp à la clôture du jardin, c'était peut-être parce qu'elle pensait qu'il ne s'intéressait plus non plus à sa vie privée.

— N'allez pas en faire toute une histoire, le consola Knupp, dans tous les couples, chacun a une vie dont l'autre ne sait rien.

Comme s'il avait deviné les réflexions de Taler.

— Et pourquoi l'avez-vous photographiée ?

— J'observe et j'illustre les modifications dans cette section du monde. Cela fait partie de mon expérimentation.

— Quelle expérimentation ?

— L'expérimentation sur le temps.

— Ah oui.

— Je tente de prendre des photos qui coïncident. Pas en prenant des photos en rafale, non, ça, c'est simple. Des photos prises à grand intervalle. À intervalle toujours supérieur.

— Et quand vous y arrivez, vous croyez que le temps s'est immobilisé.

— Vous n'avez toujours pas compris. Quand j'y arrive, il est prouvé que le temps n'existe pas.

— Et alors ? Vous y êtes déjà arrivé ?

— Mon record est de vingt-quatre heures. Venez.

Knupp le précéda dans l'entrée et, de là, monta laborieusement l'escalier pour atteindre une pièce dont la fenêtre se trouvait à l'arrière de la maison. De là, on pouvait observer la Villa Latium, dont l'entrée se situait dans une rue parallèle au chemin Gustav-Rautner. La cime d'un bouleau barrait la moitié de la vue sur la façade.

— Ma salle des mesures, dit Knupp.

Contre un mur de la chambre se trouvait une table à dessin, de celles qu'utilisaient autrefois les architectes. À côté, un écran vétuste sur lequel on pouvait projeter des photos à l'aide d'un appareil hors d'âge posé sur un support à longs pieds.

Les autres murs étaient tapissés de photos. Des séries prises sous le même angle, datées à la main, pourvues de marques au feutre qui indiquaient des différences à peine visibles. À l'une des parois était accroché un caisson lumineux semblable à ceux qu'utilisent les radiologues. Des négatifs étaient accrochés dans les rails.

Sur une table de travail située au milieu de la pièce se trouvait un deuxième caisson lumineux. C'est vers celui-ci que Knupp le dirigea.

Il alluma la lumière du caisson, prit deux négatifs rangés l'un à côté de l'autre et tenta de les superposer avec ses mains flageolantes.

— Aidez-moi, finit-il par dire.

Taler posa les négatifs l'un sur l'autre. Knupp lui tendit une loupe.

— Vous voyez, ici.

Les négatifs semblaient effectivement identiques. Aucune ligne, aucune ombre, aucune forme ne divergeait.

Knupp lui remit deux agrandissements sur papier des négatifs. Ils montraient l'immeuble du 40, chemin Gustav-Rautner. Sur l'un des tirages figurait la date du 17/03, 09:15, sur l'autre celle du 18/03, 09:15.

— Vingt-quatre heures sans le moindre indice que le temps se soit écoulé.

Pour la première fois, Taler eut l'impression que la voix de Knupp avait perdu un peu de son impassibilité.

— Et maintenant, ça ! (La voix du vieil homme était excitée.) Peu après la plus ancienne de ces photos, votre femme est apparue.

Il tendit une autre photo à Peter Taler. Le cadrage était le même, mais cette fois Laura était dans le champ. Elle se tenait à côté de la boîte aux lettres, dont elle avait ouvert la porte. Peter reconnut la photo – c'était la plus nette des deux qui se trouvaient dans l'enveloppe. Elle était datée du 17/03, 09:17.

Knupp lui donna un deuxième tirage. C'était le deuxième qu'il avait trouvé dans l'enveloppe. Laura était au même endroit, mais un peu estompée par le flou dû au bougé. La date était… le 18/03, 09:17.

Taler leva les yeux.

— Ça ne peut pas être la bonne date.

— Et pourquoi pas ?

Knupp avait le ton d'un instituteur qui cherche à obtenir la justification d'une bonne réponse.

— Laura est habillée de la même manière sur les deux photos. Or elle ne portait jamais la même chose deux fois de suite. Y compris le même manteau.

— Exact. Jamais. Ça m'avait frappé, moi aussi. Alors, qu'est-ce que ça signifie ?

De nouveau ce ton de maître d'école.

— C'est bien simple, dit Taler. Les photos ont été prises le même jour.

— Oui et non. J'ai tenu un procès-verbal précis.

Knupp feuilleta un bloc-notes noir et montra la note en question.

— J'ai réalisé la deuxième prise de vue avec Laura vingt-quatre heures exactement après la première. Deux minutes après l'identique sans Laura.

Il prit les deux planches contact qui se trouvaient sur la table et les tendit à Peter.

— Ce sont les contacts des négatifs avant que je ne les aie découpés. Ils sont datés, et j'ai coché les deux identiques. Regardez bien les prises de vue suivantes.

Taler pointa sa loupe sur la série avec Laura, quatre clichés au total. La dernière, avant que Laura n'apparaisse sur l'image, était identique à la première, aux quatre photos avec Laura succédaient d'autres motifs – le jardin, la rue sous une autre lumière, une prise de vue nocturne avec éclairage de la rue.

La deuxième planche contact montrait, au milieu de différents motifs, la série de la boîte aux lettres, en dessous l'identique, et juste après Laura rendue floue par le bougé, habillée de la même manière, puis par d'autres clichés, manifestement pris à d'autres moments de la journée.

Taler compara une fois encore les deux photos avec la même Laura.

La journée avait dû être froide. Elle portait son manteau de laine jaune et noir à gros carreaux et l'écharpe en cachemire noire avec les grands pois blancs. Ses cheveux étaient dissimulés sous un chapeau serré, noir lui aussi, qu'elle ramenait toujours très bas sur le front. Sous l'ourlet du manteau pointaient les bottes noires à hauts talons. Sur l'épaule gauche se tendait la courroie de son grand sac préféré et élimé.

Les vêtements de la deuxième photo ne se distinguaient en rien de la première.

— Vous savez ce que cela signifie ? J'ai pris ces

photos à différents « moments », puisque c'est ainsi qu'on les appelle. Mais parce que le temps n'existe pas, juste la modification, et qu'aucune modification n'est visible entre ces deux moments, c'est resté le même moment. C'est pour cela, vous comprenez ? (Knupp haussa la voix) – c'est *pour cette raison,* bien entendu, qu'on voit Laura sur les deux photos. Un peu estompée sur la deuxième, parce que j'avais sans doute déclenché quelques fractions de seconde plus tard.

Peter Taler regarda les photos et tenta de toutes ses forces de se concentrer et de saisir cette logique. Il avait l'impression d'être revenu dans les premières années de ses cours de mathématiques, avant qu'il ne finisse par se délier les méninges, pour reprendre l'expression de son enseignant.

Knupp l'aida.

— Tentez d'accepter un bref instant l'idée qu'il n'existe pas de temps. Il n'y a que des modifications. Si celles-ci disparaissent toutes, ce que nous nommons le temps s'arrête. D'accord ?

Taler le laissa parler.

— Maintenant, un pas de plus : nous choisissons un moment donné du passé et nous remettons dans son état d'origine tout ce qui a changé depuis. Alors nous devons, à coup sûr, physiquement, nous retrouver à ce moment-là. Logique ?

— Logique, certes, mais comment voulez-vous effacer les modifications ?

Knupp lui lança un regard de défi.

— Avec votre aide.

Peter Taler exprima son incrédulité d'un mouvement de tête.

— Je suis censé vous aider à reconstituer l'état des choses au… Quel jour était-ce, déjà ?

— Le onze octobre mille neuf cent quatre-vingt-onze.

— Je dois donc vous aider à restaurer l'état des choses au onze octobre mille neuf cent quatre-vingt-onze. Et si nous y parvenons, vous reverrez votre femme.

— C'est mon grand espoir.

— Et moi ?

— Vous savez bien comment ça se passe. Depuis la mort de Laura, vous effacez tout ce qui a pu changer.

— Je n'ai rien changé.

— Encore mieux. Tout ce que vous voyez depuis votre fenêtre, vous le ramenez dans l'état où il se trouvait le jour en question. J'ai des illustrations de chaque détail. Nous vous aiderons à rétablir le moment où vous pourrez donner un autre tour au destin.

— Nous ?

— Martha et moi. Venez.

Knupp éteignit la lumière dans la salle des mesures et le fit descendre dans le salon.

— Une bière ? demanda-t-il.

Lorsque Taler refusa, il s'assit à table auprès de lui et commença à raconter.

— Au cours des vacances d'été mille neuf cent quatre-vingt-douze – j'étais instituteur, nous étions forcés de nous caler sur les vacances scolaires –, nous sommes partis pour le Kenya. Nous avions longtemps hésité entre le Népal et le Kenya. Martha avait commencé à lire les livres du Dalaï-Lama et s'intéressait au Tibet. Moi, le photographe amateur, je rêvais d'un safari photo. Et comme le plus souvent dans ce genre de cas, j'ai imposé ma volonté. Nous sommes partis pour le Kenya.

« Pendant une semaine, nous nous sommes promenés dans un bus zébré avec un groupe de touristes bruyants, et nous avons tous photographié les mêmes sujets. Ensuite, en guise de petite compensation, nous avons passé quelques jours sur la plage, à proximité de Mombasa.

« Un mois après notre retour, Martha s'est plainte de maux de têtes et de douleurs musculaires. Comme elle avait, en plus, de la fièvre, elle s'est alitée et s'est soignée avec les moyens habituels contre la grippe. “Ça dure ou bien huit jours, ou bien une semaine”, a-t-elle dit pour plaisanter.

« Au bout d'une semaine, les symptômes ne s'étaient pas dissipés : ils avaient empiré. Elle est allée voir notre médecin de famille. Il l'a examinée, lui a prescrit des fébrifuges et des analgésiques, et a fait une prise de sang. Au cours de la nuit, les frissons ont commencé, Martha avait plus de quarante degrés de fièvre. Je suis allé tirer notre médecin de son lit, et il a recommandé des compresses de vinaigre. Mais le lendemain matin il a fait une visite à domicile. Entre-temps, il avait reçu les résultats de l'analyse de sang. Le diagnostic était la malaria. Il a fait admettre Martha à la clinique municipale.

« Quelques heures après son admission, son état s'est dégradé. Elle avait l'esprit confus, ne savait pas où elle se trouvait, ne me reconnaissait pas, ne faisait plus que dormir, et pour finir elle a sombré dans le coma.

« Martha a été transportée en soins intensifs. Il a fallu la placer sous respiration artificielle, la raccorder à trente-six appareils différents, et au bout du compte… »

Knupp mit un terme à son récit. Il avait à présent les larmes aux yeux et écarta les bras pour exprimer son désarroi.

— Je sais, marmonna Peter Taler.

Lui aussi luttait contre les larmes.

— Vous comprenez, maintenant, demanda Knupp lorsqu'il maîtrisa de nouveau sa voix, pourquoi je dois revenir en arrière ?

— Que feriez-vous différemment ? Vous partiriez plus tôt à la clinique ? Vous vous protégeriez mieux contre les moustiques ?

— J'irais au Népal plutôt qu'en Afrique, répondit le vieil homme, courroucé.

Il se leva, avança en boitillant jusqu'à la fenêtre et regarda à l'extérieur.

Taler profita de l'occasion et se leva à son tour.

— Bonne nuit.

Knupp ferma les rideaux et se retourna.

— Vous m'aidez ?

Peter refusa d'un mouvement de tête.

— Désolé.

Le vieil homme revint à table et s'assit.

— Vous connaissez le chemin, dit-il seulement.

Taler ne se retourna pas lorsqu'il rentra chez lui. C'est seulement lorsqu'il se retrouva dans son appartement sombre qu'il regarda de l'autre côté, par la fenêtre aux jardinières.

Entre les deux moitiés du rideau du salon, on apercevait un mince ruban de lumière.

Pendant toute la journée suivante, le plan de Knupp ne lui sortit pas de la tête. Il se demanda si le vieil homme croyait vraiment à sa théorie ou s'il cherchait seulement à échapper à son désespoir. Les deux hypothèses étaient peut-être valables.

Mais ses réflexions sur le vieux Knupp ne furent pas les seules à le distraire de son travail. Betty y contribua elle aussi. Régulièrement, à quelques minutes d'intervalle, elle revenait avec une question à laquelle elle aurait parfaitement pu répondre elle-même. Elle faisait partie des gens qui ne supportaient pas de ne pas parler en présence d'une tierce personne.

C'était une autre des mille choses qui manquaient tellement à Taler depuis la mort de Laura : cette coexistence silencieuse qui pouvait durer des heures. Aucun des deux ne s'était jamais senti obligé de parler s'il n'en avait pas envie. Pouvoir se taire ensemble, avait un jour remarqué Laura, témoignait d'une plus grande harmonie que parler ensemble.

Betty surmonta le silence de Taler en échangeant des SMS et en ayant de longues conversations au portable. Entre midi et deux heures, elle rafraîchit son parfum et son maquillage et demanda :

— Tu nous accompagnes ?

Taler refusa et profita de son absence pour surfer un peu dans l'univers déconcertant des personnes qui doutaient du temps.

Il passa l'après-midi – constamment interrompu par Betty – sur la comptabilité des créanciers. Les factures dont il déclenchait le règlement dépassaient au total les quatre cent quatre-vingt mille euros. C'est un travail qui, au cours de toutes les années où il avait fait partie de son cahier des charges, lui avait toujours procuré un certain bien-être.

Après la fermeture du bureau, il passa devant chez Juanitos et acheta un assortiment de tapas – de petites boulettes de viande hachée plongées dans une sauce tomate épicée, des tortillas avec du chorizo et des sardines à l'aïoli.

Lorsqu'il tourna pour rejoindre sa place de parking, il eut le sentiment d'avoir vu un mouvement à la fenêtre de Knupp. Il vida la boîte aux lettres. Celle-ci contenait, outre les rebuts habituels, une enveloppe en papier kraft. Il n'eut pas besoin de voir l'écriture pour connaître l'expéditeur.

Cette fois, il se retint et attendit d'être dans l'appartement pour ouvrir l'enveloppe. Elle contenait une photo, une seule. Le thème était le même : l'entrée de l'immeuble de Taler. Mais au bord de la rue, là où commençait le chemin qui donnait sur l'entrée, un vélomoteur était debout sur sa béquille.

Il y avait une silhouette près de la porte de la maison. Elle portait un casque à la visière ouverte.

8

Knupp l'avait attendu. Avant même que Peter Taler ait sonné, il ouvrit la porte et le fit entrer sans dire un mot. Il flottait une odeur d'oignons rissolés, et l'on entendait dans la cuisine le crépitement d'une poêle.

— Venez, sans ça les oignons vont noircir.

Knupp rejoignit sa cuisinière et retourna les oignons avec une spatule.

— Asseyez-vous.

Il désigna une chaise près de la table de la cuisine. Sur le plateau de la table en linoléum tacheté de brun et de blanc se trouvait un bol à pétrin plein de pommes de terre épluchées. À côté, une râpe qui avait servi et une petite assiette de dés de lard.

Knupp alla chercher une bière dans le réfrigérateur et la tendit à Taler. Mais comme celui-ci ne faisait pas mine de la prendre, il la posa sur la table.

— Vous mangez avec moi ? Une rösti au lard.

— Que savez-vous sur le conducteur du vélomoteur ?

Knupp haussa les épaules, prit les dés de lard sur la table et les fit glisser de l'assiette pour les mélanger aux oignons.

— Je peux aussi aller voir la police. Vous préférerez peut-être leur répondre à eux.

Le fumet du lard grillé se mêla à celui des oignons rissolés.

— La police estime que je ne suis pas un témoin fiable.

Taler changea de ton.

— Pourquoi m'avez-vous envoyé la photo, monsieur Knupp ?

— Je pensais qu'elle pourrait vous intéresser.

— Évidemment qu'elle m'intéresse. Surtout parce que vous avez prétendu ne rien savoir sur le vélomoteur. De quand date la prise de vue ?

— Je ne sais pas exactement. En tout cas votre femme était encore en vie.

— Mais bien sûr que vous le savez exactement. Vous tenez un registre sur vos photos.

— Il faudrait que je vérifie.

Il alla chercher le bol de pommes de terre épluchées sur la table de la cuisine et les versa dans la poêle à frire. Puis il commença à les mélanger aux oignons et au lard.

— Eh bien vérifiez.

Taler ajouta un « s'il vous plaît » sans appel.

— Plus tard.

Le vieux continua à remuer tranquillement sa rösti.

Taler but tout de même une gorgée de bière.

Il regarda Knupp tapoter avec sa spatule pour transformer le mélange de pommes de terre en une galette et ajouter sur son bord quelque chose qu'il avait pris à la cuiller dans deux gobelets.

— Moitié beurre de cuisson, moitié graisse de porc. C'est le mieux.

Il posa un couvercle sur la poêle, diminua la chaleur, prit la bière qu'il avait entamée et posée sur le rebord de la fenêtre, puis s'assit auprès de Peter.

— Vous avez donc besoin de mon aide, constata-t-il.

À cet instant, Taler comprit.

— Vous m'aidez si je vous aide. C'est bien l'idée ?

— C'est ça.

Taler marqua un temps de réflexion et finit par répondre :

— D'accord. Je vous aide autant que je peux. Alors, qu'est-ce que vous savez sur le conducteur du vélomoteur ?

— Pas si vite. Qui me garantit que vous allez vraiment m'aider quand vous le saurez ?

— Ma parole.

Knupp se leva et revint près de la cuisinière. Il secoua la poêle et s'assit de nouveau près de Taler.

— Vous m'aidez un peu, je vous en dis un peu. Vous m'aidez de nouveau un peu, je vous en dis encore un peu, et ainsi de suite.

— Et qui commence ?

— Moi.

— Bon : qu'est-ce que vous savez sur l'homme au vélomoteur ?

— Non, c'est votre tour. Moi, j'ai déjà commencé. Je vous ai donné la photo.

Taler soupira.

— Dans ce cas dites-moi ce que je dois faire.

— Écouter.

Knupp repartit à ses fourneaux. Il ôta la poêle de la plaque, appuya fermement sur le couvercle, retourna l'ensemble à cent quatre-vingts degrés et ôta la poêle. La rösti reposait à présent sur le couvercle, face grillée vers le haut. Knupp la fit de nouveau glisser, la recouvrit, reposa la poêle sur la plaque et revint à table.

— Il y a environ deux ans, j'ai pris la décision de tout remettre, ici, dans l'état où cela se trouvait le fameux onze octobre mille neuf cent quatre-vingt-onze. Vous savez pourquoi, et tôt ou tard vos doutes se dissiperont.

« Le premier problème est de dresser l'inventaire exact de tout ce qui se trouvait là à l'époque. J'ai dû développer une méthode pour reconstituer les choses de telle sorte qu'elles soient non seulement visibles, mais aussi mesurables. Il m'a fallu trouver un système permettant de calibrer les photos de l'époque et de reporter les résultats sur le temps présent.

« Le plus grand défi, en l'occurrence, ce sont les plantes. Lorsque j'ai enfin reconstitué leurs dimensions et leur forme, je me mets en quête d'un exemplaire aussi ressemblant que possible, je dois intégrer la croissance prévisible et planifier sa taille afin que son développement réel corresponde, le jour "J", au modèle.

— Impossible, murmura Taler.

— Vous avez raison. Mais il y a un phénomène que nous, les négateurs du temps, appelons le facteur *homeomeria. Homeomeria*, c'est un mot latin – ou grec – qui signifie la similitude des parties. Plus celle-ci est grande, plus forte est la probabilité de leur équivalence totale. Imaginez une vieille peinture que vous recouvrez d'une nouvelle couche. Plus vous procéderez avec minutie, plus haute sera la probabilité que l'ancienne et la nouvelle couche fusionnent et ne fassent plus qu'une.

Peter Taler n'eut d'autre réponse qu'un mouvement désabusé de la tête. Mais Knupp ne se laissa pas perturber :

— Même si le facteur *homeomeria* demeure trop faible, il reste un autre espoir. Rappelons-nous l'exemple du défilement de la pellicule.

Le vieil enseignant reprenait son ton de maître de conférences.

— Les vingt-quatre images par seconde ne se distinguent souvent pas beaucoup, et parfois pas du tout. Si nous acceptons l'idée que le temps n'existe pas, qu'il n'y a que des modifications, alors nous devons aussi admettre que, sans modifications, nous nous trouvons au même point. Et *de facto* : avec peu de modifications, presque au même point. Alors ?

Knupp lança à Taler un regard triomphal.

— Même si nous ne parvenons pas redonner aux choses un état exactement identique à celui où elles se trouvaient le onze octobre mille neuf cent quatre-vingt-onze, nous parviendrons tout de même à une réplique quasiment parfaite. Tout sera presque comme à l'époque. Et je considère que cela vaut aussi pour ce qui nous importe le plus.

Il retourna à la cuisinière, secoua la poêle, la recouvrit d'une grande assiette, sortit deux bières du réfrigérateur et reprit sa place.

— Si tout cela était vrai, cela remettrait en question tout ce que nous croyons savoir, objecta Taler avant d'ajouter malicieusement : Pourquoi la science nous dissimule-t-elle tout cela ?

— Parce qu'elle ne veut pas y croire.

— Et pourquoi donc ?

— Mais justement, parce que cela renverse tout ce que nous croyons savoir.

Taler répondit d'un mouvement de tête éloquent.

— Mais vous et moi, nous devons y croire.

Pour la deuxième fois, Knupp montra son triste sourire.

— Que nous reste-t-il d'autre ?

Tout deux comblèrent le silence en avalant une gorgée de bière. Puis Knupp se concentra pour la partie pratique :

— J'ai accompli les travaux liminaires. J'ai réalisé des expériences et mené des recherches. J'ai taillé des plantes, je les ai déformées, échangées. Pendant plus de deux ans, j'ai travaillé à la méthodologie, subi des revers et fait des découvertes. Il y a plus d'un an déjà, j'avais compris que je n'y arriverais pas tout seul. Que j'allais parvenir au point où il me faudrait de l'aide. Mais d'ici là, je comptais continuer en solo. Préparer le terrain pour le deuxième homme.

— Et le deuxième homme, c'est moi.

— Tout juste. Cartographier tout ce qui est organique et mobile, localiser et acheter les substituts, mener des recherches pour obtenir plus de documents illustrés afin de déterminer les couleurs, faire des vérifications historiques, discuter avec les voisins, etc. C'est pour cela que j'ai besoin de votre aide. (Knupp leva ses mains tremblantes.) Et pour cela, pour cela aussi vous devez m'aider. Je ne suis plus capable de faire des travaux de précision. Vous allez devoir me prêter main forte dans la reconstitution minutieuse des détails.

Il but une autre gorgée, comme pour offrir à Peter Taler l'occasion de poser une question incidente. Mais Taler n'en posa pas.

— Nous disposons d'exactement quatre-vingt-dix-sept jours.

Knupp repartit une fois de plus à la cuisinière. Il passa un gant de cuisine, tint fermement la poêle, recouverte de l'assiette, et retourna la rösti.

Elle était à présent devant lui, dorée et fumante. Il la recouvrit avec une deuxième assiette et la mit de côté. Dans la poêle encore brûlante, il versa un peu de beurre de cuisson et cassa six œufs.

— Nous commençons demain matin. Ou en début d'après-midi, en cas de besoin nous travaillerons les week-ends et chaque soir après votre sortie du bureau. Ça vaut mieux que de regarder par la fenêtre.

On entendait à présent le grésillement des œufs au plat depuis la cuisinière.

— Et pour ma part, à quelle aide puis-je m'attendre pour commencer ? s'enquit Taler, toujours un peu ironique.

Knupp souleva l'assiette, la posa à côté de la rösti, la coupa en deux et en fit glisser la moitié sur le plat. Peter entendit la spatule gratter la poêle et vit que Knupp déployait de grands efforts pour déposer trois œufs au plat soudés les uns aux autres sur la première moitié de la rösti. Ils lui glissèrent de la spatule et retombèrent dans la poêle.

Taler se leva et s'occupa des œufs.

— Vous voyez, nous avons tout pour faire une bonne équipe, constata Knupp. Venez, nous mangeons au salon.

Peter le suivit avec les assiettes. À sa grande surprise, la table était dressée pour deux personnes. Une bouteille d'antinori débouchée trônait en son centre.

— Normalement vous n'en restez pas à la bière. Je l'ai ouvert pour qu'il puisse respirer. Antinori, n'est-ce pas ?

— Comment savez-vous…

Knupp dressa le petit doigt de sa main gauche et le désigna de l'index droit.

— C'est lui qui me l'a dit.

Il souhaita bon appétit à Taler et dégusta son plat.

— Bon, si je vous aide demain, quelle sera votre contrepartie ?

Le vieil homme prit le temps d'avaler sa bouchée.

— De meilleures photos du vélomoteur et de son conducteur. Des négatifs, finit-il par répondre.

Peter s'en contenta et se mit lui aussi à manger. La rösti était succulente.

Knupp entama la collaboration avec son assistant par un tour du propriétaire. Il commença par le grenier.

On y accédait par un escalier escamotable. Knupp avait visiblement du mal à le monter.

Le grenier était aux deux tiers rempli de cartons d'une entreprise de déménagement qui avait fait faillite depuis des lustres, de corbeilles à linge pleines de livres, de revues et d'objets domestiques qui avaient fait leur temps, de quelques meubles et d'une série de penderies en tissu, toutes de guingois.

Sur le tiers restant, on avait fait de la place pour une estrade composée de planches posées sur des briques. On y avait dressé un trépied qui servait de support à un appareil photo. À côté, sur une chaise, se trouvaient deux optiques, dont un puissant téléobjectif.

Le trépied était installé tout prêt de l'œil-de-bœuf situé sous le pignon. Knupp invita Taler à monter et à ouvrir la fenêtre en verre feuilleté. Presque juste en face et pratiquement à la même hauteur, il vit la fenêtre à jardinière de son appartement.

Ils redescendirent au premier étage. C'est là que se trouvait le bureau aux caissons lumineux, celui dont Taler connaissait déjà les murs pleins de photos. À côté se trouvait une autre chambre, dont Martha, qui n'avait pas eu d'enfants, avait fait son refuge, puisque c'est ainsi que Knupp l'appelait.

Il ouvrit la porte et alluma la lumière. Ils entrèrent dans une pièce blanche pourvue d'un canapé Louis-Philippe, d'une table ronde assortie et d'une vitrine. Les volets étaient fermés.

— Je ne veux pas que le blanc jaunisse, expliqua-t-il.

« Le blanc », c'était un pêle-mêle d'ouvrages de broderie, de crochet, de dentelle, de tulle et de tricot. Il n'y avait pas un coupon de textile qui ne fût doté d'une ornementation quelconque. Les abat-jour de la lampe de table étaient ornés de pointes de tulle et d'ouvrages au crochet. Même le bouddha en or, sur la commode, portait une écharpe en dentelle.

— Martha était une collectionneuse et une grande experte en arts textiles, expliqua Knupp.

Il laissa son regard errer dans la pièce, et ses réflexions dans le passé, jusqu'à ce qu'il revienne à lui et ajoute, d'un ton de professionnel :

— Ici, il n'y a quasiment rien à faire, je n'ai touché à rien.

Il ferma précautionneusement la porte, comme s'il ne voulait pas déranger le spectre de Martha, et guida Taler dans la salle de bains.

Là aussi, les dentelles le disputaient aux tresses et aux broderies. La tablette en verre, en dessous du miroir de la salle de bains, accueillait bon nombre d'articles de cosmétique pour femme. Il n'y avait pas trace d'affaires de toilette appartenant à Knupp.

Les rideaux de la chambre à coucher étaient fermés. Une lampe en albâtre suspendue à trois gros cordons dorés plongeait la pièce dans une lumière mielleuse. Le lit, les tables de chevet, l'armoire à vêtements et la commode avec miroir formaient un ensemble dans le même style. Le lit double était couvert d'un jeté blanc en dentelle, et sur la surface en marbre de la commode se trouvaient un peigne, une brosse et un diffuseur de parfum, harmonisés par des motifs en argent.

Sur ces murs aussi, on avait accroché des photos artistiques de paysages et des curiosités glanées dans le monde entier. Et une photo guindée d'Albert et Martha Knupp-Widler en futurs mariés.

Sur l'une des chaises garnies de coussins reposait, pliée avec soin, une chemise de femme vert pistache avec un décolleté bordé de dentelles de Bruxelles.

Taler fit mine de quitter de nouveau la pièce. Tout cela était trop personnel pour lui. Il ne voulait pas pénétrer aussi profondément dans la sphère privée de son voisin. Mais Knupp dit :

— C'est ici que je dors.

Il indiqua la direction de la fenêtre. Alors seulement, Taler vit le lit de camp qu'on avait déplié de l'autre côté du lit conjugal. Il était recouvert d'une couette fleurie. Au sol, près de la tête du lit, traînaient quelques livres et un réveil de voyage.

— Depuis que c'est arrivé, je ne peux plus me servir du grand lit.

— Cela fait vingt et un ans que vous n'avez plus utilisé le lit ? demanda Taler, incrédule.

— Pourquoi, pas vous ? demanda Knupp, surpris. Vous dormez toujours dans le même lit ?

Peter acquiesça.

Knupp ne fit pas de commentaire et passa devant lui pour poursuivre la visite des lieux.

— Descendons d'un étage, vous connaissez le rez-de-chaussée, dit-il avant d'ouvrir une porte à côté de l'entrée de la maison.

Un escalier en colimaçon assez raide menait à la cave. La première pièce abritait une chaudière à bois réaménagée pour fonctionner au mazout et un vieil établi. La porte de la buanderie était ouverte. Une essoreuse hors d'âge, habillée de cuivre terni, côtoyait une grande lessiveuse en zinc sous la lucarne entrouverte de la cave. Contre le mur libre était posée une vieille machine à laver dont la peinture vert tilleul était endommagée en de nombreux points. Juste à côté, du linge sale débordait d'une corbeille en plastique. Huit cordes à linge étaient tendues à travers la pièce. Sur l'une d'elles séchaient quelques chemises.

La deuxième pièce était une cave au sol couvert de gravier. Une étagère grossièrement menuisée, destinée aux pommes et aux patates, occupait le mur le plus long. Sur le flanc court, un porte-bouteilles simple hébergeait quelques litres de vin. Une dame-jeanne pourvue d'une étiquette où l'on avait écrit à la main le mot « vinaigre » voisinait avec un support de séchage rouillé où l'on avait planté des bouteilles de vin vides. L'air sentait le moisi, une lampe de cave à abat-jour de tôle émaillée diffusait une lumière blafarde.

L'ancienne cave à charbon avait été réaménagée en

laboratoire photo. Knupp ouvrit la porte et conduisit Taler dans une petite pièce peinte en noir. Au mur était vissée une lampe de bureau sur rotule. Son abat-jour était carré et plus grand que la normale. Il était fermé à l'avant, à l'exception d'un double orifice vitré. Un négatif s'y trouvait coincé entre les deux verres.

— Ma *camera obscura*, dit Knupp, je vous expliquerai une autre fois.

Il ferma la porte. Ils restèrent un instant dans le noir.

Une lumière rouge s'alluma. Knupp était entré dans la pièce suivante par une autre porte. Taler le suivit. Cela sentait les produits chimiques. Ses yeux s'habituèrent au faible éclairage. Il put alors reconnaître un agrandisseur, quelques bassines, une presse à sécher, une étagère de papier photo, des outils de laboratoire, des sacs et des boîtes de produits chimiques.

Sous le lavabo fixé contre un mur étaient rangés des jerricans en plastique destinés à l'évacuation des bains usagés.

Knupp s'étira pour atteindre les négatifs suspendus à une corde, sous le plafond, et en descendit un. Il le tint face à la lampe rouge, compta les images, posa la bande sur un petit coupe-pellicule, en détacha un négatif, le glissa dans une petite enveloppe à demi translucide qu'il mit dans sa poche.

— Pour vous. Plus tard.

Ils quittèrent la chambre noire et montèrent dans le cabinet de travail de Knupp. Il invita Taler à prendre place sur une chaise qu'il avait approchée de son bureau. Lui-même s'installa sur la chaise tournante et ouvrit un classeur à anneaux.

— Mieux vaut que je vous montre d'abord comment nous procédons.

Il ouvrit la première page, qui portait le titre manuscrit « Jardin, est ». Sur la page suivante était collée une photo légendée « érable nain japonais, 11 septembre 91 ».

Suivaient plusieurs photos de l'érable ; elles avaient été prises sous le même angle, mais l'arbre était un peu plus grand. Une barre vissée sur un petit trépied et portant des repères de mesure était posé en différents endroits, près du petit arbre. Sur le côté opposé, Knupp avait reporté les contours du grand arbre sur du papier calque et les avait reportés sur la photo. À côté, les contours de l'arbre de plus petite taille, avec les mesures reconstituées à partir de la hauteur et de la largeur du plus grand.

— Un test. Beaucoup trop imprécis. Il faut tout vérifier à l'aide de la *camera obscura*. Mais pour cela, il faut être deux.

Suivait une collection de photos manifestement prises dans des pépinières et des jardineries, toutes accompagnées de l'échelle. À une photo près, elles étaient toutes barrées d'une croix. À la fin, l'image de ce petit érable qui avait été planté à la place du plus grand, à côté de son jumeau de mille neuf cent quatre-vingt-onze. La ressemblance était frappante.

Taler remarqua seulement alors que le nouvel arbrisseau portait la date de la mort de Laura. Avant qu'il puisse attirer l'attention de Knupp sur ce point, celui-ci expliqua :

— Oui, je sais, j'ai fait la photo le même jour.

— Et vous prétendez malgré tout que vous n'avez rien remarqué ?

Knupp le regarda un bref instant droit dans les yeux, puis se tourna de nouveau vers son classeur.

— Pour les pommiers, j'ai été forcé de rallonger la balise.

Le bâton avait effectivement été prolongé d'un deuxième segment. Les arbres avaient été photographiés, mesurés et décalqués de la même manière. Suivaient plusieurs pages de jeunes arbres, photographiés en pépinière et en jardinerie, et susceptibles de faire des sujets de remplacement acceptables.

— Une mission quasiment impossible. J'ai voyagé jusque dans les profondeurs de la Suisse orientale, et même jusqu'à la frontière allemande. Il ne fallait pas seulement que la dimension et la forme soient les bonnes : l'espèce devait correspondre, elle aussi.

Sur les papiers calque, on avait aussi dessiné les différentes branches et noté l'épaisseur des troncs. Sur les deux arbres, Knupp avait rayé des branches sur le dessin, et elles avaient ensuite été sciées sur l'arbre proprement dit – c'est du moins ce que l'on pouvait déduire des photos finales. Elles étaient datées de quelques jours plus tôt, lorsque Taler avait eu pour la deuxième fois l'impression que tout n'était pas pareil.

— Je crois qu'à ce jour c'est la seule photo utilisable. On va voir si ça franchit l'épreuve de la *camera obscura.*

Ils passèrent tout l'après-midi à inspecter les travaux liminaires de Knupp. Les plantes qui avaient déjà été remplacées, celles qu'il avait déjà mesurées, et celles qui attendaient encore l'un et l'autre.

De cet inventaire découlait une liste des objets qui n'étaient plus là et qu'il fallait racheter. Quelques postes étaient déjà rayés.

Il y avait un dossier spécial plein d'agrandissements de détails – des dégâts sur la façade, des écailles sur la peinture des volets, des lattes manquantes sur la clôture – qui devaient être réparés et ramenés dans leur état d'origine.

Le soir tombait déjà lorsque Knupp alla chercher un dernier dossier dans l'armoire. « Problèmes », annonçait son étiquette. Il contenait des photos dont certaines étaient entourées au feutre jaune. Entre autres les bouleaux dans le jardin du voisin, derrière la maison ; les buissons de persistants à côté du chemin dallé qui menait à l'entrée de l'immeuble de Taler ; les voitures sur le parking, en face, dont la Citroën de Taler ; les graffitis sur la façade et les installations à l'abandon sur le terrain de jeux pour enfants de la maison voisine. Et pratiquement tout ce qui se trouvait devant et à côté de la maison et du jardin voisins, au nord, qui avaient été défigurés.

— Et comment comptez-vous les résoudre, ces problèmes ?

— Avec votre aide.

Taler ne répondit pas et se demanda s'il ne ferait pas mieux de retirer tout de suite sa promesse d'aider Knupp dans son expérience ridicule.

Celui-ci sembla lire dans ses pensées :

— Prenez donc les choses comme ça : ou bien cela vous aide à retrouver l'assassin de Laura. Ou bien Laura elle-même.

Il plongea la main dans sa poche et tendit à Peter la petite enveloppe contenant le négatif.

9

Taler alla directement dans le bureau de Laura, alluma l'une de ses cigarettes puis lança l'ordinateur et le scanner. Il lui fallut un moment pour s'y retrouver dans le programme et pour pouvoir manier l'adaptateur de négatifs, mais le résultat était une image nette et piquée du vélomoteur et de son conducteur. Il la juxtaposa, sur l'écran, à celle qu'avait prise Laura.

Cela ne faisait aucun doute : c'était bien une Ciao qui se trouvait là-bas, devant la maison. Le logo du carter de chaîne était le même, et elle avait aussi un porte-bagages. Si ce n'est qu'ici, on n'y avait pas coincé un sac de sport. La photo était en noir et blanc, mais rien ne disait que la couleur du véhicule ne pouvait pas avoir été noire ou bleu marine.

On ne voyait pas les traits du conducteur. Il avait certes relevé la visière de son casque, mais son visage était tellement tourné dans l'autre direction que l'on ne distinguait, dans l'ouverture du casque, que la courbe de la joue ou de la pommette. Lorsque Taler agrandissait ce détail au maximum, on apercevait une ombre noire dans la partie inférieure du bout de visage. Il pouvait s'agir d'une barbe. Ou bien du rembourrage du casque.

Celui-ci portait un signet ou une décoration. Mais comme on voyait sur la photo de Knupp la partie gauche du casque, et sur celle de Laura la droite, il ne pouvait pas dire s'il s'agissait du même. Si l'on pouvait trouver un indice quelque part c'était plutôt sur la veste de l'homme. Il s'agissait là encore d'un coupe-vent, et il semblait avoir la même longueur.

Le motard se tenait de telle sorte qu'il cachait la sonnette d'entrée. Peut-être lisait-il les noms sur les étiquettes, peut-être était-il en train de sonner.

Et s'il avait sonné ? Que s'était-il passé ensuite ? Lui avait-on ouvert ? Quelqu'un était-il venu à la porte ? Était-il reparti sans avoir accompli ce qu'il avait à faire ? Et si oui, n'aurait-on pas forcément vu son visage ? Et Knupp ne l'avait-il pas photographié ?

« Vous m'aidez un peu, je vous en dis un peu. Vous m'aidez de nouveau un peu, je vous en dis encore un peu, et ainsi de suite. »

Bien entendu. Le négatif était une sorte d'appât, un petit amuse-gueule pour ouvrir l'appétit.

Il joignit la photo à un courriel et l'adressa au sergent Marti. Mais il changea ensuite d'avis. Il fallait qu'il ait Marti au bout du fil, qu'il l'informe de ce nouvel indice, qu'il le lui envoie à ce moment-là et ne raccroche pas avant que le policier ait confirmé l'avoir reçu et avoir vu la photo. Sans ça, cela capoterait.

Il s'adressa le courriel à lui-même. Le lundi, il mettrait son projet en œuvre depuis son bureau.

Taler sortit les tapas du réfrigérateur et ouvrit le couvercle du récipient en plastique pour qu'ils prennent plus rapidement la température de la pièce. Il déboucha une bouteille de vin – pour ce qui concernait la bière, il avait déjà eu sa dose quotidienne chez Knupp –, remplit un verre à ras bord et l'emporta pour se poster à la fenêtre du salon plongé dans l'obscurité.

L'éclairage public était à présent allumé et des fils de pluie scintillaient sous leur halo blanc. Chez Knupp, tout était plongé dans la pénombre : le vieil homme se trouvait sans doute dans sa salle des mesures. Ou dans sa chambre noire.

La maison n'était plus la même depuis qu'il la connaissait de l'intérieur. Comme s'il était désormais capable non seulement de voir la façade, mais aussi de porter son regard jusqu'à l'intérieur des pièces. Il savait à présent quelle odeur y flottait, il pouvait ressentir la singulière atmosphère qui y régnait. Un vaisseau spatial pendant les préparatifs d'un voyage à l'objectif inconnu.

Taler revint dans la chambre de Laura et rangea, comme chaque fois qu'il y avait déplacé quelque chose. Il rétablissait l'ordre qu'elle y avait laissé. Le bloc à carreaux couvert de numéros de téléphone retrouvait sa place juste à droite des Post-it jaunes qu'elle avait alignés, par ordre de priorité, comme sur un rail vertical. Il reposa la souris de l'ordinateur à gauche du clavier, rapporta à la cuisine le cendrier blanc frappé du logo de l'hôtel Lutetia à Paris, jeta à la poubelle les deux cigarettes consumées, lava le cendrier, le rapporta dans la chambre de Laura et le replaça au milieu de la table carrée où elle pouvait l'atteindre en tendant le bras, quel que fût le côté où elle se trouvait.

Au fond, il faisait la même chose que le vieux Knupp, de l'autre côté de la rue. Si ce n'est que lui n'agissait pas ainsi dans l'espoir de revenir sur cette journée de malheur. Taler agissait ainsi parce que, même plus d'un an après, il ne voulait pas revenir aux choses quotidiennes. Il voulait donner tort à tous ceux qui disaient que la vie continue.

Il regarda encore une fois autour de lui dans la chambre, et lorsqu'il fut certain que tout était à sa place, il éteignit la lumière et ferma la porte.

Dans la cuisine, il dressa les tapas sur deux assiettes, les porta dans le salon et mit la table. Encore l'une des traditions qu'il entretenait en l'honneur de Laura. Elle ne les aurait jamais dégustés dans leur barquette en plastique. Et elle ne mangeait jamais non plus à la cuisine. Pas même pour le petit déjeuner. Pour elle, s'asseoir à une table bien mise faisait partie de la culture et de la qualité de vie. Taler partageait cette opinion et n'en avait pas changé.

Il s'assit à table, se reversa du vin et mangea à la faible lueur des réverbères qui pénétrait dans l'appartement.

Les fenêtres de la maison de Knupp étaient toujours plongées dans l'obscurité. On ne voyait pas un rayon de lumière filtrer de sous un rideau ou par la fente d'une jalousie. Le vieux était peut-être en train de faire la même chose que lui ? Assis à sa table, se contentant de l'éclairage public, qui se reflétait dans les flaques et sur les toits humides des quatre voitures garées ? Mme Gelphart avait-elle raison ? Était-il en bonne voie de devenir un original, comme Knupp ?

Taler alluma, s'installa dans le fauteuil et prit le livre de Laura sur la table basse en verre qui se trouvait à côté. *L'Erreur temps,* de Walter W. Kerbeler.

Le livre était usé par les lectures successives. Quelqu'un avait corné de nombreuses pages. D'autres étaient intégralement griffonnées, les lignes de beaucoup de paragraphes étaient soulignées, les marges grouillaient de notes, de petites étoiles, de renvois et de points d'exclamation.

Le plus souvent, le lecteur avait utilisé un crayon à papier très bien taillé, mais il lui était aussi arrivé de souligner certains passages à grands traits excités de stylo rouge :

« Nous pouvons prendre la matière dans nos mains, cela prouve qu'elle existe. Nous ne pouvons certes pas saisir la pesanteur ou la lumière du soleil, mais elles existent tout de même parce qu'elles agissent sur la matière. La pesanteur fait tomber les choses par terre, les rayons du soleil nous réchauffent la peau. »

Ou bien : « Nous pouvons percevoir la matière, la pesanteur ou les rayons du soleil, et nous pouvons par conséquent aussi les décrire. Perception et description sont les conditions nécessaires pour que quelque chose soit réel, c'est-à-dire existe dans la réalité. »

Ou encore : « Ne vous êtes-vous encore jamais étonné que les horloges et les montres qui nous informent sur le temps qui passe ne soient pas aussi animées par le temps, mais par des ressorts, des rouages ou des piles ? »

Ou enfin : « Le temps ne contrôle ni la durée de notre vie, ni notre processus de vieillissement, lequel, on le sait, est dirigé par des processus biologiques, par exemple la division cellulaire. »

La déduction suivante était même soulignée en rouge *et* en bleu : « Il n'existe donc pas, sous quelque forme que ce soit, d'interaction entre notre conception du temps et un quelconque phénomène physique. Nous ne pouvons donc pas percevoir le temps physiquement, et il nous est par conséquent aussi impossible de le décrire. Le temps ne remplit d'aucun point de vue les deux conditions sous lesquelles il pourrait prouver son existence physique. »

En plus des soulignés bicolores, cette phrase était garnie d'une demi-douzaine de points d'exclamation.

Taler eut l'impression, en feuilletant ce livre usé, de se trouver à la fenêtre et de voir sans être vu. Il observait secrètement ce lecteur inconnu que cette lecture avait tellement bouleversé. Qui était-il ? Quels motifs avait-il de douter de l'existence du temps ? Étaient-ils analogues à ceux de Knupp ? Ou bien aux siens ?

Au fur et à mesure qu'il tournait les pages du livre, Taler ne cessait de tomber sur la répétition d'arguments que Knupp lui avait déjà servis. Ce que nous considérons comme le temps, écrivait-il, n'est que la méthode permettant de mesurer le changement. Ce n'est cependant pas le temps qui est à l'origine du mouvement, qui porte le sprinter de la ligne de départ à celle de l'arrivée, qui teint les cheveux en gris et donne aux feuilles des couleurs vives. La modification, l'unique indice de l'existence du temps, n'est pas produite par le temps. Et elle constitue donc la preuve de son inexistence. A l'instar de Knupp, Walter W. Kerbeler aboutissait lui aussi à la conclusion que là où ne survient aucune modification, le temps n'existe pas non plus.

Et comme le faisait Knupp, il allait jusqu'à affirmer que – puisque, justement, le temps n'existe pas –, on pouvait rétablir n'importe quelle situation passée. La seule difficulté consistait à revenir sur les modifications survenues entre-temps.

Suivait un assez long chapitre regroupant des expériences, similaires à celles de Knupp, avec lesquelles Kerbeler étayait sa thèse. Des photos identiques de natures mortes à des dates différentes, et les déclarations sur l'honneur de témoins attestant que ces clichés avaient effectivement été pris aux dates différentes citées par l'auteur. Les illustrations étaient de trop mauvaise qualité pour êtres convaincantes. Mais Peter Taler tomba alors sur l'affaire qui, pour la première fois, le fit douter de ses doutes : l'expérience de Buttonpond.

James Lee Buttonpond était ouvrier dans une scierie à Doland, dans l'Ohio. Le vingt-sept novembre mille neuf cent soixante-sept, un accident de scie circulaire lui sectionna le bras droit juste au-dessus du coude. Trois ans plus tard, un hasard le fit entrer en contact avec le Dr Jack Meltstone, qui entretenait avec Kerbeler une sorte de collaboration scientifique transatlantique.

Meltstone et Kerbeler, qui séjournait justement aux États-Unis pour études, décidèrent de mener une expérience sur Buttonpond.

Les pièces à conviction de l'expérience Buttonpond étaient constituées de nombreuses planches contact en noir et blanc.

La base était l'agrandissement de l'un des contacts. Il montrait James L. Buttonpond dans la véranda d'une maison de bois peinte en couleur claire. Un homme corpulent portant des jeans et un tee-shirt des Ohio State Buckeyes. Il affichait un large sourire devant l'appareil photo et tenait des deux mains une banderole portant l'inscription : « *Champion 1966 !!* » D'une écriture un peu malhabile, quelqu'un avait inscrit dans la marge inférieure : « *Winner of the College World Series June 18 1966 !* »

En dessous, et dans les mêmes dimensions, une photo de la même véranda sous le même angle de vue. Elle montrait le même homme, vêtu des mêmes vêtements, avec la même banderole. Mais il ne pouvait pas la brandir au-dessus de sa tête, car la moitié de son bras droit avait disparu. Tout comme son large sourire. La légende indiquait : « *James Lee Buttonpond, June 18 1970.* »

Cette photo constituait aussi le début d'une longue série de copies légèrement agrandies de négatifs non découpés, tous consacrés au même sujet, mais sans Buttonpond, parsemées en revanche de cercles et de flèches qui désignaient toutes des différences avec l'image d'origine. Une fois, c'était l'angle de la chaise à bascule par rapport à l'objectif qui n'était pas le bon, une autre fois les plis d'un rideau derrière une fenêtre ou la position d'une plante en pot fanée sur l'une des trois marches de la véranda. Çà et là, on voyait sur l'image deux hommes armés de mètres rubans, de compas et d'instruments de mesure du dénivelé. Quelques-unes des photos étaient floues, sous- ou surexposées, et sur certaines on distinguait le manchot Buttonpond qui tenait d'un air grave une balise de géomètre. Toutes les images portaient des numéros de négatif par ordre chronologique.

Cela continuait ainsi sur plusieurs pages jusqu'à ce que, soudainement, au milieu de la série, on tombe sur une photo entourée d'un cercle. Une flèche en partait et allait jusqu'à un agrandissement.

La même véranda, les mêmes outils, mais dépourvus des marques indiquant des différences, car il n'y en avait pas.

À peu près au même endroit que sur la photo de 1966, on distinguait en revanche une silhouette. Elle était un peu estompée, ou bien peut-être un peu translucide, mais cela ne faisait aucun doute : dans une position un peu différente, tenant le même calicot un peu incliné et le sourire un peu moins large, c'était James Lee Buttonpond. Avec ses deux bras.

À cette documentation succédait un long texte qui – à en croire une note de bas de page – n'avait été ajoutée qu'à la deuxième édition augmentée de *L'Erreur temps*. Il contenait des démonstrations détaillées, des témoignages circonstanciés et des répliques furibondes aux doutes exprimés par le monde des spécialistes sur l'authenticité de l'expérience Buttonpond.

Il avait passé beaucoup de temps à lire. La bouteille de vin était vide et les bruits qui provenaient parfois des logements voisins s'étaient tus. Lorsque Peter Taler se leva de son siège, il constata qu'il flageolait un peu. Il se dirigea vers la fenêtre. La pluie avait cessé, et une percée dans la couverture nuageuse laissait voir quelques étoiles. Taler écarta le rideau en voile et ouvrit la fenêtre.

De l'air frais et une odeur de jardin mouillé pénétrèrent dans la pièce. Il s'appuya sur la corniche et respira profondément. En dessous de lui, il vit l'avancée de béton carrée qui se trouvait devant l'entrée de l'immeuble et où l'on avait encastré une grille. C'était là qu'on avait trouvé le corps de Laura. Et c'était le creux de ce décrottoir qui avait recueilli son sang.

C'était plus loin, à l'avant, contre le trottoir, à

proximité des boîtes aux lettres, qu'elle se tenait au moment où Knupp l'avait photographiée. Et une deuxième fois, vingt-quatre heures plus tard, dans les mêmes vêtements.

Ou bien la même fois ?

Comme James Lee Buttonpond, près de cinquante ans plus tôt, lorsqu'il avait encore ses deux bras. Et quatre ans plus tard, lorsqu'il les avait retrouvés. Ou bien la même fois ?

Le silence de la nuit parut tout d'un coup menaçant à Peter Taler. Il frissonna et ferma la fenêtre.

10

Un singulier tableau s'offrit ce dimanche matin aux riverains du chemin Gustav-Rautner : Knupp, ce vieil ermite, manipulait avec componction et d'une main tremblante un théodolite antédiluvien, avec l'assistance pataude du jeune veuf de l'immeuble d'en face, qui fuyait lui aussi le genre humain.

Knupp procédait avec cette manie de l'ergotage propre aux hommes âgés quand ils connaissent quelque chose mieux que les autres. On voyait que tout cela gênait Taler. Il se sentait observé, bien que presque personne ne fût debout en ce début de matinée dominicale.

Albert Knupp s'était procuré un vieux théodolite pour son grand projet, et avait acquis en autodidacte les notions techniques essentielles dont il avait besoin pour pouvoir effectuer ses mesures. Penché au-dessus de l'appareil, il regardait dans la lunette de visée et dirigeait son assistant avec des gestes impérieux.

Un peu plus loin sur la gauche, un peu plus à droite, un pas en arrière.

Il avait expliqué à Taler le sens et l'objectif de la mission, tout comme un officier ayant un sens éclairé de la pédagogie détaille un exercice devant ses soldats.

Il s'agissait « de se rattacher aux points de polygone existants afin de déterminer de nouveaux points fixes dans le jardin ».

Ce qu'il y avait de désagréable, pour Taler, dans ce travail, c'est que ces points de mesure officiels se trouvaient dans la rue. Il devait centrer et mettre à l'horizontale, le tout avec une précision millimétrique, le pied et le théodolite. À lui seul, ce travail coûta plus d'une demi-heure au géomètre tremblotant et à son assistant inexpérimenté.

Taler avait eu l'espoir que personne ne les regarderait faire. Cette illusion fut réduite à néant par le gardien de l'immeuble, le mari de sa femme de ménage noire. Il fut soudain derrière eux et demanda :

— Qu'est-ce que vous mesurez là ?

Et son ton laissait entendre que *mesurer* était une sérieuse entorse au règlement de l'immeuble.

— Une polygonale, grogna Knupp.

Le concierge Gelphart ne broncha pas et répondit sur le même ton de professionnel :

— C'est bien ce que je pensais.

Le gardien était encore à portée de vue lorsque les curieux suivants firent leur apparition : c'était le couple Keller, qui vivait à l'étage en dessous de chez Taler. Ils portaient leurs habits du dimanche et étaient sûrement en route pour le culte de leur Église libre. Leur secte, comme l'appelait Mme Gelphart, vénéneuse.

Le point de station horizontal sur lequel Knupp et Taler étaient précisément en train de dresser le théodolite se trouvait tout juste sur la trajectoire de la Nissan grise de Keller, qui quittait sa place, et ils durent libérer le terrain. Knupp le fit en maugréant, et Taler en assurant le conducteur que ça n'était absolument pas un problème. Laura lui avait toujours reproché de vouloir ménager la chèvre et le chou. C'était, pour elle, à ranger dans la même rubrique que sa manie de la ponctualité. Il préférait attendre un quart d'heure plutôt que de forcer quelqu'un à patienter deux minutes. Il devait perdre cette habitude, disait-elle : après tout, lui aussi était quelqu'un.

De cela, Peter Taler n'avait jamais douté. Il savait ce que dissimulait cette supposée faiblesse : il ne voulait rien devoir à personne. Pas un service, pas d'argent, pas de temps, rien. Il n'était pas parvenu à donner le véritable motif à Laura, craignant qu'elle ne le prît pour une marque d'arrogance. Comme il connaissait Laura, en cas de doute, elle préférait encore la soumission à l'arrogance.

Il ne resta donc pas non plus redevable aux Keller de la moindre minute. En revanche, il dut à Knupp les vingt minutes que le fait de reposer le théodolite à sa place leur prit. Mais Taler s'en moquait. D'ailleurs Knupp ne croyait pas au temps.

Il fut heureux de pouvoir enfin se mettre à couvert dans le jardin de Knupp avec son jalon et y indiquer les points qui intéressaient le vieux : la terrasse, la clôture, l'espalier, le séchoir à linge, la rocaille, le chemin dallé. On était au début de l'après-midi lorsqu'ils eurent défini les points fixes dont Knupp avait besoin pour dresser le plan du jardin situé devant la maison.

— Pause déjeuner, ordonna-t-il.

Il guida Taler dans le salon, où la table était dressée pour deux personnes, alla chercher à la cuisine de l'eau minérale, de la charcuterie et de la salade, puis l'invita à passer à table.

— Pourquoi ne faites-vous pas appel à un bureau de géomètres ? demanda Taler en mangeant.

Knupp continua à mâcher sa bouchée et, en guise de réponse, frotta le pouce contre l'index.

— Nous avons besoin de l'argent pour autre chose, expliqua-t-il lorsqu'il eut dégluti.

Taler ne demanda pas de quoi il s'agissait. Ils mangèrent en silence, au rythme circonspect de la pendule.

— Mon vieux Leica existe aussi, aujourd'hui, en version digitale. Les vieux objectifs sont toujours utilisables. Cela nous ferait gagner beaucoup de temps et nous épargnerait tout le travail de laboratoire.

Taler se contenta d'acquiescer en silence.

— Mais voilà : pour cela, il faudrait un ordinateur.

Taler étala deux tranches de pâté aux herbes sur une tranche de pain.

— Vous vous y connaissez en ordinateurs ?

Taler leva les yeux.

— Ça va.

— Vous en avez un ?

— Celui de Laura.

Il n'avait pas envie de se laisser entraîner plus loin encore dans cette histoire.

— Vous pourriez m'aider ?

— Peut-être, finit tout de même par dire Taler.

— « Peut-être », ça ne suffit pas, je dois en être certain, cet appareil coûte quelques billets de mille.

— OK.

— Merci.

Taler le regarda avec étonnement. C'était le premier remerciement qu'il eût entendu de Knupp.

Peu avant quatre heures, le ciel se couvrit de nuages de pluie noirs et un vent proche de la tempête leur compliqua la tâche. Mais Knupp ne donnait pas l'impression de vouloir arrêter. Ils étaient en train de mesurer la rocaille de Martha, plantée de toutes sortes de persistantes et décorée de coquillages, et Knupp ignorait obstinément les rafales de vent. Il fallut que le ciel se mette à lâcher des hallebardes pour que Taler se réfugie sous l'appentis, à l'entrée de l'immeuble. Knupp détacha le théodolite de son trépied et rejoignit Peter.

— C'est juste une averse, affirma-t-il, d'ici quelques minutes tout sera terminé.

La pluie tombait sur le revêtement Eternit de l'appentis, faisait sautiller les feuilles du lilas, recouvrait le dallage d'un tapis de gouttes d'eau qui giclaient, faisait déborder la citerne sous la descente de gouttière et masquait les maisons voisines.

— Ça me rappelle la Nafurahi, dit Knupp. Martha ne se sentait pas bien ce jour-là, et nous sommes restés dans la *lodge*. Nous et le personnel mis à part, il n'y avait personne. Nous étions assis au bar, Martha a eu l'idée de commander un gin tonic au beau milieu de la journée. Elle qu'un verre de vin suffisait à soûler ! Nous étions assis à une petite table, contre la rambarde – le bar n'avait pas de fenêtre – et nous regardions la chute d'eau en dessous. Il ne se passait pas grand-chose, là-bas, quelques antilopes, des oiseaux, des hyènes. Et tout d'un coup il s'est mis à pleuvoir. Comme maintenant. Comme s'il avait toujours plu, comme s'il devait pleuvoir toujours.

Ils écoutèrent la pluie diluvienne.

— *Nafurahi Lodge*. C'est du swahili. Vous savez ce que ça veut dire, *Nafurahi* ? (Knupp ne s'attendait pas à ce qu'il réponde.) « Je suis heureux. »

Le roulement de tambour et le mugissement enflèrent. Knupp commença à essuyer le théodolite avec un chiffon.

— Nous n'avons encore jamais été en Afrique, dit Peter Taler.

Knupp ne quitta pas sa besogne des yeux. Mais il releva :

— N'est-ce pas, ça nous arrive tout le temps.

— Quoi donc ?

— Un *encore* comme celui-là, par exemple. « Nous n'avons encore jamais été en Afrique. » Comme s'il était toujours temps de rattraper ça. Ça ne veut pas nous entrer dans la tête. Et rien ne nous y oblige non plus. Je le sais, maintenant.

— Vous le savez ?

— Oui. Oh bien sûr, c'est un savoir tout neuf, je m'applique encore à me l'approprier entièrement. Mais je fais des progrès. Les personnes âgées apprennent plus lentement. Mais elles continuent à apprendre.

L'eau de pluie jaillissait par hoquets du tuyau peint en noir, elle était la source de l'unique bruissement irrégulier dans ce mugissement monotone.

— Il m'arrive de me prendre à céder de nouveau à la pensée temporelle. Par exemple de me dire : Dommage que je ne sois pas tombé là-dessus plus tôt et que j'aie perdu tellement de temps.

Knupp regarda Taler et rit comme on rigole d'une blague médiocre.

— Comment peut-on perdre quelque chose qui n'existe pas ?

Taler se contenta de sourire faiblement.

— J'aimerais pouvoir y croire, moi aussi.

— Croire ! Croire, c'est pour les religions. On doit croire à ce qui n'est pas prouvé scientifiquement. Dieu, la vie après la mort, la création. Ici, il est question de savoir, jeune homme. De science.

— Il y a un bouddha dans la chambre de votre femme.

— Oui. Elle était en quête. Si j'avais eu plus de respect pour cela, nous serions partis pour le Népal et le Tibet, et nous pourrions nous épargner tout ce que nous sommes en train de faire.

Pendant un moment, il resta le regard perdu, fixé sur le jardin pris sous la pluie.

— Vous ne croyez pas au destin ? Y croire aide certaines personnes.

— Autrefois ça m'aidait aussi. Mais il y a plus consolateur que la foi dans l'immuabilité du destin : la connaissance du fait qu'il est possible de le transformer.

Le changement de sujet de Taler était un peu malveillant :

— À propos de possibilité de transformer les choses : à supposer que nous y arrivions et que, le onze octobre, tout soit comme en quatre-vingt-onze. Et qu'il se mette à flotter comme aujourd'hui ?

Knupp haussa les épaules.

— Ça ne sera pas le cas.

Et il ajouta, plus fort qu'il n'aurait été nécessaire pour se faire entendre malgré le vacarme :

— Nous avons eu assez de poisse. Maintenant il nous faut un peu de chance, bougre de nom.

Knupp s'était trompé, la pluie n'était pas l'affaire de quelques minutes. Elle céda certes un petit peu, mais pour se transformer en un crachin obstiné.

— Je crains que nous ne devions reporter la suite au week-end prochain, dit Taler, en s'efforçant de ne pas laisser paraître son soulagement.

— Vous voulez dire à demain, répondit Knupp en soulignant ses propos d'un geste de la main. Ce que nous faisons ici n'est pas un travail de week-end, les jours nous sont trop comptés pour cela. Vous devez considérer cela comme une activité de loisirs à temps plein. Le plus souvent, vous êtes chez vous vers dix-huit heures, et le soleil ne se couche qu'un peu avant vingt et une heures.

Au petit déjeuner, il entendit la clef dans la porte de l'appartement, et peu après le « C'eeest mooooi !! » de Mme Gelphart.

Il était sept heures du matin, un horaire inhabituel pour sa femme de ménage.

— J'ai un rendez-vous à onze heures, alors je me suis dit que je viendrais un peu plus tôt.

Elle disparut dans la cuisine, mais revint peu à peu et alla droit au but.

— Ça ne me regarde pas, mais qu'est-ce que vous mesurez, avec le vieux Knupp ?

Ce n'était pas son rendez-vous qui l'avait amenée ici de si bonne heure, c'était la curiosité. Elle voulait coincer Taler avant qu'il ne fût parti au bureau.

— Il m'a prié de l'aider à refaire l'aménagement de son jardin.

— Et vous lui avez demandé pourquoi il veut le refaire ?

— Non. Mais voir un homme de son âge oser encore s'attaquer à des entreprises à long terme m'a impressionné. La plupart des vieux se résignent.

— Ou bien ils deviennent fous.

— Je ne crois pas qu'il soit fou. Il est simplement un peu seul.

— Alors vous vous êtes dit que puisque vous aussi vous êtes un peu seul…

— Peut-être.

— Ne lui tournez pas trop souvent autour. Sans ça, vous aussi, vous allez devenir bizarre.

Taler ne répondit pas. Il but son café et s'essuya la bouche d'un geste résolu, ce qui signifiait que, pour lui, le sujet était clos.

— Vous l'êtes déjà un peu.

— Bizarre ?

— Vous passez toutes les soirées chez vous, vous laissez tout exactement là où c'était autrefois. Méfiez-vous ! Vous avez encore la vie devant vous. Vous êtes un jeune homme.

— J'ai quarante-deux ans.

— C'est bien ce que je dis.

Taler ramassa sa vaisselle et l'apporta dans la cuisine. Mme Gelphart le suivit.

— Pour réaménager le jardin, on n'a tout de même pas besoin des points de mesure du géomètre municipal.

Taler prit sa veste au portemanteau.

— Knupp ne veut pas réaménager le jardin. Mon mari dit qu'il veut le restaurer. Dans l'état où il se trouvait quand elle vivait encore au millimètre près.

Un type pareil n'est tout de même pas complètement normal ?

Poussé par une intuition qui lui resservirait ultérieurement, Taler répondit :

— Il travaille à un projet. Une sorte d'étude scientifique sur le temps et la modification. Plus tard, ça deviendra un film.

Elle se montra surprise.

— Un film ? À son âge ?

— Mais voyons, c'est admirable.

Peter Taler passa sa veste et prit congé.

Il ne pleuvait plus, mais l'air était frais et le ciel gris.

Ce soir-là, il rencontra pour la première fois Sophie Schalbert.

Taler cherchait une borne dans le jardin voisin, qui avait de belles dimensions. Avant que, dans les années cinquante, plusieurs pavillons soient construits dessus, le terrain avait été encore plus vaste. Une maison majestueuse se trouvait dans le jardin aux allures de parc : la Villa Latium.

Il s'agenouilla en lisière du terrain humide, près du compost. Au sommet du tas se décomposaient des feuilles de chou, des restes de laitue, des épluchures de pommes et des tulipes fanées, il flottait une odeur de pourriture et de décomposition. Il piqua au hasard avec une petite pelle entre les orties.

Posté de l'autre côté de la clôture, Knupp donnait des instructions.

— Elle est forcément quelque part, je l'ai vue sur le cadastre.

Il parlait à mi-voix, bien qu'il eût affirmé qu'il n'y avait personne dans la maison à cette heure-là.

Remontant par les fils de son pantalon, l'humidité était déjà arrivée à la hauteur des genoux de Taler, et des mottes d'argile s'étaient formées sous ses semelles. Il avait plu encore une fois en fin d'après-midi, et des gouttes d'eau descendant du bouleau lui tombaient dans le col.

Sa petite pelle buta enfin contre la pierre.

— Là ! dit Knupp.

Taler dégagea la borne. Elle était carrée et percée en son centre d'un trou désignant le point qu'ils devraient transposer depuis le jardin des voisins vers chez Knupp afin de pouvoir aussi mesurer le jardin de derrière. Ils étaient justement en train de faire franchir la barrière au théodolite lorsqu'une voix féminine demanda :

— Qu'est-ce que tu fais ici ?

Une vieille dame se trouvait au bord du chemin. Elle portait l'un de ces tabliers qu'utilisaient autrefois les femmes pour faire leurs travaux domestiques, marchait à l'aide d'une canne et tenait à la main un seau plein de déchets de cuisine. Elle était en route vers le tas de compost.

— Bonsoir, Sophie, dit Knupp d'une voix embarrassée.

— Qu'est-ce que tu fais là ? répéta-t-elle.

— Nous mesurons quelque chose.

Alors seulement, elle salua Taler d'un geste de la tête. Puis elle se tourna de nouveau vers Knupp.

— Et quoi donc ?

— Tu as ici un point d'arpentage que nous voulons transposer chez moi.

— Le point ne va pas bouger d'ici.

— Non, pas vraiment transposer juste... de manière théorique.

— Et quand bien même, on ne se faufile pas comme ça chez les gens ! On sonne et on demande si l'on verrait une objection à ce qu'on vienne pour transposer un point dans le jardin.

— Je ne voulais pas déranger.

— Dans ce cas ne dérange pas plus longtemps.

Elle passa devant lui, déversa dans le compost le contenu de son petit seau et se tourna de nouveau vers lui.

— J'attends que ton second soit repassé de l'autre côté avec ce machin.

Ils hissèrent ensemble le théodolite et lui firent franchir la clôture dans l'autre sens.

— Bonne soirée et sans rancune, dit Knupp.

— Mais ça n'a aucun rapport avec le bouleau, n'est-ce pas ?

Sa question exprimait une certaine méfiance.

— Aucun, confirma Knupp. Strictement aucun.

Plus tard, Taler demanda :

— Qui était-ce ?

— Sophie Schalbert. Elle loge seule dans cette bicoque avec son mari paralysé. Ils devraient être à l'hospice depuis longtemps.

— Et qu'est-ce qu'elle voulait dire, avec le bouleau ?

— Le bouleau du classeur « problèmes ». Il y a un certain temps, j'y avais fait une prudente allusion devant elle, ça l'a rendu folle furieuse.

— Et comment comptez-vous le résoudre ?

— *Nous* allons le résoudre.

Lorsque le soir arriva, Knupp annonça :

— Aujourd'hui vous allez goûter quelque chose qu'on ne vous servira plus jamais.

Comme chaque soir, Taler n'avait rien de prévu et le suivit dans le salon. Knupp apporta deux verres de schnaps et une bouteille. Elle était encore remplie au quart d'un liquide incolore. On y avait inscrit, d'un large coup de pinceau à la peinture verte, « GRST 09 ».

Knupp le déboucha d'un geste solennel, remplit les deux petits verres et leva le sien à la santé de Taler. C'était une eau-de-vie beaucoup trop forte et qui lui coupa le souffle.

— Devinez.

— Une gnôle de paysan quelconque.

— De la pomme. De la gravenstein 2009. Elle vient de là, dehors. (Il pointa son doigt vers la fenêtre.) Buvez-la avec modération. Ce que vous voyez ici (il brandit la bouteille), c'est tout ce qu'il en reste. Au début de l'année, après cette récolte, j'ai remplacé les arbres.

Taler plongea encore une fois les lèvres dans le verre.

— Et de nouveau au début de cette année-ci. Pour quelle raison ?

— Une erreur de taille.

— De taille ?

— Je voulais élaguer les nouveaux arbres en leur redonnant la forme qu'ils avaient à l'époque. Mais je n'y suis pas arrivé. Il faut être à deux, pour cela. Le premier guide celui qui taille.

— Je comprends.

— Vous serez celui qui taille.

Knupp se leva et quitta la pièce. Il revint avec deux photos. Elles avaient été tirées sur papier transparent et montraient l'un des pommiers du jardin.

— Celle-là, c'est quatre-vingt-onze. Et celle-ci, c'est maintenant.

Knupp les tint face à la lampe et tenta de les superposer avec précision, mais il abandonna rapidement.

— Essayez, ordonna-t-il.

Taler n'y parvint pas non plus.

— J'ai fait plus de trente photos comme celle-là. Et malgré tout je n'y suis pas arrivé. Il n'y a pas un programme informatique, pour ça ?

— Probablement que si. Des programmes informatiques, il y en a pour tout.

— Achetez-le.

Knupp leva son petit verre et le vida. Taler l'imita. Lorsque le vieil homme le remplit de nouveau, quelques gouttes tombèrent à côté. Il alla chercher un mouchoir dans la poche de son pantalon et essuya. C'est alors qu'il lança, à brûle-pourpoint :

— Votre femme était comme la mienne. Elle aussi, elle était en quête.

Ce n'était pas vrai. Au contraire : dès leur première rencontre, Peter avait été impressionné par la précision avec laquelle Laura savait qui elle était et ce qu'elle voulait. C'était une personnalité stable. Pour ce qui concernait les questions liées à la transcendance aussi, elle savait où elle en était. Certes, ils n'avaient pas beaucoup parlé de ces choses-là, mais Taler voyait bien que dans l'image qu'elle se faisait du monde, la place que réservait Laura à une puissance supérieure était tellement naturelle qu'aucune définition plus précise n'était nécessaire. Mais au lieu de contredire Knupp, il demanda :

— Avez-vous jamais parlé à Laura de votre expérience ?

— Non, répondit posément Knupp. En tout cas pas de manière explicite.

— Comment ça, alors ?

Knupp tourna un peu autour du pot avant de lâcher le morceau :

— Elle m'a demandé s'il existait des livres sur ce sujet, et je lui ai donné un nom. Il n'y en a pas beaucoup, malheureusement. Et ce qui existe est épuisé.

— Kerbeler.

Knupp était étonné.

— Vous connaissez Kerbeler ?

— Laura a commandé son essai chez un marchand de livres anciens. Il est arrivé voici quelques jours seulement.

— Vous l'avez lu ?

— Un peu.

— Dans ce cas, l'expérience Buttonpond a sûrement dû vous dire quelque chose.

— Justement !

Taler grimaça.

— Vous en doutez ?

— Pourquoi cela n'a-t-il pas fait plus de bruit ? Les scientifiques du monde entier auraient dû s'en émouvoir. Cela remet tout en question.

— C'est bien le problème. Ça remet tout en question. Personne ne veut que tout soit remis en question, surtout pas la science. On a forcé Galilée à démentir le fait que la Terre tourne autour du Soleil.

Taler goûta son eau-de-vie du bout des lèvres.

— La science a liquidé Kerbeler et Meltstone, et l'a fait avec une telle minutie qu'il n'est plus rien resté ni de l'un ni de l'autre.

Knupp marqua une pause rhétorique avant de reprendre :

— Qu'un bouquiniste mette un an pour dénicher ce livre est pour moi une preuve indiscutable que l'expérience n'a pas été truquée.

Taler eut un sourire triste.

— Pas un an, six mois, selon la propriétaire de la boutique. Elle l'aurait commandé peu avant Noël.

— À cette date votre femme était morte depuis très longtemps.

— La libraire était absolument sûre d'elle.

— Vous lui avez demandé pourquoi elle en est aussi certaine ?

— Non.

— Vous devriez le faire. (Knupp se servit le reste de la gravenstein.) Ensuite, vous finiriez peut-être tout de même par croire à l'expérience Buttonpond.

11

Son ancien collègue de bureau sentait la sueur sèche. De tout le temps qu'il avait partagé cette pièce avec lui, Taler n'était pas arrivé à le lui dire. Laura avait proposé : « Tu n'as qu'à imaginer qu'il sent le cumin. » De fait, le parfum du cumin avait beaucoup de points communs avec l'odeur de la transpiration. Mais cette découverte n'avait servi à rien. Au lieu de rendre les exhalaisons de son collègue plus supportables, elle avait éveillé en Taler une aversion aux currys.

Sa nouvelle collègue de bureau, Betty Zehnder, avait chaque jour une senteur différente. Elle conservait dans son armoire toute une collection de petits échantillons de parfum, et en essayait un nouveau chaque jour. Lorsqu'elle allait déjeuner, ou lorsqu'elle était convoquée chez Perlucci ou chez Gerber, elle le rafraîchissait.

Ce jour-là, une fragrance pénétrante et enivrante flottait dans l'air. Il renifla, et elle le remarqua.

— *Poison,* annonça-t-elle. De chez Dior.

Taler n'aurait pu dire ce qui lui paraissait le pire : la sueur sèche ou « Poison ».

Betty avait une autre singularité à laquelle il avait

encore beaucoup de mal à s'habituer : elle téléphonait devant lui.

Ce n'était pas avec ses interlocuteurs qu'elle discutait au téléphone : quand elle parlait, c'était pour lui, Taler, qui lui servait ainsi de public. Et cela valait autant pour ses appels professionnels que pour ses coups de téléphone personnels. Elle prononçait des phrases comme : « Se faire refaire le nez ? Alors que son nez est ce qu'elle a de mieux ? » Ce faisant, elle regardait dans sa direction, et quand elle avait l'impression qu'il avait entendu quelque chose, elle lui lançait un clin d'œil.

Même ses discussions confidentielles – et elle avait sans arrêt des discussions confidentielles – lui étaient destinées. Elle parlait certes si doucement dans son portable, qu'elle protégeait sous le creux de sa main, qu'il ne pouvait pas comprendre le moindre mot, mais elle le faisait d'une manière tellement provocatrice qu'il se surprenait régulièrement à produire de grands efforts pour discerner un bout de phrase. Dieu sait pourtant que les secrets de Betty lui étaient indifférents

Betty avait un ami, un *lover*, comme elle disait. Taler l'avait vu un jour où il était passé la prendre à l'entreprise au volant d'une Mustang. Un homme de taille moyenne en costume cintré, portant un tatouage en forme de serpent qui remontait le long de son cou musclé à partir de son col, pour s'arrêter juste en dessous de l'articulation maxillaire. Betty l'avait forcé à descendre pour lui présenter Taler. L'homme avait près d'une tête de moins que Peter, sa poigne était un étau et il s'appelait Enzo. « Si tu as besoin un jour d'une voiture spéciale, Peter » : c'est en ces termes que l'autre l'avait salué.

C'est aussi d'Enzo que Betty tenait sa passion pour l'automobile. Elle l'accompagnait à Genève pour le salon de l'auto, partait avec lui sur le circuit du Nürburgring et pouvait parader en récitant les spécifications techniques de voitures de sport dont Taler n'avait encore jamais entendu parler – Porsche 918 RS Spyder, Audi e-tron, Mc Laren MP4 – 12C.

Elle accomplissait son travail avec un manque de concentration angoissant. Elle était capable de lui raconter sa vie, de téléphoner, de boire un café ou de feuilleter des magazines tout en saisissant des factures ou enregistrer des paiements sans commettre la moindre erreur, comme s'il s'agissait de mots croisés pour débutants.

Ce matin-là, quand il entra dans son bureau, elle s'y trouvait déjà. Jusqu'alors, il avait tenté d'être là avant elle pour ne pas devoir renoncer aux petits rituels qu'il accomplissait entre son arrivée et le début du travail : ouvrir les fenêtres en grand, lorgner la cour, en bas, pendant quelques minutes, accrocher sa veste dans l'armoire, démarrer l'ordinateur, rejoindre à pas lents la machine à café, boire son double express à petite gorgées devant l'écran tout en survolant le journal en ligne.

Mais cette fois il était arrivé en retard. L'air était saturé de « Poison », la fenêtre était fermée – Betty était sensible aux courants d'air : pour cette seule année, elle en était à sa troisième cystite. Elle était assise, téléphonait, et lui fit un signe de comploteuse sans interrompre sa phrase.

Il abrégea donc son rituel d'arrivée et se mit au travail.

La matinée défila. Kübler apporta le courrier et lâcha à Betty ses remarques plus ou moins scabreuses. Elle s'y laissa prendre, comme d'habitude, et leva les yeux au plafond dès qu'il eut fermé la porte. Il reviendrait sous un prétexte quelconque une deuxième, peut-être une troisième fois.

À dix heures, Betty prit sa pause. Il profita de l'occasion pour faire entrer de l'air frais et pour passer un coup de fil au sergent Giovanni Marti.

— J'ai une nouvelle photo du conducteur de vélomoteur, lui révéla-t-il.

Marti sembla avoir besoin d'un certain temps avant de comprendre de quel motocycliste il parlait. Ce qui conforta Peter Taler dans son soupçon que la police avait classé l'affaire.

— Le conducteur du vélomoteur sur la photo de Laura, vous savez bien. Je vous ai apporté ça il n'y a pas longtemps. Au fait, c'était une Ciao.

— Je sais.

— Ah bon.

— Et la nouvelle photo ?

— C'est Knupp qui l'a prise. On y voit le vélomoteur sur sa béquille et le conducteur qui sonne à la porte. Vous voulez que je vous l'envoie par mail ?

— Même mob, même conducteur ?

— Je ne peux pas vous le garantir. Mais vos spécialistes le pourront peut-être. Je vous l'envoie tout de suite.

Taler crut avoir entendu un soupir réprimé.

— Alors ? Arrivé ?

Quelques secondes plus tard, Marti confirma l'arrivée du message.

— Vous avez la photo devant vous ?

— Un instant.

Marti n'avait manifestement pas eu l'intention de la regarder tout de suite. Il fallut encore un moment avant qu'il dise :

— Mmoui… ça pourrait être le même homme. Mais pas forcément. Merci pour l'information. Je vous tiens au courant.

— Moi aussi.

Sur ce, Taler se remit à enregistrer des factures de fournisseurs. À midi, il avait fait grimper les dettes de Feldau & Co. à un peu plus de sept cent vingt mille francs suisses. Il sortit de sa serviette l'enveloppe contenant le plan des pommiers, souhaita bon appétit à Betty et partit rendre visite à Bernoulli.

Assis devant trois écrans, le chargé de maintenance informatique piochait à la petite cuiller dans une salade de pâtes, concombres, jambon et mayonnaise.

— Tu as un moment ? demanda Taler.

L'informaticien acquiesça et fit descendre la salade aux cornettes avec une gorgée de Coca-Cola. Taler remarqua la trace de mayonnaise restée collée au goulot de la bouteille.

— Tu connais un logiciel capable de faire ça ?

Il lui tendit les deux photos du pommier tirées sur transparent. Il les avait collées l'une à l'autre avec du scotch, par la marge supérieure.

Bernoulli lui ôta la feuille de la main sans dire un mot, et l'étudia.

— Qu'est-ce que c'est ? De l'art ?

— Une sorte d'avant-après sur un pommier. Vingt et un ans plus tard.

— Et c'est censé servir à quoi ?

La question plongea Taler dans un bref instant de perplexité. Il finit à répondre :

— C'est juste comme ça. Tout ne doit pas forcément servir à quelque chose.

Bernoulli le toisa, sceptique. Cette manière de voir les choses lui était étrangère. Il prit la salade aux cornettes et s'en remplit la bouche. Taler attendit patiemment qu'il ait dégluti.

— Un logiciel qui te permettrait de superposer les photos ? N'importe quel programme de retouche digne de ce nom en est capable.

— Donne-moi le nom du plus simple.

Après son passage chez Bernoulli, Taler partit pour rejoindre l'Antiquariat Librorum.

Taler dut patienter : Mme Neuschmid avait un client.

C'était un petit homme, la cinquantaine, en costume trois-pièces gris, la chevelure courte et séparée par une raie sévère, portant des lunettes sans montures.

Il désignait dans les étagères les livres que la vieille dame devait aller lui chercher en montant sur l'échelle. Il les examinait sous toutes les coutures, les ouvrait, les humait même brièvement, et lorsqu'ils lui plaisaient, la bouquiniste les déposait dans l'une des trois caisses d'aluminium qui se trouvaient au sol, à côté de lui. Ni le contenu, ni les indications bibliographiques des livres ne semblaient l'intéresser.

Mme Neuschmid avait lancé à Peter Taler :

— Regardez donc un peu dans les rayons, je suis à vous tout de suite.

Mais il fallut un bon moment avant que l'homme paie et quitte la boutique en lançant : « M. Gut passera les prendre cet après-midi, comme toujours. »

— On dirait un professeur de littérature, mais il est architecte d'intérieur, expliqua Mme Neuschmid. Il achète toujours des livres pour décorer les étagères de ses clients. Cela me fend chaque fois le cœur, mais il faut bien vivre. Vous cherchez quelque chose en particulier ?

— Je reviens vous voir à propos de ce livre sur le temps. Vous vous en souvenez ?

— Vous êtes le monsieur dont la femme… Ou bien l'amie… ?

— Vous disiez qu'elle vous avait commandé ce livre peu avant Noël. Mais peu avant Noël, elle était déjà morte depuis six mois.

— Je sais. Je suis navrée que cela me soit arrivé. J'ai un mauvais sens du temps.

— Vous disiez que vous en étiez tout à fait certaine.

— Oh, vous savez, à mon âge.

— Qu'est-ce qui vous rendait aussi sûre de vous ?

La libraire lui lança un regard scrutateur entre deux traits épais d'eye-liner.

— Ne prenez pas le temps aussi au sérieux. Il n'existe pas.

Peter, déjà à moitié converti, ne la contredit pas. Il se contenta de répondre :

— Mais la modification existe. Quelles modifications permettent-elles de penser que nous étions peu avant Noël lorsque Laura a commandé ce livre ?

Mme Neuschmid hésita.

— Ma mémoire m'a probablement trompée.

Taler attendit, et comme elle demeurait indécise, il lui adressa un signe de la tête pour l'encourager.

— Elle portait un bonnet en fourrure enfoncé sur le front, ça faisait un très bel effet. Je lui ai demandé si c'était du ragondin, elle m'a dit que non, c'était artificiel, mais qu'au toucher on aurait dit du vrai. J'ai palpé la fourrure, et effectivement, on aurait juré qu'elle était authentique.

Laura avait bien possédé un bonnet de ce genre. Elle l'appelait « mon bonnet Jivago ».

— Elle l'a porté jusqu'au printemps.

— Mais c'était peu avant Noël. J'ai toujours un sapin de Noël dans la boutique. La dernière fois qu'elle est venue, j'étais en train de le décorer. J'étais debout sur l'échelle, et elle m'a fait passer les boules.

— Dans ce cas c'était forcément Noël de l'année précédente.

Mme Neuschmid le démentit d'un geste résolu :

— Le Noël d'avant, j'étais à l'hôpital. Le col du fémur. Dans ce cas, ça devait être celui d'il y a deux ans.

C'est Peter, cette fois-ci, qui la contredit.

— Cette année-là, elle n'avait pas encore son bonnet.

Taler alluma la lumière et regarda le réveil. Il était une heure et demie, il n'avait dormi qu'une heure. Il se leva et se prépara une tisane à la fleur d'oranger, le remède de Laura contre l'insomnie. Dans la chambre à coucher, Taler se glissa un oreiller derrière le dos et attendit que la tisane eût suffisamment refroidi pour qu'il pût la boire.

La photo de Laura légèrement floue près des

boîtes aux lettres lui revint à l'esprit. Et il repensa à Mme Neuschmid, d'Antiquariat Librorum. Elle était certaine que la visite de Laura avait eu lieu juste avant Noël et son explication était plausible. Dans cet état d'irréalité où l'avaient plongé le surmenage et la fréquentation de Knupp, l'idée que le temps n'existait pas ne lui paraissait plus aussi invraisemblable. Et si le temps n'existait pas, l'année qui s'était écoulée depuis la mort de Laura n'existait pas non plus.

La tisane était à présent à la bonne température. Peter éteignit la lumière. Mais cette idée ne le laissait pas en paix.

Le temps et l'espace. Si le temps n'existait pas, il restait l'espace. Et Laura devait forcément s'y trouver quelque part.

— Non, merci, dit Peter Taler, lorsque Knupp lui proposa une bière.

Il voulait mener cette discussion en étant pleinement maître de ses moyens intellectuels.

Il n'avait pas eu à réfléchir longtemps pour savoir avec qui il pouvait parler de cette histoire. Aussi déplaisante que fût la constatation : Knupp était son seul interlocuteur possible.

En sortant de son travail, il était allé directement chez lui, sans même se changer. Knupp était à la porte, en tenue de travail. Taler passa devant lui et se dirigea vers le salon.

— Il faut que je vous parle, dit-il.

Il s'assit à la table où Knupp prenait ses repas. Avant même que celui-ci se fût installé, il reprit :

— J'ai suivi votre conseil, j'ai demandé à la bouquiniste pourquoi elle était si certaine que Laura avait été chez elle peu avant Noël.

Knupp s'assit.

— Et alors ?

Taler lui raconta l'histoire du bonnet Jivago et des boules de Noël. Lorsqu'il eut terminé, Knupp commenta :

— Ça paraît tout de même convaincant, non ?

— C'est bien ce que je pensais : ça ne vous étonne pas.

— Un peu quand même, parce que ça n'est pas fréquent. Mais ça arrive.

— Comment ça ? Je pensais que pour ça il fallait annuler toutes les modifications ?

Knupp soupira.

— J'ai bien une explication mais elle est tellement simple qu'elle dépasse notre imagination.

— Laquelle ?

— S'il n'existe pas de temps, alors il n'y a ni passé ni futur non plus. Logique ?

— Logique.

Knupp avait retrouvé son ton de professeur :

— Qu'en déduisons-nous ? C'est vrai, tout ce qui se produit se produit… j'ai failli dire « simultanément », mais « atemporellement » ou « sans temps » serait plus exact. Rappelons-nous l'exergue du livre de Kerbeler : « Rien ne s'est encore jamais produit dans le passé, et rien non plus dans le futur. »

— Continuez, le pressa Taler.

— Cette femme a dit que Laura venait souvent. Peut-être qu'un jour elle portait son bonnet de fourrure. Peut-être qu'un jour la propriétaire de la boutique était en train de décorer le sapin de Noël. Mais comme le temps n'existe pas, l'un comme l'autre se sont passés dans l'intemporel.

Peter Taler tenta de se le représenter, mais cela dépassait son imagination.

— On pourrait aussi le formuler plus simplement : Mme Neuschmid est une vieille femme, et les personnes âgées mélangent parfois les choses.

Knupp sourit.

— C'est exact. Mais la vérité, c'est que plus on devient vieux, moins le temps a d'importance. Même si l'on ne croit pas à son inexistence. Et de l'insignifiance à l'inexistence, il n'y a qu'un tout petit pas.

12

Laura s'était souvent moquée de la maladresse de Peter. Elle, avec son talent de dessinatrice, son écriture piquée et sa main calme, s'amusait de son incapacité à dessiner le moindre croquis et de ses grossières pattes de mouche.

Que le destin l'eût justement choisi, lui, pour servir de dessinateur à l'homme aux mains tremblantes, aurait certainement beaucoup amusé Laura.

Ils se tenaient devant la table à dessin, dans la salle de mesures de Knupp, penchés sur une grande feuille de papier millimétré. Knupp lui dictait des dimensions. Taler comptait laborieusement les millimètres, ne cessait de perdre ses repères et devait recommencer de zéro.

— Je croyais que vous étiez comptable, rouspéta Knupp.

— Justement. Comptable, pas géomètre.

Il s'agissait de dessiner un plan du jardin. Ils y avaient déjà passé toute la soirée et venaient seulement d'en finir avec les limites du jardin côté rue. Ils s'employaient à présent à reporter les points fixes qu'ils avaient calculés : la terrasse, la clôture, l'espalier, le séchoir à linge, la rocaille et le chemin dallé.

Dès que ces bornes seraient reportées sur les plans des jardins de devant et de derrière, Knupp avait l'intention de les transposer sur les photos de mille neuf cent quatre-vingt-onze. Alors seulement, on pourrait passer à la reconstitution proprement dite.

Ce travail était difficile pour lui, mais il l'amusait. Il s'était aussi habitué à la grossièreté du vieil homme. Non qu'il eût été persuadé que Knupp ne pensait pas ce qu'il disait et qu'il avait en réalité un bon fond. Knupp pensait exactement ce qu'il disait, et Taler doutait qu'il eût un bon fond. Mais les choses étant ce qu'elles étaient, ce vieil hurluberlu était l'homme qu'il comprenait le mieux au monde.

Il s'avoua que le projet le fascinait. Qu'il y ait cru ou non était devenu une question secondaire. Cette histoire comblait le vide qui occupait toute sa vie depuis la mort de Laura. Elle avait mis un terme à la léthargie et au désarroi qui s'étaient emparés de lui depuis. L'espoir de mettre la main sur le coupable n'était plus la seule chose qui le maintenait en vie.

À la fin de cette soirée où il s'était frotté au métier de dessinateur d'architecture – avec un résultat tout de même acceptable –, Knupp lui remit une enveloppe. Comme un parrain glisse quelques billets en cadeau à son filleul.

Avant même d'avoir atteint l'entrée de son immeuble, il décacheta la lettre. Elle contenait un unique négatif, dans une pochette transparente.

Il le scanna et étudia le résultat sur le grand écran de Laura. Cette photo et la dernière que lui avait donnée Knupp provenaient de la même série : le vélomoteur posé sur sa béquille près des boîtes aux lettres, le conducteur près de la maison. Mais ici, il faisait face à l'appareil.

Et il s'apprêtait à quitter l'immeuble !

Taler quitta la chaise de bureau de Laura avec une telle énergie que le siège alla bruyamment cogner contre le mur.

Il ouvrit la porte avec brutalité et se mit à tourner dans l'appartement comme un lion en cage, les mains profondément enfouies dans ses poches.

Qu'est-ce que cela voulait dire ? Qui l'avait fait entrer ? Laura ? Y avait-il une relation entre Laura et son assassin ? Le connaissait-elle ?

Il retourna à son écran.

On voyait le visage de l'homme. Il était dans l'encadrement de la porte, tenait encore celle-ci avec la main droite et attrapait sa visière de la gauche comme s'il s'apprêtait à la baisser. Les parties du visage qui n'étaient pas couvertes par le casque intégral – les yeux, le nez, la lèvre supérieure – étaient certes à l'ombre de la coque, mais avec le logiciel de traitement d'image, Taler parvint à l'éclaircir suffisamment pour qu'on en distingue un peu plus. L'inconnu avait l'arête du nez large et portait ou bien une moustache, ou bien une barbe complète. Ou alors, tout simplement, il n'était pas rasé. Il avait les cheveux châtain sombre ou noirs. Et il était plutôt jeune.

Pour la première fois, Taler vit aussi l'avant de sa veste. C'était sans doute un blouson militaire, il était pourvu d'épaulettes et d'un bon nombre de poches. Il le portait ouvert et l'on voyait qu'il était mince.

Il portait un jean et un sweat-shirt frappé d'un logo où l'on distinguait les lettres A et W. Ses chaussures avaient le bout pointu et le cuir de leur partie supérieure semblait être taillé d'une seule pièce. Des bottes ou des bottines.

Ce n'était pas grand-chose, mais cela faisait tout de même un signalement : vingt à vingt-cinq ans, brun, mince, coiffé d'un casque intégral, une veste militaire, un jean, un sweat-shirt à inscription, des bottes ou des bottines. Conduit un vélomoteur sombre de la marque Piaggio Ciao.

La stature ? Il n'était pas petit. De taille moyenne, alors ?

Taler alla au placard à balais et sortit le mètre pliant de la boîte à outils. Il descendit à grands pas l'escalier qui menait à l'entrée de la maison et mesura le cadre de la porte.

— Bonsoir, monsieur Taler.

C'étaient les Keller, ceux du premier étage. Taler ne les avait pas entendus venir.

Il les salua et les laissa passer. Le parfum capiteux de Mme Keller n'allait pas vraiment avec son apparence tendre et un peu insignifiante. Ils regardèrent son mètre, mais ne firent pas de commentaire. Depuis que Taler avait été vu se livrant à de mystérieux travaux d'arpentage, les voisins ne s'étonnaient plus de rien.

Le cadre de la porte mesurait deux mètres dix. Taler mesura le motocycliste et compara le résultat et la hauteur du chambranle. En décomptant le casque, il arrivait à près d'un mètre quatre-ving-dix.

Il joignit la photo à un courriel, tapa le signalement en guise de message et l'adressa à Marti.

Mais ensuite, il changea d'avis et effaça le mail. Avec cette description, se dit-il, je lui mettrai la main dessus tout seul.

Le lendemain soir, ils terminèrent le travail sur

le plan du jardin de devant et accrochèrent une nouvelle feuille de papier millimétré sur la planche à dessin pour le jardin de derrière. Knupp consulta son bloc-notes.

— Coin cabane à outils, pilier, compost, chemin dallé, bouleau. Nous commençons par quoi ?

— Par le bouleau, proposa Taler.

La cime de l'arbre dépassait la fenêtre de la salle des mesures et barrait la vue sur la villa.

— Quelle taille pouvait-il bien avoir il y a vingt ans ?

Knupp désigna l'une des photos fixées au mur. Taler se rapprocha. C'était une prise de vue d'intérieur. On voyait un bout de commode, en face un pied de lit, au milieu un bouquet de roses dans un vase bombé posé sur un bureau, près de la fenêtre. Les deux volets étaient ouverts. Dans le fond flou de la photo, on discernait la cime d'un arbre et l'on devinait la façade d'une maison.

La pièce avait tout d'une chambre de pension bon marché. Cela sentait la cire et le savon posé sur le bord de l'évier.

— Autrefois c'était la chambre d'amis. C'est malheureusement l'unique photo que j'aie du bouleau.

Taler étudia l'image.

— C'était déjà un grand arbre à l'époque.

— Ça n'est pas un problème. On en trouve d'encore plus grands chez les pépiniéristes.

Ils revinrent à la planche à dessin. Knupp dictait les coordonnées, Taler les inscrivait.

— Dites-m'en plus sur l'homme au vélomoteur, dit Taler en passant, comme s'il s'agissait de se changer un peu les idées tout en travaillant.

— Il n'y a pas grand-chose à raconter. Il est venu, a sonné, est entré, est ressorti. Terminé.

— De quand date la photo ?

— Je dirais : le mois de mars de l'an passé.

— Je voulais dire : précisément.

— Il faut que je vérifie.

— Merci.

— Après. Quand nous aurons fini ceci. Quarante-six virgule quatre.

Taler recommença à compter.

Lorsqu'il se dirigea vers son appartement, il vit que la lumière était allumée au troisième. Mme Feldter, l'hôtesse de l'air, était chez elle. Taler entra chez lui, attrapa les tirages des deux photos où figurait le motocycliste et sonna à la porte de sa voisine.

Il fallut un bon moment avant que le judas s'obscurcisse. La clef tourna dans la serrure et la porte s'entrouvrit.

Manifestement, Mme Feldter était déjà couchée. Elle portait un turban, et son visage luisait d'une crème nourrissante de nuit.

— Oh, excusez-moi, je n'imaginais pas…

— Je me suis dit qu'il ne pouvait s'agir que d'une urgence, à cette heure-ci. J'espère que c'est bien le cas.

— Pour moi, oui. Il s'agit de la mort de Laura. Encore et toujours.

Elle ouvrit la porte.

— Entrez.

Il entra. Elle ferma la porte derrière lui et resta debout dans le petit vestibule.

Mme Feldter portait un kimono brodé, ce qui

lui donnait, associé à la crème de nuit, un petit air de geisha. Les objets qu'il pouvait apercevoir depuis l'endroit où il se trouvait témoignaient eux aussi du goût qu'avait l'hôtesse de l'air pour le mode de vie asiatique.

Il lui montra les photos.

— Il faut que je trouve qui est cet homme.

— Un instant.

Elle le laissa sur place. Lorsqu'elle revint, elle portait une paire de lunettes ; elle lui adressa un sourire embarrassé et lui prit les photos.

— Est-ce le… ?

Taler acquiesça d'un air furibond.

— Presque à coup sûr.

— C'est difficile, évidemment, on ne voit pratiquement rien de lui. Peut-être apportait-il ou venait-il chercher quelque chose. Vous savez quand la photo a été prise ?

— Le dix-sept mars, l'an dernier. Un jeudi.

Cette fois elle ne le fit pas attendre plus longtemps. Elle revint avec un tirage de fichier informatique passé au feutre fluo.

— Mon planning. Je le garde depuis que je fais ce boulot. Plutôt que de tenir un journal.

Elle descendit une colonne du bout de son ongle rouge.

— Là : quinze au vingt mars – Sydney. Si c'est chez moi qu'il voulait aller, ça n'était pas son jour. Les photos ont été prises par le voyeur d'en face, n'est-ce pas ?

— Je ne crois pas que ce soit un voyeur. Mais c'est vrai, il prend des photos.

— Je sais. Un ami à vous ?

Elle aussi était au courant.

— Pas vraiment un ami. Je l'aide un peu. Il est très seul.

Taler la remercia et lui présenta une fois de plus ses excuses pour le dérangement.

— C'est bien parce que c'était vous, répondit-elle. Je n'ouvre pas à n'importe qui à cette heure-là. Surtout dans cette tenue.

Taler se tenait dans la pénombre de la pièce donnant sur la chambre noire. L'unique source de clarté était la lumière qui passait à travers le négatif. Celui-ci était coincé entre deux verres et fiché dans l'orifice de vingt-quatre millimètres sur trente-six découpé dans la caisse rectangulaire. Cette dernière était soudée à l'extrémité d'un bras orientable dans toutes les directions. La mission dévolue à Taler était de le faire basculer, de le monter, de le baisser, de le tourner, etc., jusqu'à ce que la projection soit dans la bonne position et que les points fixes sur la photo concordent avec ceux du plan.

Dans la porte d'entrée de la chambre noire était disposé un orifice carré, recouvert d'une mince tôle noire au centre de laquelle on avait percé un petit trou. Les rayons lumineux provenant du négatif devaient passer par là. Dans la salle suivante, ils projetaient une image sur le papier millimétré où figurait le plan du jardin.

Knupp se tenait de l'autre côté et donnait ses instructions à Taler, d'une voix qui trahissait une irritation croissante :

— Gauche, gauche, gauche, halte ! Basculez vers l'avant. C'est trop, c'est trop. Non, plus que ça.

Taler ne savait pas depuis combien de temps déjà ils se livraient à ces manipulations, mais ses mains étaient de plus en plus nerveuses et ne tardèrent pas à trembler autant que celles du vieil homme.

Le négatif qu'ils tentaient de projeter en employant cette méthode antédiluvienne remontait au légendaire onze octobre mille neuf cent quatre-vingt-onze. C'était une vue du jardin, et comme aucun objectif ne déformait les images projetées par une *camera obscura*, il devait être possible de faire coïncider les points sur le plan et ceux de la photo. Dès qu'on y était parvenu, on pouvait transposer avec exactitude tous les objets de la photo sur le plan en retraçant leurs contours. Si l'on répétait le même processus avec une photographie actuelle, dans la même perspective, on découvrait les modifications survenues au cours de ces vingt et une années. Alors seulement, on pouvait commencer le travail de détail.

Mais dans un premier temps, il fallait manipuler le négatif de telle sorte qu'il soit dans la bonne position.

— Un poil au-dessus. Juste un poil. C'est trop ! Beaucoup trop ! Oui, comme ça. Stop ! Un moment. Voilà, vous avez de nouveau changé de niveau ? Mon Dieu, c'est vraiment si difficile ?

— Eh bien faites-le donc vous-même ! répliqua Taler.

Il retira la main du projecteur improvisé et la secoua.

— Qu'est-ce qui se passe ?

— Je me concentre, bon Dieu.

Il inspira profondément.

— Il vous faut une pause ? Une bière ? Oui, une

bière, ça calme la main. Nous autres tireurs de compétition, nous appelons ça la petite eau de mouche. Vous savez ce que c'est, une mouche ?

La porte de la paroi noire s'ouvrit. Pendant un moment, la projection éclaira le visage étrange de Knupp, avec sa petite barbe teinte en noir et ourlée d'amorces de poils blancs.

— Une mouche, c'est un coup dans le mille. En plein milieu du noir. De là la petite eau de mouche. (Il éteignit le projecteur et alluma la lumière.) Venez.

Ils se retrouvèrent au salon, devant une bière.

— Vous étiez un bon tireur, remarqua Peter Taler. Tous ces trophées.

— Ça remonte à loin.

— Quand avez-vous tiré pour la dernière fois ?

Knupp leva ses mains tremblantes.

— Un peu avant ça.

— Et ça, vous l'avez depuis combien de temps ?

— Deux ans, par là.

La bière fit son office. La main de Taler se calma. Et lui-même devint un peu plus indifférent. Il n'était plus aussi crucial que leur affaire réussisse, et cela facilitait le succès.

Knupp, lui aussi, était plus décontracté. Ses consignes n'étaient plus teintées de surexcitation et cela contribuait à détendre Taler.

Ils parvinrent bientôt à placer le négatif dans la position désirée. Knupp ouvrit précautionneusement la porte, fit entrer son assistant et la referma.

Les yeux de Taler s'habituèrent à l'obscurité. Il distingua les contours du négatif sur le papier millimétré. Comme Knupp, il se serra contre le mur de la petite chambre noire afin que son ombre ne perturbe pas l'image.

Tout cadrait. Le coin de la dalle en pierre de la terrasse était placé sur la marque qu'il avait inscrite. Celui du sèche-linge coïncidait aussi. Tout comme ceux de la terrasse, de la clôture, de la rocaille et du chemin dallé.

Le jardin du onze octobre mille neuf cent quatre-vingt-onze se pliait exactement au plan qu'il avait eu tant de mal à dessiner.

— Regardez, là.

Knupp chuchotait. Comme s'il avait pu déranger l'image en parlant à voix haute. Il désigna un arbuste à la lisière de la pelouse.

— Un troène. Il a été installé peu avant la mort de Martha. Il est d'abord devenu brun, puis jaune, puis a perdu ses feuilles. J'avais espéré qu'il repartirait au printemps suivant. Mais rien du tout. J'ai dû le déterrer. Maintenant nous savons très précisément où il se trouvait.

Il sortit de l'image, mais y rentra un instant plus tard.

— Et ici, le prunellier. Il était donc là, dans la haie. Ça ne va pas être facile de le planter, à cause des racines du lilas blanc. Et ici, le sureau. Avec ses fleurs, de l'eau et du sucre, nous préparions une sorte de champagne, dans le temps. Une fois, à la cave, toutes les bouteilles ont explosé.

Jusque tard dans la nuit, suivant les instructions euphoriques du vieil homme, Peter Taler reporta sur le plan toutes les plantes, tous les meubles de jardin et chacun des objets présents.

Lorsqu'il sortit dans la nuit étoilée, peu avant

minuit, il eut l'impression de quitter le passé pour entrer dans le présent.

La Nissan de Keller n'était pas encore à sa place lorsque Peter Taler revint du travail, le lendemain soir. Il se gara et jeta un coup d'œil vers la maison de Knupp, de l'autre côté de la rue. Il eut juste le temps de voir le rideau retomber derrière la fenêtre du bureau du vieil homme. Taler alla chercher les deux photos du motocycliste dans son appartement et sonna au premier étage.

Mme Keller l'accueillit avec un sourire retenu.

— Oui, monsieur Taler ?

— Bonsoir. Pardonnez-moi, je n'en ai pas pour longtemps.

Elle ne le pria pas d'entrer. Elle regarda un bref instant vers la cuisine et attendit de savoir ce qu'il avait à lui dire. Ça sentait la nourriture.

Taler lui tendit les deux photos.

— Connaissez-vous cet homme ?

Elle se pencha longuement sur les photos avant de répondre :

— Ça pourrait être n'importe qui. On ne le voit pas du tout.

— Je sais. Mais si vous le connaissiez, vous pourriez certainement me dire de qui il s'agit.

— Et pourquoi avez-vous besoin de le savoir ?

— On n'a toujours pas trouvé l'assassin.

— Et vous croyez que ça pourrait être lui ?

Elle afficha un sourire un peu incrédule.

— Je ne sais pas. Mais c'est une piste. Jusqu'ici, il n'y avait même pas de pistes.

— Je vous l'ai dit : je n'ai pas la moindre idée de qui cela pourrait être. (Elle se retourna de nouveau vers la cuisine.) Vous voudrez bien m'excuser, j'ai quelque chose sur le feu.

— Bien entendu. Pardonnez-moi. Bonne soirée.

Elle allait fermer la porte, mais la rouvrit au dernier moment et demanda :

— D'où vient cette photo ?

— C'est M. Knupp, en face, qui l'a prise.

— Pourquoi ?

— Son violon d'Ingres.

Taler rapporta les photos dans son appartement. Ça n'était pas la peine de questionner les nouveaux, au rez-de-chaussée, mais Zeier, l'ancien voisin, celui qui avait trouvé Laura, si. Il demanderait sa nouvelle adresse à Mme Gelphart.

Il prit une bouteille de vin dans le petit meuble situé sous la fenêtre de la cuisine – sa contribution à l'en-cas que Knupp lui préparait désormais tous les soirs – et traversa la rue. La photo du jardin de derrière attendait dans la *camera obscura.*

13

Il fallut plus de deux semaines à Knupp et Taler pour tout reporter sur la carte. Il ne s'agissait pas seulement des deux jardins de Knupp, celui de devant et celui de derrière. Si l'on en croyait la théorie du vieil homme, tout ce qui était visible à vingt mètres de distance depuis la limite du terrain devait être ramené dans l'état où il se trouvait le jour J. Cela incluait les vingt mètres du jardin arrière de la Villa Latium ; à gauche et à droite, les deux maisons voisines, c'est-à-dire le 37, chemin Gustav-Rautner, avec son terrain de jeu à l'abandon, et le 41, qui avait été rénové de fond en comble ; et pour finir, à l'avant, la rue goudronnée avec ses quatre places de parking ainsi que l'accès et la façade du numéro 40, où habitait Taler.

— Comment êtes-vous arrivé à ces vingt mètres ? demanda Taler.

— Une hypothèse. Dans n'importe quel dispositif expérimental, on est forcé de partir de certaines hypothèses, répondit Knupp, imperturbable.

Ce couple étrange devint un tableau familier dans les jardins qui jouxtaient celui du 39. Après la première expérience faite avec Mme Schalbert, Taler allait, chaque fois, demander l'autorisation d'y pénétrer.

Les travaux d'arpentage lui pesaient toujours, mais il appréciait les heures passées dans la mystérieuse *camera obscura* à transposer les vieilles photos sur le nouveau plan.

Du point de vue technique, la reconstitution du jardin de la Villa Latium ne poserait pas de problème particulier : la majorité des plantes se trouvait encore au même endroit. Les remplacer par de plus jeunes n'était qu'une question d'argent, et cela ne semblait pas poser de problème à Knupp.

Le numéro 37, le jardin des Scholter avec son terrain de jeu à l'abandon, disposait lui aussi de nombreux points fixes qui n'avaient pas subi de modifications au cours des vingt et une années précédentes.

Mais le 41, le domicile pimpant de la famille Hadlauber, était un problème des plus épineux : hormis le gros œuvre de la maison, il n'était pratiquement pas resté une pierre au-dessus de l'autre. La grande terrasse de jardin avec ses dalles, la piscine hors-sol et une cuisine d'été avaient remplacé les anciens points fixes ; quant aux plantes, la plupart avaient été échangées. Lors de l'arpentage, après une longue recherche, Knupp avait choisi deux coins de haie, un prunier et l'encadrement en granit du portail du jardin, que les nouveaux propriétaires avaient laissé debout pour des motifs insondables.

Lorsque Taler eut achevé le plan du terrain des Hadlauber, lorsqu'il vit toutes les plantes qu'il fallait replacer et les transformations sur lesquelles il fallait revenir, il prit de nouveau conscience de l'impossibilité de mener ce projet à bien.

— Et comment comptez-vous obtenir l'accord de Hadlauber ? demanda-t-il à Knupp, en secouant la tête.

— Nous n'en avons pas besoin. Nous ferons ça pendant les vacances d'automne. À cette période-là, tous les ans, ils partent au Canada. Les parents de sa femme vivent là-bas.

— Et ensuite ? Quand ils reviendront ?

— Peu importe. À cette date-là, le onze octobre sera passé.

— Et si ça n'a pas marché ?

— Alors là, je m'en fiche encore plus.

Fin juin, ils purent enfin se lancer dans la mesure des plantes. Knupp s'était acheté un Leica digital pour ses anciens objectifs et Taler avait fait traverser la rue à l'ordinateur de Laura pour l'installer dans la salle des mesures.

Un week-end, au début de l'été, ils se mirent au travail. Knupp avait fait un choix dans la grande collection des photos du onze octobre. Elle montrait l'if à proximité de l'entrée de la maison, un arbre qui se trouvait toujours de bonne heure à l'ombre du bâtiment.

Le but était d'établir quelle était à l'époque la position de l'appareil photo. Ils avaient monté le Leica sur pied et tentaient de faire concorder l'image du viseur et celle de l'ancienne photo.

Le procédé était au moins aussi délicat que le travail dans la *camera obscura*. Quand les points fixes de la marge gauche étaient les bons, ils ne convenaient pas sur la droite ; quand cela tombait juste en bas, c'était décalé en haut.

Ils avaient posé un jalon à la hauteur du tronc, des deux côtés du buisson, afin d'avoir une échelle pour la reconstitution, et prirent des dizaines de photos.

Peter Taler chargea le produit de leur travail sur l'ordinateur et sélectionna les meilleurs clichés. Il utilisa ensuite le programme de Bernoulli pour les superposer à l'ancienne photo, qu'il avait scannée, jusqu'à ce qu'il en ait trouvé un qui corresponde précisément. Ils procédèrent de la même manière avec les photos prises des autres points cardinaux.

Le soir tombait déjà lorsqu'ils surent enfin avec précision quelle forme et quelle taille l'if avait à l'époque. Et quand ils prirent conscience de la masse de travail qui les attendait encore.

Le jour où son mari essayait l'appareil photo, Martha travaillait dans le jardin. Le plus souvent, elle agitait la main ou souriait vers l'objectif. Mais de temps en temps, elle apparaissait dans le cadre sans faire attention à l'appareil. Alors, son visage avait quelque chose d'étrangement absent qui ne collait pas du tout avec les gamineries auxquelles elle se livrait sur les autres images.

Knupp parlait d'elle avec une tendresse indulgente, comme si Peter l'avait connue lui aussi. Et plus celui-ci passait de temps sur ses photos, plus il avait l'impression qu'elle était une vieille connaissance provisoirement éloignée.

Côtoyer ainsi Martha rendait aussi Laura de plus en plus présente. Il avait cru que s'occuper du projet surréaliste de Knupp, lequel ne lui laissait plus guère de temps pour les rituels – la cuisson des spaghettis, l'écoute d'Amy Winehouse ou la combustion des Marlboro –, éloignerait ses pensées de Laura. Or c'était tout le contraire. Elle était plus proche de lui qu'auparavant.

Il se prenait souvent de nouveau à se dire : Il faut que je raconte ça à Laura, ou bien : Qu'est-ce que Laura va en penser ?

Et quand il était profondément plongé dans un problème, il lui arrivait d'avoir de nouveau le sentiment voluptueux de la savoir à proximité.

Et pourtant, le vide dans lequel il tombait lorsqu'il revenait à la réalité n'était plus aussi abyssal qu'autrefois. Il était forcé de s'avouer que la foi inébranlable de Knupp dans ses retrouvailles avec Martha commençait aussi à le contaminer. Peter ne ressentait plus comme aussi définitive sa séparation de Laura.

André Zeier, son ancien voisin, celui qui l'avait trouvée à l'époque, ne voulut pas le recevoir dans son nouvel appartement. Peter Taler supposait que cela avait un lien avec le secret que lui avait confié Mme Gelphart : M. Zeier s'était mis en ménage avec un homme.

Ils se retrouvèrent dans un café à proximité de la gare. Taler arriva avec un peu d'avance. Il s'installa dans une alcôve lambrissée en noyer et commanda un thé à la menthe. Seules quelques tables étaient occupées. Entre les parois de séparation décorées de plantes d'intérieur étaient assises deux collégiennes qui faisaient leurs devoirs ensemble, un homme qui lisait un quotidien gratuit et deux mères avec des poussettes.

Zeier arriva avec cinq minutes de retard et présenta ses excuses comme s'il en avait quarante. C'était un petit homme rondouillard, approchant la cinquantaine. Il avait rasé son reste de chevelure blond clair et portait à présent une petite moustache. Mais c'était toujours l'homme courtois et retenu dont Taler avait gardé le souvenir.

— Comment allez-vous ? s'enquit-il dès qu'il se fut assis.

La question n'était pas une formule de politesse, et Taler y répondit donc sincèrement :

— Mieux. Un peu mieux ces derniers temps, je vous remercie.

C'est seulement à l'instant où il prononça ces mots qu'il en prit conscience : il allait mieux, effectivement.

Zeier commanda un café, et en attendant qu'il arrive ils discutèrent de l'immeuble, des nouveaux locataires, des mesures de libéralisation du règlement de la buanderie et de Mme Gelphart, qui était aussi femme de ménage chez Zeier. C'est par elle qu'il savait déjà que Taler s'était lié d'amitié avec Knupp.

— Cet homme-là est d'un intérêt surprenant, dit Taler, et nous sommes dans une situation analogue.

— Quoique avec beaucoup d'années de distance, compléta Zeier.

— Ça ne disparaît pas.

— Bien sûr que non. Excusez-moi.

Taler lui montra les photos du motocycliste. Zeier ne l'avait encore jamais vu.

— Vous croyez qu'il a quelque chose à y voir ?

— Vous avez entendu parler de l'autre affaire, le mois dernier ?

Zeier hocha gravement la tête.

— À l'heure du crime, on y a vu un vélomoteur, moteur en marche.

— Et que dit la police ?

Taler répondit d'un geste écœuré.

Zeier continuait à étudier les photos.

— Ce qui est certain, c'est que quelqu'un l'a fait entrer.

— Ça m'est déjà arrivé, à moi aussi. Quelqu'un sonnait et disait qu'il avait une livraison pour Mme Feldter. Alors j'appuyais sur le bouton. Ça m'est arrivé plus d'une fois.

— À moi aussi.

Le recensement des plantes tourna vite à la routine. Il leur fallait de moins en moins de tentatives pour réussir des photos concordantes, et Peter Taler commençait à avoir une certaine dextérité dans le maniement du logiciel.

Knupp, lui, devint plus doux dans le maniement de son assistant. Taler l'expliqua par le fait qu'il évoluait toute la journée dans l'harmonie de cette lointaine journée où tout allait encore bien.

Dès lors, ils avançaient vite. Le contenu du dossier contenant l'inventaire précis des plantes et le nombre des cotes qu'ils avaient prises avait atteint la vingtaine.

— Le moment de parler à Wertinger ne va pas tarder, dit Knupp.

Les Jardins Wertinger étaient une grande jardinerie située bien en dehors de la ville. Taler avait pris un après-midi de congé pour éviter le samedi et son afflux de jardiniers amateurs.

Le trajet, à bord de la Citroën de Taler, les fit passer devant les faubourgs, par un tronçon d'autoroute, et traverser des villages cernés par des lotissements, avant d'arriver à Feldrieden : deux propriétés où l'on pouvait cueillir soi-même ses fraises et ses fleurs, un hall d'usine où l'on traitait la tôle, une aire de vente pour les hauts silos, un concessionnaire de véhicules agricoles, quelques vieilles maisons, beaucoup de neuves, et un écriteau annonçant « Jardins Wertinger – Jardinerie et pépinière, 300 m. ».

Taler laissa la voiture sur le parking clients presque vide. Knupp, qui connaissait les lieux, le précéda au bureau, un préfabriqué gris clair.

— Junior est là ? demanda-t-il à la jeune femme installée à l'ordinateur. Knupp et Taler. Nous avons rendez-vous.

Wertinger Junior était un grand homme roux, autour de la quarantaine. Il salua Knupp comme une vieille connaissance et les conduisit dans un vieux bureau où flottait une odeur de cigare. Deux bureaux se faisaient face. Sur l'un se trouvait un ordinateur portable, sur l'autre un cendrier plein. Et les papiers s'accumulaient sur l'un comme sur l'autre. Wertinger approcha deux chaises et s'assit au bureau à l'ordinateur.

— Comme je vous l'ai déjà dit au téléphone : il s'agit d'un assez grand projet, un peu spécial, commença Knupp.

Wertinger l'écouta sans l'interrompre. Et même lorsque Knupp eut terminé, il ne sembla pas s'étonner de cette étrange mission. Il parcourut les descriptions des plantes, prit des notes et finit par demander :

— Je peux garder ça ?

— Nous avons des copies.

C'était la première fois que Taler ouvrait la bouche.

— Je vous enverrai régulièrement des descriptions par mail.

— Nous trouverons sans doute un certain nombre de choses chez nous. Mais le reste, je vais devoir aller le chercher ailleurs. Ça va faire beaucoup de frais.

Knupp plongea la main dans sa poche intérieure et en tira une enveloppe jaune. Elle contenait cinq billets de mille, qu'il compta sur le bureau.

— À titre d'acompte. Pour vos frais.

Après leur discussion, Wertinger fit avec eux le tour de la pépinière. Ils passèrent en revue des arbres, arbustes et buissons de toutes les tailles et de toutes les tranches d'âge. Le jardinier comparait les données qui figuraient dans le classeur et enroulait sur les arbres envisageables une étiquette jaune sur laquelle il écrivait « Knupp » au feutre indélébile.

Vers la fin de la visite guidée, ils tombèrent sur un petit troène qui ressemblait comme deux gouttes d'eau à celui qui jouxtait le portail du jardin de Knupp vingt et un ans plus tôt. La forme et la taille étaient les bonnes. Et comme il tenait dans la voiture de Taler si Knupp s'asseyait à l'arrière et si l'on avançait le siège du passager, ils l'emportèrent directement avec eux.

— Ces gens-là connaissent leur métier, dit Knupp depuis la banquette. Ils se sont déjà occupés des pommiers.

— Et d'où tenez-vous tout cet argent ?

— Les cinq mille francs ?

— Non, ce que ça va encore coûter.

— Je ne l'ai pas.

— Et comment comptez-vous le payer ?

— Ne vous faites pas de souci pour ça.

Ils roulèrent en silence jusqu'à ce que Taler constate :

— Si je comprends bien, vous montez toute cette affaire gigantesque sans avoir de quoi la financer.

— Nous le trouverons bien d'une manière ou d'une autre.

— Nous ?

— Vous êtes mon assistant.

— Et s'il n'y a pas moyen de le trouver ?

— Alors, soupira le vieil homme, tout aura été pour des prunes.

Ils restèrent silencieux le reste du trajet.

Le lendemain matin, les journaux annoncèrent qu'on avait fait une percée dans l'enquête sur l'affaire de la jeune femme abattue dans le jardin de ses parents. L'assassin présumé avait été identifié. Il s'agissait d'un collègue de travail. Un crime passionnel. L'auteur du meurtre avait été trouvé mort dans son appartement. Il avait laissé des aveux écrits.

Peter Taler resta un moment comme anesthésié à la table de son petit déjeuner.

Puis il téléphona à Marti.

— Je vous aurais appelé, affirma le sergent. Ils se connaissaient. Aucun vélomoteur impliqué.

Est-ce qu'il se trompait, ou bien y avait-il une pointe d'ironie dans ses propos ?

— Il lui courait après, elle ne voulait pas entendre parler de lui, *pan !* C'est tellement banal.

— Tellement banal, répéta Taler. Et *notre* motocycliste ? Vous avez trouvé quelque chose ?

— Nous ne pouvons pas l'identifier. Nous ne

pouvons même pas dire s'il s'agit du même véhicule sur les deux photos. C'est un cul-de-sac.

Pendant un instant, Peter eut la tentation de révéler à Marti que l'homme avait pénétré à l'intérieur de l'immeuble. Mais ensuite il jugea qu'il valait mieux ne pas gaspiller son unique piste en la confiant à la police.

Une fois de plus, ils s'assurèrent mutuellement qu'ils se tiendraient au courant, et ils raccrochèrent.

Mais l'homme au vélomoteur ne lui sortait pas de la tête. En plein milieu d'une séance de superposition d'images, il interrompit le travail et fit apparaître les deux photos des motocyclistes sur l'écran. L'homme vu de dos, au moment où il sonnait, et l'homme vu de face, dans l'encadrement de la porte.

Il eut exactement la même impression qu'à l'époque, lorsqu'il regardait, d'en haut, le chemin Gustav-Rautner et le jardin de Knupp : quelque chose n'était pas pareil, mais il ne savait pas quoi.

Il procéda avec les deux photos de la même manière qu'avec les anciens et les nouveaux clichés du jardin : il les chargea dans le programme de traitement d'image et les superposa.

La lumière n'était pas pareille.

Les ombres ne coïncidaient pas. Sur la première photo, celles des boîtes aux lettres et des trois arbustes persistants pointaient vers l'ouest. C'était le matin.

Sur la deuxième photo, elles étaient plus courtes et leur angle s'était lui aussi modifié.

Au moment où il quittait la maison, le motocycliste n'avait pratiquement plus d'ombre.

Taler comprit tout d'un coup ce que cela signifiait : la photo avait forcément été prise un peu avant midi.

Cela signifiait que les photos avaient été prises à des moments différents. Le conducteur du vélomoteur était venu plusieurs fois.

Il s'apprêtait à demander à Knupp si les photographies n'avaient pas, par hasard, été prises sur plusieurs jours, lorsqu'il trouva la réponse lui-même : les deux photos du deux-roues coïncidaient.

Sur la première photo, il était garé exactement au même endroit que sur la deuxième.

Pendant tout ce temps, au cours duquel les ombres avaient bougé, personne n'avait déplacé le vélomoteur.

Son conducteur était resté plusieurs heures dans l'immeuble.

Taler quitta la pièce sans dire un mot.

Knupp, qui lui faisait face et choisissait les photos témoins pour déterminer de quel point seraient effectuées les prochaines prises de vue, ne leva que furtivement les yeux. C'est seulement lorsqu'il entendit son assistant l'appeler depuis le jardin qu'il abandonna son travail et alla jeter un coup d'œil à l'extérieur.

Taler se tenait près de l'un des pommiers. Il avait pris le grand coupe-branches par ses longs bras et le tenait posé contre l'une des branches. Knupp accourut dans le jardin, aussi vite qu'il le pouvait.

— Vous êtes devenu fou ?! cria-t-il en boitant dans sa direction.

— Un pas de plus et je coupe !

Il engagea le sécateur sur la branche.

Le vieil homme s'arrêta.

— Maintenant, je vais couper cette branche.

La voix de Taler était parfaitement calme.

— Ne faites pas cela.

Knupp, lui aussi, s'était repris.

— Vous allez tout ficher par terre.

Taler ne fit pas mine de baisser le sécateur.

— Soyez donc raisonnable.

Taler ne montra aucune réaction.

— Voyons, c'est aussi votre travail que vous réduisez à néant.

Aucune réaction.

— Et aussi votre espoir.

Peter Taler se mit enfin à parler :

— Racontez-moi tout ce que vous savez sur le motocycliste.

— Mais je l'ai déjà fait. (La voix de Knupp était un peu geignarde.) Il est entré, il est ressorti et il est parti.

— Et combien de temps est-il resté ?

— Ça, je ne m'en souviens plus.

— Mais moi, je le sais. Il est resté quelques heures. On le voit aux ombres.

Knupp ne dit rien.

— Vous me donnez maintenant tout ce que vous avez sur le motard. Je veux tout, et tout à la fois. Maintenant !

Knupp hésita.

— Maintenant !

Taler déplaça un peu le sécateur. La branche bougea.

— Il faut que je regroupe l'ensemble.

— Mon œil. Vous l'avez fait depuis longtemps.

Knupp se tenait toujours dans le jardin, indécis.

— Un... deux... trois...

Alors le vieil homme se mit en mouvement. Il disparut dans l'entrée de la maison.

Taler attendit. Il se fit tout d'un coup l'effet d'être ridicule, sous son pommier, avec ce coupe-branches brandi dans une pose théâtrale. Il le baissa et se dirigea vers la porte de la maison.

Knupp vint à sa rencontre dans le sas d'entrée. Il tenta de ne pas laisser voir qu'il s'était dépêché et qu'il était à présent presque hors d'haleine – Taler ne devait pas deviner l'endroit où il avait caché les photos.

Knupp portait une enveloppe. Taler tendit la main pour s'en emparer, mais le vieil homme jeta un coup d'œil au coupe-branches et se glissa devant Taler pour gagner le jardin. Il ne lui remit le dossier qu'après s'être assuré que le pommier était intact.

Taler le lui prit et se rendit sans dire un mot dans la pièce des mesures.

L'enveloppe contenait une chemise transparente où étaient disposés les négatifs de toute une pellicule. Taler comprit rapidement qu'il s'agissait d'une seule et même séquence. Celle dont il avait déjà deux photos. Le motocycliste vu de dos, et le même vu de face. La première manquait au début de la pellicule, la deuxième à la fin. Entre les deux se trouvait une série entière de prises de vue identiques. Chacune montrait l'entrée de l'immeuble et le vélomoteur.

Taler scanna la totalité de la pellicule. Au début, on voyait deux autres images de l'homme, par-derrière, et une autre au moment où il entrait dans la maison. Aucune n'en révélait plus sur sa personne que celles dont Taler disposait déjà. À la fin de la série se trouvait un segment qui montrait l'homme de face. Mais la visière de son casque était déjà rabaissée et il était en train de remonter la fermeture à glissière de sa veste militaire.

On ne voyait plus rien du logo présent sur son sweat-shirt.

— Et vous êtes tout à fait certain que c'est tout ce que vous détenez sur le motard ?

— Tout à fait certain.

— Et que savez-vous de lui ?

— Rien.

— Alors pourquoi l'avez-vous photographié ?

— Mais vous connaissez parfaitement la réponse. C'est dans le cadre de mon expérience. J'ai pris des photos, des photos, encore des photos. C'est aussi de cette manière qu'a été prise la photo intemporelle de Laura.

Taler regarda encore une fois toute la série en détail. Cette fois, il se concentra sur les fenêtres des appartements. Il n'y avait rien d'intéressant. Un immeuble assoupi par un mardi ordinaire du mois de mai.

Il allait reprendre son travail précédent lorsqu'il eut le sentiment de voir une silhouette à l'une des fenêtres. Il agrandit l'image au maximum. C'était une ombre découpée. Un contour. Un mouvement fixé sur le papier. Rien de définissable. Mais un indice du fait que quelqu'un était présent dans cet appartement.

Cet appartement, c'était le sien.

14

Ce n'était pas la première fois de sa vie qu'il éprouvait de la jalousie. Et la dernière fois aussi, Laura en avait été le prétexte. L'épisode remontait à neuf ans, au début de leur relation.

Peter avait fait la connaissance de Laura pendant une *after-work-party*. C'était une nouveauté, à l'époque, et un collègue l'avait persuadé de l'y accompagner. Les invités arrivaient directement de leur lieu de travail – banques, agences de publicité, cabinets d'avocats ou compagnies d'assurances ; ils buvaient, bavardaient, dansaient ou draguaient d'une autre manière. Peter, qui ne s'y sentait pas à son aise, était déjà décidé à partir lorsque Laura l'avait abordé.

— Assez petit-bourgeois, avait-elle constaté.

Il avait été surpris. De se faire accoster par une si jolie fille, et qu'on trouve cette fête petite-bourgeoise. Lui la jugeait plutôt snobinarde et élitiste, et ne se sentait donc pas à sa place. Le qualificatif « petit-bourgeois » ne le dérangeait pas : lui-même l'était un peu.

— Comment ça, petit-bourgeois ? demanda-t-il.

— Les *after-work* ont été inventés pour les petits bourgeois : on peut faire la fête et l'on est tout de même au lit suffisamment tôt pour dormir son content et arriver à l'heure au bureau le lendemain matin.

Taler l'invita à boire un verre, et ils s'amusèrent à dégoiser sur la fête. Comme les autres invités, du reste.

Lorsqu'ils quittèrent le club, vers huit heures, ce fut une fois encore Laura qui prit l'initiative.

— On va manger quelque chose ? demanda-t-elle.

Ils allèrent dans un restaurant à spaghettis, non loin de là.

Au dessert, elle lança :

— C'est notre deuxième rendez-vous.

— Comment ça ?

— Le premier, c'est quand tu m'as invitée à prendre un verre. Le deuxième, c'est maintenant, cette invitation à dîner.

Taler haussa les épaules.

— Si tu y tiens.

— J'y tiens même beaucoup. Je ne couche jamais avec quelqu'un au premier rendez-vous.

Désormais ils se retrouvèrent presque chaque jour, tantôt chez elle, tantôt chez lui. Jusqu'à ce qu'il remarque qu'il y en avait un autre. Un homme pour lequel elle décommandait des rendez-vous au dernier moment, ou bien se mettait en disponibilité certains week-ends.

Au début, ça n'avait été qu'un soupçon. Comme celui-ci ne se dissipait pas, plutôt que de lui poser la question, il se mit à l'espionner. Il n'eut pas besoin pour cela d'un grand talent de criminologue. Chaque fois qu'elle se disait empêchée pour un motif familial ou professionnel et qu'il observait son appartement depuis sa voiture, il trouvait des indices prouvant qu'elle se trouvait chez elle.

Il voyait de la lumière à ses fenêtres les soirs où elle était censée faire des heures supplémentaires, et sa voiture dans le garage les dimanches où elle était soi-disant partie rendre visite à ses parents à la campagne.

Il cherchait une possibilité de la faire parler sans qu'elle remarque qu'il l'espionnait. Il finit par décider de sonner simplement à sa porte. Elle répondit au deuxième coup :

— Oui ?

— Je passais par hasard et j'ai vu de la lumière, dit-il.

— Ça n'est pas possible maintenant, j'ai de la visite, avait-elle répondu.

Peut-être n'avait-elle pas prononcé ces mots aussi froidement qu'il en avait eu l'impression dans le bruissement de l'interphone.

— OK, *ciao*, avait-il lâché.

Puis il était rentré chez lui et s'était soûlé.

Le lendemain, ils se rencontrèrent dans un buffet de gare, comme deux vagues connaissances. C'est elle qui l'avait appelé, et lui qui avait proposé le lieu du rendez-vous. Laura n'essaya pas de lui faire prendre des vessies pour des lanternes. Elle lui expliqua qu'elle avait depuis des années une relation avec un homme marié.

— C'est fini, mais lui ne veut pas le comprendre.

— Il sait que j'existe ? lui avait-il demandé.

— Il le pressent.

— Pourquoi ne le lui dis-tu pas ?

— Je ne trouve pas le courage. Il a été mon premier amour. C'est comme un père pour moi.

— Et quand comptes-tu l'informer ? demanda Taler.

— Il me faut encore un peu de temps. Pas beaucoup, mais un peu. Tu comprends ?

Taler ne comprit pas et n'était pas non plus disposé à lui accorder ce temps-là. Ils cessèrent de se voir.

Six mois plus tard, Laura l'appela et lui demanda s'il avait cessé de fréquenter les *after-work*. Avant la fin de l'année, ils vivaient ensemble.

À cette époque, il avait compris quelque chose sur la jalousie : elle a beau savoir que la certitude est beaucoup plus dévastatrice que le soupçon, elle n'a pas de répit tant qu'elle n'est pas certaine.

Il se trouvait à présent dans le même état d'esprit. Plus d'un an après la mort de Laura. Le soupçon qu'elle ait pu le tromper avec l'homme qui l'avait assassiné guida aussitôt toute sa réflexion.

Qui était l'homme au vélomoteur ? D'où le connaissait-elle ? Depuis combien de temps ? Quelle était leur relation ? Son assassinat était-il un crime passionnel ? Cette idée le rendait fou de jalousie envers cette passion-là.

Cet après-midi, le sentiment qu'il éprouvait lorsqu'il pensait à Laura avait changé. Il ne ressentait plus le besoin de préparer ses plats préférés, de vaporiser son parfum, de mettre sa musique dans le lecteur. Il se refusait à invoquer l'illusion qu'elle était encore là tant que la relation qu'elle avait pu avoir avec l'homme au vélomoteur ne serait pas clarifiée. Et du même coup la relation qu'elle avait avec lui.

Le soir même, il se mit à chercher des indices

dans les affaires de Laura. La police avait certes déjà tout passé au peigne fin, en quête de listes menant vers un crime passionnel, mais comme Taler n'avait jamais envisagé cette possibilité, elle n'avait pas été d'un grand secours.

Désormais, cependant, avec ce soupçon en tête, il voyait les choses autrement. Il savait ce qu'il cherchait, il connaissait Laura et le moindre détail qui sortirait de l'ordinaire lui mettrait aussitôt la puce à l'oreille.

Il commença par inspecter son agenda. Il l'avait certes déjà feuilleté avec un policier au cours de l'enquête, et avait aidé les enquêteurs à progresser, de temps en temps, lorsqu'ils cherchaient des noms ou des numéros de téléphone. Mais il l'avait fait avec une certaine crainte. Lorsqu'ils avaient décidé de vivre en couple, ils s'étaient certes promis de n'avoir aucun secret l'un pour l'autre. Mais chacun avait dans sa vie personnelle des domaines devant lesquels l'autre s'arrêtait. L'agenda privé de Laura en faisait partie.

Cette fois-là, cependant, il se dirigea sans hésiter vers le portemanteau, ouvrit le sac à main de Laura, celui qu'elle portait au moment de sa mort et qui se trouvait depuis sur la desserte ; il en sortit son agenda relié en cuir vert. Il s'installa dans le salon et l'ouvrit.

La première mention remontait au six janvier. On y lisait « Xema ». C'était le nom de son coiffeur. Suivaient les mots « Barba, lunch ». Barba, c'était son amie Barbara Vollger. On trouvait ensuite une série de « R » pour « règles », une mention « ann. maman » et un « prolong. passeport ! ». La dernière mention était « DT », ce qui ne dissimulait rien de plus mystérieux qu'une séance de détartrage chez le dentiste.

Les rendez-vous professionnels n'y figuraient pas, elle gérait son agenda d'affaires sur son ordinateur.

Le mois de février ressemblait comme deux gouttes d'eau à celui qui l'avait précédé. Quelques déjeuners, deux ou trois pense-bête, la série de « R » de rigueur et deux occurrences du mot « Arosa » reliées par un long trait rouge. Leur semaine de vacances d'hiver l'année précédente.

Au mois de mars apparaissaient des nombres. Le premier : « 55 !!! », deux jours plus tard « 54,7 », puis « 54,4 », « 54,5 !!! » et ainsi de suite jusqu'à « 52,9 ». C'était le compte rendu de l'un des régimes éclairs qu'elle s'infligeait en guise de punition lorsqu'elle avait atteint sa limite personnelle de cinquante-cinq kilos.

De petits symboles dessinés avec habileté de sa main de graphiste émergeaient aussi dans son agenda. Gouttes de pluie, soleils, petits cœurs, têtes de mort, bouteilles de vin et parfois aussi un petit feu d'artifice. Peter supposa qu'il s'agissait de commentaires sur sa vie quotidienne. Sur la météo, sur son état d'âme, sur sa consommation de vin ou sur leurs relations sexuelles.

Il pouvait identifier toutes les initiales qu'il rencontrait. Il s'agissait d'amis ou de collègues de travail avec lesquels elle avait rendez-vous ou qu'elle rattachait à un cœur ou à une tête de mort. Mais au mois d'avril apparut le « K ». Celui-là, il ne pouvait l'attribuer à personne. « K ? », disait la première mention. La deuxième : « K ». Et la dernière, le dix mai, peu avant sa mort : « K ! » Avec, à côté, un feu d'artifice d'assez bonne taille.

Le plus grand de tout ce petit carnet.

K était-il le conducteur du vélomoteur ? Et le feu d'artifice ?

Taler remit l'agenda dans le sac à main.

Il lui avait fallu déployer un certain art de la persuasion avant que Barbara n'accepte de le renseigner. Elle avait affirmé avoir déjà un rendez-vous. Mais il avait insisté. C'était urgent. Elle avait finalement accepté, mais pas pour un repas, juste un café.

Ils se rencontrèrent au buffet d'un grand magasin. Une fois de plus, Taler dut attendre vingt minutes et défendre le tabouret de bar vide qui se trouvait à côté de lui. Lorsque Barbara arriva enfin, elle le fit en annonçant qu'elle devait déjà repartir. Et en lui demandant de ne pas tourner autour du pot.

— Est-ce que Laura avait un amant ?

Barbara le dévisagea avec surprise

— C'est donc *ça* qui était tellement urgent ?

— C'est urgent.

— Les hommes. Jaloux jusqu'au-delà de la tombe. (Barbara prit un air consterné.) Laura est morte, Peter.

— Et je veux savoir qui l'a tuée. C'était peut-être son amant. Peut-être voulait-elle rompre avec lui. (Il baissa la voix : les deux femmes à côté de lui avaient interrompu leur discussion, et celle qui était le plus proche regardait dans leur direction.) Ça n'a rien à voir avec de la jalousie. Juste avec le fait que c'était peut-être un crime passionnel.

Il poussa un peu sur le côté les deux tasses à café et posa les photos sur le comptoir.

— As-tu une idée de qui il peut s'agir ?

Barbara regarda les images avec le même désarroi que tous ceux qui les avaient vues avant elle.

— Même si je le connaissais, je ne pourrais pas l'identifier là-dessus.

Peter rangea les photos.

— Elle avait un amant, oui ou non ? Les amies, ça se raconte ce genre de choses.

— À moi, elle n'a rien raconté de ce genre.

Taler la toisa d'un air méfiant. Elle était assise, droite comme un « i », sur son tabouret de bar, et lui lançait un regard de défi.

— Et même si elle l'avait fait, dit-il, tu ne la trahirais pas.

Barbara ne répondit pas.

— Même si, en agissant ainsi, tu protégeais son assassin.

— L'assassin, lâcha-t-elle avec mépris. Tu crois que si tu le trouves, ça va la ramener à la vie ?

— Peut-être.

— Ça n'est pas grave, passez donc. Je ne vous attendais pas à cette heure-ci.

Peter Taler traversa sur la pointe des pieds le plancher humide qui menait au salon et attendit. Il était rentré exprès plus tôt que d'habitude afin de rencontrer Mme Gelphart et de l'interroger sur le motocycliste.

Tout avait encore empiré : en consultant son propre agenda professionnel, il avait constaté que le dix mai, le jour où le motocycliste était entré dans l'immeuble, il n'avait pas été au bureau de toute la journée. Son activité ne le faisait pas beaucoup voyager, mais de temps en temps on l'envoyait dans l'une des trois filiales pour renforcer le service financier. Ce jour-là, c'était la succursale de Berne.

Même s'il avait du mal à y croire, cela ressemblait à s'y méprendre au vieux cliché : monsieur est en voyage d'affaires, et madame organise à la maison de petits feux d'artifice avec son amant à l'attention de son journal intime.

Mme Gelphart travaillait sans dire un mot dans le vestibule. Autrefois, elle en aurait profité pour lui parler, mais elle était devenue un peu froide ces derniers temps. Peter supposait que c'était lié à son amitié avec Knupp.

— Si vous aviez un instant, j'ai une question à vous poser, finit-il par lui lancer.

— Une seconde ! répondit-elle, et elle le fit attendre encore quelques minutes.

Taler lui montra les photos du motocycliste.

— Vous l'avez déjà vu, celui-là ?

Elle examina les clichés.

— Je ne peux pas vous le dire avec certitude, mais au 43, dans la maison en colocation, on voyait passer un engin de ce genre, dans le temps.

— Quand ça, dans le temps ?

— Jusqu'à il y a un an, ou quelque chose comme ça. Maintenant il fait de la bicyclette comme les autres. Ce qui reste du vélomoteur, vous pourrez le voir dans le garage à vélos.

À peine Mme Gelphart était-elle partie qu'il prit sa voiture et passa lentement devant le numéro 43.

La maison ressemblait à cette de Knupp. À ceci près que le jardin était moins soigné et qu'une guirlande d'ampoules en couleur était tendue depuis la corde à linge jusqu'à la haie. En dessous se trouvaient deux tables de camping pliables et des bancs.

Il s'arrêta, ouvrit le coffre, fit comme s'il cherchait quelque chose et lorgna sur l'abri à deux-roues, de l'autre côté de la rue. Deux vélos y étaient garés. Et les restes d'un vélomoteur.

La fourche était cassée, la roue avant voilée sans espoir de retour et le réservoir d'essence bosselé.

Mais sur le carter de chaîne déformé, on distinguait le logo *ciao*.

Lorsqu'il ouvrit la porte du jardin de Knupp, le vieil homme était en train d'effaroucher le chat tricolore.

— Saleté de bestiau ! cria-t-il.

— Pourquoi nourrissez-vous certains chats alors que vous en chassez d'autres ? demanda Taler.

— Je ne chasse que le tricolore. Martha n'aimait pas les chats tricolores. Elle disait qu'ils portent malheur.

— Je croyais que c'était le contraire.

— C'est ce qu'on dit. Malheureusement, c'est Martha qui a eu raison.

Ils s'attaquèrent à la plantation du nouveau troène. À l'aide des nouvelles et des anciennes photos témoins, déterminer son ancien emplacement fut l'affaire d'une demi-heure. Seul l'effacement du trou de plantation fut un problème. Les dalles de gazon que Taler devait découper pour recouvrir la cicatrice se décomposaient, le sol était dur et sec.

— Au numéro 43 habite un homme qui conduisait un vélomoteur de ce genre, dit Taler à un moment où ils soufflaient un peu.

— Ça rentre et ça sort beaucoup, là-bas.

Ils n'en dirent pas plus sur ce sujet. Knupp avait d'autres problèmes. Par exemple les voitures sur le parking. Le onze octobre quatre-vingt-onze, il y en avait trois de garées. Il avait déjà mesuré leur emplacement, mais avait jusqu'ici évité d'aborder la question de la manière dont on pouvait se les procurer.

À présent que le troène était planté et que la photo qu'ils avaient prise pour contrôle concordait avec l'originelle, Knupp posa la question. Ce fut pendant qu'ils prenaient le casse-croûte froid devenu leur dîner standard qu'il la souleva :

— Le problème, ce sont les couleurs. Les modèles, on peut les déterminer, mais les couleurs ? Je me rappelle encore les noms des propriétaires. Mais je n'ai aucune idée de l'endroit où ils vivent aujourd'hui. Je ne sais même pas s'ils sont encore en vie.

Il poussa sur la table quelques-unes des photos en noir et blanc sur lesquelles on voyait les voitures.

Peter Taler les passa en revue.

— La Volvo était celle des Sennberger. La voiture de sport était à Santo, les propriétaires de la troisième s'appelaient Rauhstein, ou Raubstein. Vous connaissez la marque de la troisième ?

Taler lui fit signe que non.

— Vous ne vous rappelez pas les prénoms ?

— Celui à la Volvo était docteur. On l'appelait Dr Sennberger. Mais quel genre de docteur, ça, je n'en sais rien. Ils avaient deux enfants, des jumeaux. Martha était un peu en contact avec la famille.

— Délicat, dit Taler, dont les pensées se tournaient de nouveau vers le motocycliste.

Mais Knupp n'en avait pas encore terminé.

— Vous pouvez essayer de dégotter quelque chose ? Des numéros de téléphone ? Des marques de voiture ?

Taler prit l'une des photos, la mit dans sa poche et se leva.

— Déjà ?

— J'ai encore à faire.

— Je sais : le motocycliste.

L'éclairage public était allumé, et quelques lampes éclairaient déjà les fenêtres de l'intérieur. La famille Hadlauber avait de la visite. On avait fait un barbecue à l'extérieur et l'on discutait à présent dans la pénombre, à mi-voix, rassasié et satisfait. Peter Taler adressa un salut amical depuis l'autre côté de la rue.

Il se promena tranquillement le long de la clôture et du garage à porte télécommandée. Un habitant du quartier faisant sa promenade par une soirée tiède.

De la musique provenait du logement en colocation. Les fenêtres de la pièce qui, chez Knupp, servait de salon, étaient grandes ouvertes. Il ne vit personne.

Il s'immobilisa. Le morceau de musique touchait à sa fin, et au cours de la pause entre celui-là et le suivant, il entendit des voix et un bref éclat de rire. Il ne bougea pas.

— Bonsoir.

Taler sursauta. La voix venait de la façade, sous la fenêtre. Il y avait là un banc de jardin sur lequel un homme était assis et fumait.

— Bonsoir, fit Taler à son tour.

Et comme l'autre ne répondait rien, il ajouta :

— J'habite ici. Enfin, là-bas.

Il désigna son appartement.

L'homme se leva et vint vers lui. Il se trouvait à

présent à contre-jour de la fenêtre éclairée, on ne distinguait pas son visage.

— C'est la musique. La musique m'a plu.

L'homme avait atteint la clôture. Taler vit alors son visage. Cheveux bruns, barbe de cinq jours, environ vingt-cinq ans, mince, grand.

— Strebel, dit l'homme en lui tendant la main.

Peter, étonné, la prit, tenta de répondre à sa poigne de fer, puis tourna les talons et poursuivit son chemin. Son cœur battait à tout rompre, et il dut se maîtriser pour ne pas partir en courant.

— Oh ! Hé ! cria l'homme derrière lui.

Mais Taler continua à marcher.

Lorsqu'il revint dans son appartement, il était près de minuit. Il avait erré pendant près de deux heures sans faire attention au chemin qu'il suivait ni aux maisons dans lesquelles, peu à peu, les lumières s'éteignaient et le calme s'installait.

Le calme n'avait aucune place dans l'esprit de Taler. Depuis le jour où Laura avait été abattue, il n'avait jamais été aussi bouleversé. À plusieurs reprises, il était volontairement passé sans s'arrêter devant l'entrée de son immeuble. L'idée de devoir rester planté dans son appartement le faisait suffoquer. Même à présent qu'il y était enfin parvenu et faisait les cent pas chez lui, la bouteille de bière tremblait dans ses mains quand il la portait à sa bouche.

Les photos de Knupp étaient posées sur la table de la salle à manger ; elles n'admettaient aucune autre conclusion : cet homme était le conducteur du vélomoteur. Et s'il devait rester le moindre doute que le motocycliste fût aussi l'assassin de Laura, il le dissiperait. Il l'avait vu. L'assassin et l'amant de Laura ! Il lui avait même serré la main !

Peter Taler ne cessait d'inspirer profondément. Il était enfin arrivé à l'objectif qu'il s'était fixé depuis l'assassinat de Laura : il avait trouvé l'assassin.

Et il aurait bientôt rempli la mission qui l'avait maintenu en vie pendant tout ce temps.

Au cours des premiers mois qui avaient suivi la mort de Laura, il avait fait passer sa douleur, lorsqu'il s'endormait, en ressassant toujours le même fantasme : il se voyait sortir le Sig 75, l'arme personnelle qu'on lui avait confiée en tant qu'infirmier de l'armée, le pointer sur l'assassin de Laura et vider le chargeur sans hésiter. Neuf balles.

Depuis cette nuit, l'homme qu'il ne cessait d'abattre dans son fantasme avait, pour la première fois, un visage.

À deux heures et demie, il se leva et eut recours à la deuxième méthode qu'il utilisait pour oublier sa douleur : un petit cachet blanc. L'unique secours efficace qu'il eût reçu du psychiatre, auquel il avait rendu deux visites à l'époque.

Il sombra dans un sommeil sans rêve.

— Vous êtes malade ?

Taler sortit brutalement de son sommeil. Mme Gelphart était au seuil de sa chambre.

— Quelle heure est-il ?

— Huit heures et demie.

Taler bondit hors de son lit. Lorsqu'il sortit de la chambre, un peu plus tard, en costume et les cheveux mouillés, Mme Gelphart attendait devant la porte avec une corbeille à linge.

— Aujourd'hui, c'est mon jour de lessive. Je n'ai pas grand-chose et je me suis dit que je pourrais prendre de votre blanc.

Peter la remercia et se faufila devant elle. Il était déjà à la porte lorsqu'elle dit :

— Ah oui, l'homme au vélomoteur. Mon mari dit que l'homme du 43 passait de temps en temps.

Taler s'immobilisa.

— De temps en temps ?

— Il l'a vu entrer ou sortir deux ou trois fois.

— Chez qui ?

— Il dit que ça ne le regardait pas. Vous le savez bien : Rolf est très discret.

C'était une nouveauté pour Taler, mais il préféra ne rien dire sur ce point.

Bien entendu, Kübler était à l'accueil lorsque Peter Taler pointa, un peu avant neuf heures et demie. Avant qu'il pût faire l'une de ses remarques stupides, Taler l'apostropha :

— Loupé l'heure du réveil. Un problème ?

Sandra Dovic, de la réception, lui annonça :

— M. Gerber vous a déjà demandé plusieurs fois.

— C'est bizarre. Il ne cherche jamais à me joindre, sauf quand j'arrive en retard.

Il ne put éviter son reflet dans le miroir de l'ascenseur : cheveux en bataille, pas rasé, les yeux cernés, les lèvres pincées, le regard rageur. Taler était en colère. En colère contre l'homme au vélomoteur, en colère contre Laura et en colère contre lui-même.

— Pas réveillé, sujet clos, grogna-t-il lorsque Betty s'apprêta à ouvrir la bouche.

— Hop-là, hop-là, dit-elle, et elle se tourna de nouveau vers son écran.

Mais lorsqu'il se fut un peu peigné et rafraîchi devant le miroir de l'armoire, elle demanda :

— Je peux dire quelque chose, maintenant ?

— Bien sûr. Excuse-moi.

— Gerber est passé. Il a demandé où tu étais.

— Et alors ? Qu'est-ce que tu as répondu ?

— Que je ne savais pas.

— Quel sens de la réplique !

— Qu'est-ce qui se passe ?

— Excuse-moi. Autre chose ?

— Il a aussi demandé si ça arrivait souvent. Jamais, j'ai répondu.

— Il veut se servir de toi comme mouchard, maintenant, ce connard ?

Taler attrapa son téléphone. Comme toujours, Gerber laissa sonner un certain temps avant de répondre. Celui qui l'appelait devait noter à quel point il était difficile de l'arracher à la masse de travail qu'il lui fallait abattre

— Grbr, grogna-t-il.

— Tu m'as cherché ? Pas entendu mon réveil. Une urgence ?

Gerber eut une réponse apaisante.

— Non, non. J'étais juste un peu soucieux. Je voulais savoir si Mme Zehnder était au courant de quelque chose. Tout va comme tu veux ?

— Ça va.

— Il y a un problème ?

Peut-être Gerber était-il sincèrement inquiet.

— Oui. Ma femme a été abattue.

Il raccrocha. Et il eut honte de cette réponse en toc.

Il prit la pile de factures posées à côté de l'écran. Mais il ne parvint pas à se concentrer.

Le mari de Mme Gelphart avait appelé le motocycliste « celui du 43 ». Il était donc identifié. Mais ce qui l'avait vraiment secoué, c'était que le concierge ait vu cet homme entrer et sortir deux ou trois fois. Ça n'était donc pas une simple passade. Laura avait eu une liaison. Et une liaison tellement passionnée que sa fin lui avait peut-être coûté la vie.

Cette découverte remettait tout en question. Maintenant, quand il pensait à sa femme, il pensait à une autre Laura. Une partie de son épouse lui était devenue étrangère. Elle avait une face qu'il ne connaissait pas. Qu'elle ait mené une fraction de sa vie sans lui n'avait rien de particulier, après tout lui-même en avait fait autant. Mais qu'il y en ait eu une qu'elle avait menée *contre* lui… il ignorait comment le digérer.

— Tout est OK ?

Il n'avait pas remarqué Betty, qui s'était approchée de lui et se tenait à présent tout près de son bureau.

— Oui oui. Juste un peu…

— Exténué ?

— Oui. Exténué. Nuit courte.

— Enzo passe me prendre pour le déjeuner. Viens donc avec nous.

— Merci. Gentil de ta part. Mais j'ai quelques courses à faire. Plus rien chez moi. Salue-le de ma part.

En entendant mentionner Enzo, il se rappela les voitures et ajouta :

— Mais il pourra peut-être m'aider pour quelque chose.

Taler alla chercher dans sa serviette les vieilles photos sur lesquelles on voyait le parking et les trois voitures.

— Lui saura peut-être de quels modèles il s'agit.

Betty jeta un coup d'œil aux véhicules

— Volvo 940 break, Peugeot 205. Pour la petite voiture de sport, je ne suis pas sûre. Mais pour Enzo, ça ne sera pas un problème.

Que Taler ait eu quelques courses à faire n'était pas un mensonge. Mais ce n'est pas de vivres qu'il avait besoin. Il alla dans un supermarché et s'acheta une petite et puissante lampe torche. Puis il se rendit dans un magasin de photo et investit plus de quatre cents francs dans une paire de jumelles.

15

Il ne restait plus une place de libre aux murs du bureau de Knupp. Ils avaient décroché les portraits de Martha, les photos d'art en noir et blanc, les trophées des concours de tir et toutes les autres décorations murales – non sans en avoir établi un inventaire précis pour le jour J – afin de les remplacer par des photos de plantes et d'objets, des croquis topographiques, des contours et des notes. Le tableau était identique dans la salle des mesures, au premier étage.

La première livraison de plantes de la jardinerie Wertinger était imminente. Junior avait trouvé douze des végétaux recherchés, en avait pris des photographies et les avait envoyées par mail à Taler. Lequel lui adressait en permanence la description des exemplaires dont il venait de relever les cotes.

Assis devant son écran, Peter Taler intégrait sans plaisir un pommier sauvage issu du jardin voisin. Vingt et un ans plus tôt, c'était un joli petit arbre, mais l'ombre d'un troène qui avait grandi beaucoup plus vite l'avait fait pousser de travers et avait limité sa croissance.

Assis à sa table de travail, Knupp tenait le combiné de son téléphone démodé.

— Oui ? Madame Sennberger ? M. Knupp à l'appareil. Je suis à la recherche d'anciens voisins. Avez-vous vécu chemin Gustav-Rautner en mille neuf cent quatre-vingt-onze ?

C'était ainsi depuis l'arrivée de Peter. Knupp s'était fait transmettre par les renseignements les numéros de téléphone de tous les « Sennberger » et « Raubstein » du pays, et les appelait depuis, les uns après les autres. Il n'existait aucun « Santo » recensé dans l'annuaire du téléphone.

— Vraiment ? Votre cousine ? Avez-vous son numéro de téléphone ?

Knupp le nota et raccrocha.

— La cousine. L'un des deux enfants de la famille Volvo. Elle s'appelle Felinger, maintenant.

Il composa le numéro.

— Allô, monsieur Felinger ? Albert Knupp à l'appareil. Serait-il possible de parler à votre femme ?

Knupp écouta la réponse.

— Ah, je suis désolé. Savez-vous comment je peux la joindre ?

Knupp raccrocha et regarda Taler.

— Divorcés.

— Et après ? L'adresse ?

— Il a dit : « Va te faire foutre. » Et il a raccroché.

Knupp tentait d'entrer en contact avec les anciens locataires des appartements pour établir les teintes des voitures qu'ils possédaient à l'époque.

— Et ensuite, une fois que vous les aurez déterminées ? avait demandé Peter Taler lorsque Knupp lui avait exposé pour la première fois cette partie du projet.

— Ensuite nous trouverons des voitures de ce type et nous les garerons sur le parking le jour J. Et voilà.

— Et voilà, avait répété Peter.

C'était au début de leur collaboration, lorsqu'il considérait encore ce projet avec scepticisme et ironie. Maintenant qu'il avait changé d'opinion sur le projet, il doutait certes toujours de sa faisabilité, mais il y contribuait lorsqu'il le pouvait. Par exemple pour résoudre le problème des modèles de voiture.

Betty avait rapporté de son repas avec Enzo le type et le millésime probable de la voiture de sport : Fiat X 1/9 Bertone 1986. Ce sur quoi elle avait parié le matin – la Volvo et la Peugeot – était correct.

Knupp était de nouveau au téléphone et se faisait transmettre par les renseignements les numéros de tous les « Felinger » du pays. Par chance, il n'y en avait que douze.

Taler admirait l'obstination du vieil homme. Pourtant, de nouvelles difficultés émergeaient quotidiennement : le jour dit, on avait rebouché un nid de poule dans l'asphalte du chemin Gustav-Rautner, les bennes à ordure étaient d'un autre type, la façade de l'immeuble de trois étages où se trouvait l'appartement de Taler, était alors d'une autre couleur. Et ainsi de suite.

Pour Peter Taler, l'affaire n'avait aucune chance de réussir. Mais, depuis la veille, cela lui était égal. Pour lui, le projet 11 octobre 1991 était mort. Il n'y participait plus que pour la forme. Dès que le motocycliste relèverait du passé, Taler quitterait aussi son rôle d'assistant de Knupp.

Il resta chez Knupp jusqu'à la tombée de la nuit. Ensuite, cependant, il n'alla pas chez lui, mais jusqu'au portail du jardin. Il l'ouvrit et le ferma bruyamment pour que Knupp l'entendît, et revint sur ses pas sans faire de bruit, passa par le chemin dallé et devant l'entrée de la maison pour rejoindre la cabane à outils. Là bas, accroché à un clou sur le mur extérieur, se trouvait encore la gibecière qu'il avait suspendue en arrivant. Il la prit et poursuivit son chemin par le jardin de derrière et jusqu'à la clôture.

Une fenêtre était faiblement éclairée au premier étage de la Villa Latium. Il observa un moment l'édifice massif et escalada la clôture. Il se fraya précautionneusement un chemin à travers les buissons et les arbustes qui formaient une haie discontinue le long de la clôture. Après avoir parcouru une cinquantaine de mètres sur le territoire de Sophie Schalbert, il était passé devant le terrain de Knupp et derrière la maison voisine.

Il y avait de la lumière dans la cuisine. Mme Hadlauber rangeait la vaisselle en parlant, son mari était adossé au buffet, un verre de vin rouge à la main.

La fenêtre était ouverte, Taler pouvait entendre la voix de la femme et parfois même comprendre un mot. « De manière plus conséquente », « ligne claire » et « respect ». Le couple semblait discuter de questions éducatives.

Les vitres dépolies de la salle de bains, au-dessus de la cuisine, étaient éclairées. Et dans la chambre à côté – correspondant à la salle des mesures chez Knupp –, l'éclat d'une lampe perçait également à travers des rideaux aux couleurs vives. On entendait le son discret d'un morceau de rock, Taler ne savait pas d'où il provenait.

Mais lorsqu'il poursuivit prudemment sa progression, la musique devint plus forte. Elle venait forcément de la maison suivante. La colocation.

Jusqu'ici, Taler avait été très calme. Mais à cet instant précis, son cœur se mit à battre à toute vitesse. Il se força à respirer de manière profonde et régulière et reprit sa marche.

Il voyait à présent l'abri à vélos, éclairé par la lumière de la lampe suspendue à l'appentis, au-dessus de la porte d'entrée. On discernait trois roues. Et, comme une sculpture, le vélomoteur hors d'usage.

Taler fit quelques pas de plus, jusqu'à l'arrière de la maison. Les fourrés y étaient plus denses, et au-delà de la clôture poussaient des noisetiers. Ils lui barraient certes un peu la vue, mais le protégeaient aussi relativement contre le risque d'être découvert. Plus loin à l'avant s'arrêtait le terrain de la Villa Latium, la clôture décrivait un angle droit et reprenait sa course vers le nord-ouest. Depuis ce coin-là, il pouvait voir la façade. Il prit ses nouvelles jumelles et les pointa vers la fenêtre de la cuisine.

C'était une petite cuisine intégrée, comme celle de la famille Hadlauber. Un grand réfrigérateur était posé tout seul à côté de la porte, et la cuisinière était elle aussi indépendante. L'évier semblait être en pierre, et au milieu de la pièce se trouvait une table de cuisine massive peinte en rouge. Trois personnes y étaient assises, deux hommes et une femme. Sur la table étaient posés une bouteille de vin, des verres et un cendrier. Ils fumaient tous les trois.

Il avait déjà vu la femme acheter des tapas chez

Juanitos. L'homme assis à côté d'elle avait de longs cheveux blonds, et l'on devinait à son visage qu'il parlait de quelque chose de sérieux.

Le troisième homme lui tournait le dos. Mais Taler savait de qui il s'agissait.

Il resta à son poste jusqu'à minuit passé. Il vit un quatrième habitant de la maison arriver, ranger son vélo à côté des autres et verrouiller l'antivol, entrer dans la cuisine, ouvrir une nouvelle bouteille de vin et se joindre aux trois personnes présentes. À un moment, la femme fit glisser sa main en direction de la sienne. Il la prit et ils restèrent dans cette position jusqu'à ce qu'elle eût besoin des deux mains pour allumer une cigarette.

Peu après le couple prit congé. Peter vit la lumière s'allumer dans la salle de bains, puis la fenêtre s'ouvrir. L'espace d'un bref instant, il discerna les cheveux et les épaules nues de la femme, puis il entendit le bruissement de la douche.

Les deux hommes étaient restés dans la cuisine à discuter. Le blond se leva brusquement et quitta la pièce. Peut-être une mésentente.

L'amant et assassin de Laura se versa le fond de la bouteille et l'avala d'un trait. Puis il se leva et s'approcha de la fenêtre.

Taler, à présent, distinguait bien son visage. La barbe noire de cinq jours. L'arête large du nez. Il portait un sweat-shirt frappé du logo DELAWARE.

Taler reconnut le A et le W.

À ce moment-là, l'homme éteignit la lumière.

Peter Taler attendit que toute la maison fût plongée dans le noir. Puis il alla dormir.

Il comptait revenir chaque soir, jusqu'au moment où il trouverait l'homme seul.

Le lendemain, il avait rendez-vous pour déjeuner avec Betty et son ami Enzo. Taler avait laissé entendre qu'il connaissait quelqu'un intéressé par l'idée d'acheter exactement les mêmes voitures que sur la photo. Betty avait aussitôt transmis l'information à Enzo, et celui-ci avait lancé des recherches.

Ils se rencontrèrent dans un *steak house*, Enzo était un « viandeux », comme disait Betty.

— Vous êtes mes invités, dit Enzo en guise de salutation. Je considère cela comme un repas d'affaires à terme.

Ils étaient assis dans un recoin, sous la reproduction d'un avis de recherche datant de la conquête de l'Ouest et le schéma de découpe d'un bœuf. Taler et Betty avaient chacun commandé une entrecôte, Enzo s'attaquait à un T-bone-steak massif. À côté de son assiette, des photos des trois voitures.

— Les couleurs, ça n'est pas un problème. Je vous les laque dans n'importe quelle teinte.

— Mais nous ne pouvons quand même pas faire repeindre des voitures en location.

— Bien sûr que si. Une fois repeintes, elles se vendent beaucoup mieux.

— Et ça coûte combien, ce genre de choses ?

Enzo s'enfonça un grand morceau de viande saignante dans la bouche, mâcha deux ou trois fois puis continua à parler en mastiquant.

— Cinq mille pièce.

— Tu es sérieux ?

— Tu peux avoir ça pour moins cher. Mais si tu veux revendre les voitures, il faut que ce soit fait par un pro, pas question de passer un coup de bombe sur la vieille peinture.

— Comment ça, revendre ? Nous voulons juste les louer.

— Si c'est moi qui dois prendre le risque, il faut que j'ajoute une petite marge.

— Par exemple ?

— Je te fais une offre. Un prix d'ami, parce que tu es un collègue de travail de ma nana. Vingt.

— Vingt mille ?

— Repeintes, livrées sur place, avec les bonnes plaques d'immatriculation.

— Ça fait beaucoup pour une seule journée.

— Tu peux aussi acheter les voitures. Tu les fais retaper et repeindre, et quand tu n'en as plus besoin, tu les refourgues avec un bénéfice. Mais ça va te forcer à débourser trente ou quarante mille balles, à la louche ; par contre, dans le pire des cas, tu arrives à un résultat nul. Tu fais même probablement des bénéfices.

Peter Taler mangea un peu de viande et réfléchit.

— Il faut que j'en discute.

— Discutes-en. Mais vite. La Bertone est une occasion en or. On se l'arrache.

Betty n'avait rien dit pendant tout leur entretien, comme un enfant lorsque les parents parlent. Elle brisa alors le silence :

— Je n'ai toujours pas compris pourquoi au juste ces voitures et pas d'autres.

— Pour un film. Ça se passe en mille neuf cent quatre-vingt-onze et ça doit être tout à fait authentique.

— Mais que ce soit celle-là où une autre voiture de l'époque, personne ne fera la différence.

— Ce sera un mélange de documentaire et de fiction. Ça doit être parfaitement raccord.

— D'accord. Mais la couleur des voitures…

— Il y a de tels perfectionnistes dans le cinéma. Chez Visconti, les laquais en uniforme devaient même porter des sous-vêtements originaux de l'époque. Il estimait que c'était la seule manière de leur donner la démarche adaptée.

Cela aussi, Taler l'avait inventé en cherchant une justification plausible. Cela produisit son effet, et éveilla même l'intérêt de Betty pour son collègue de bureau.

— Qu'est-ce que tu as à voir avec le cinéma ?

— Un violon d'Ingres. Je connais quelques personnes dans le milieu et j'aide un peu de temps en temps.

Lorsqu'il arriva chez Knupp après sa journée de travail, celui-ci l'accueillit avec une bonne nouvelle : il avait réussi à déterminer les teintes des trois véhicules.

— Les Raubstein sont encore en vie tous les deux. La Peugeot était rouge. J'ai aussi trouvé la fille de Sennberger, qui s'appelle maintenant Felinger. La Volvo était jaune moutarde. Son frère l'a encore conduite pendant des années quand il a eu son permis de conduire. Elle se rappelle aussi la voiture de sport de Santo. Elle était bleue. Un bleu lumineux, à ce qu'elle dit. (Il marqua une courte pause et ajouta d'une voix transformée :) Et elle se souvenait aussi de Martha. Ses *Nidelzältli.* Les bonbons au caramel maison dont elle avait toujours une réserve pour les enfants.

— Et moi, j'ai trouvé quelqu'un capable de se procurer les voitures.

La mine de Knupp s'éclaira de nouveau.

— Pour de bon ?

— Vingt mille à fonds perdus. Ou trente mille en capital risque. Vous pouvez rassembler autant d'argent ?

— On y arrivera d'une manière ou d'une autre, répondit Knupp avant de changer de sujet. Samedi, Wertinger fait la première livraison. S'il ne pleut pas.

Mais dans la nuit du vendredi au samedi, il se mit à pleuvoir. Peter Taler venait tout juste de s'installer confortablement à son poste d'observation, derrière le 43. C'était sa troisième nuit de garde. La seule lumière qui éclairât la cuisine était celle qui passait, depuis le couloir, par la porte pas tout à fait fermée. Jusqu'ici, il n'avait encore jamais trouvé le conducteur du vélomoteur tout seul. Une fois, en revanche, il avait vu ses colocataires sans lui.

L'observation de son ennemi éveilla en lui des sentiments analogues à ceux que lui avait inspirés, au début, sa collaboration au projet déjanté de Knupp. Elle le libérait de son désarroi. Elle lui mettait en main quelque chose qui lui permettait d'affronter la mort de Laura.

Dans la cuisine, la lumière s'alluma au moment

précis où le bruit le fit sursauter. Il provenait de la chute simultanée de cent mille lourdes gouttes de pluie sur les toits et la cime des arbres. Au bout de quelques secondes, il était complètement trempé, et il allait prendre la fuite lorsque la fenêtre de la cuisine s'ouvrit et laissa apparaître la silhouette de l'homme au vélomoteur, qui s'exclama :

— Putain, regardez comme ça flotte !

Ses trois colocataires se serrèrent contre la fenêtre. Ils regardèrent sans rien dire ce paysage sous-marin.

Taler n'osa pas bouger. Il ne tarda pas à avoir froid, et tout son corps se crispa en essayant de ne pas trembler.

L'averse prit fin aussi brutalement qu'elle était tombée du ciel. Les spectateurs s'éloignèrent les uns après les autres du rebord de la fenêtre et rentrèrent dans la cuisine jusqu'à ce qu'il ne reste plus que le blond mince. Il prononça des mots que Peter Taler ne comprit pas. Mais leur sens avait aussi échappé aux autres.

— Quoi ? cria une voix de femme.

— Si ça continue comme ça, c'est fichu pour lundi, répéta le blond, assez fort pour que tous la comprennent.

— Moi, de toute façon, je ne viens pas, annonça une voix d'homme.

Peter Taler était presque certain que c'était celle de l'homme au vélomoteur.

La lourde pluie avait détrempé les jardins. Les pépiniéristes reportèrent leur première livraison à la semaine suivante.

— Dès qu'il n'aura pas plu pendant deux jours, précisa Wertinger Junior. Jusqu'à lundi, les prévisions ne sont pas bonnes.

Taler était donc à deux doigts de l'objectif qui, pendant tous ces mois, l'avait maintenu en vie. Et il eut soudain le sentiment de n'être pas encore tout à fait prêt. Il aurait aimé observer encore un moment son adversaire.

Peut-être son indécision soudaine tenait-elle cependant aussi à l'état dans lequel il se trouvait ce jour-là. Il payait le manque de sommeil et le fait d'être resté dans des vêtements trempés : il avait de la fièvre, des maux de tête et un rhume. Il se sentait faible et geignard, comme chaque fois qu'il était malade. Laura s'en était souvent amusée.

— Vous devriez aller vous coucher, dit Knupp.

Il avait observé Taler pendant un moment, assis à l'ordinateur, toussant, reniflant, quittant sans arrêt l'écran des yeux pour regarder dans le vide, l'esprit ailleurs.

— Vous avez peut-être raison, répondit Taler, je vais essayer de revenir demain.

Il sortit dans la bruine grise. Des flaques s'étaient formées sur le chemin de dalles, les jeux rouillés reluisaient d'humidité dans le jardin voisin, un jalon abandonné était piqué près d'un buisson dont on n'avait pas encore recensé toutes les caractéristiques techniques.

Taler ouvrit le portail du jardin et sortit dans la rue. Il était trop profondément plongé dans ses pensées pour réagir au coup de sonnette qu'un cycliste venait de donner pour le prévenir. Le vélo passa à quelques centimètres de lui.

— Connard ! cria le cycliste.

Et lorsque celui-ci eut repris le contrôle de sa monture, il lui fit un doigt d'honneur.

L'homme au vélomoteur, sur la bicyclette !

Taler traversa la rue, passa devant les autos garées et les boîtes aux lettres et se dirigea vers l'entrée de l'immeuble. Lorsqu'il entra dans son appartement, l'indécision qu'il ressentait quelques instants plus tôt s'était dissipée. Il prit de l'aspirine, se prépara une tisane et se mit au lit.

La tisane était froide depuis longtemps lorsque la sonnette l'arracha au sommeil. Taler, par réflexe, bondit de son lit. Mais lorsqu'il fut totalement revenu à lui, il s'allongea de nouveau. Il n'était pas chez lui.

Peu après on sonna de nouveau, et Peter l'ignora comme la fois précédente. La troisième fois, le visiteur indésirable resta accroché à la sonnette jusqu'à ce que Taler aille à l'interphone et crie dans le micro :

— Mais bon sang, qu'est-ce qui se passe !

— C'est moi, Albert Knupp.

Taler appuya sur le bouton, laissa la porte entrouverte et retourna se coucher. Peu après, Knupp passait la tête dans la chambre. Il était presque hors d'haleine.

— Tout va bien ? Je me suis inquiété, comme vous ne répondiez pas.

— Tout va bien, sauf que vous m'avez réveillé.

— Pardonnez-moi. Je vous ai préparé quelque chose à manger.

Il s'éclipsa. Taler l'entendit s'affairer dans la cuisine. Au bout d'un certain temps, Knupp rentra en boitant. Il portait le plateau qu'utilisait Taler lorsqu'il se servait son dîner solitaire au salon.

Peter se redressa. Knupp lui avait préparé sa rösti au lard. Elle était couronnée par trois œufs sur le plat dont les jaunes étaient déjà un peu dérangés par le trajet.

— Pas vraiment un repas d'hôpital, mais vous devez reprendre des forces en vitesse, j'ai besoin de vous.

Taler n'avait aucun appétit, surtout pas pour de la rösti au lard. Mais il mangea gentiment. Depuis la mort de Laura, personne ne lui avait plus apporté son repas au lit.

— Asseyez-vous donc, dit-il entre deux bouchées.

Knupp ôta les vêtements de Taler de l'unique chaise de la pièce et les posa sur le lit, du côté de Laura. Puis il s'assit et regarda manger Peter.

— Quand j'avais pris froid, Martha me faisait toujours de la rösti au lard avec des œufs au plat. Elle appelait ça « tromper le corps ». On mange comme une personne en pleine santé, alors le corps croit qu'on l'est effectivement, et se comporte en conséquence. Pour moi, ça a toujours fonctionné, dit Knupp avec un sourire pensif.

Puis il prit l'air grave :

— Pas pour elle.

Le silence se fit dans la pièce, troublé de temps en temps par le bruit des couverts de Taler sur l'assiette.

Soudain, Knupp marmonna quelque chose et quitta la pièce. Peter l'entendit de nouveau s'agiter dans la cuisine. Il revint avec deux verres de vin pleins.

— Ça aussi, ça fait partie des manœuvres destinées à tromper le corps.

Il tendit un des verres au patient. Taler n'y vit aucune objection

— Nous ne devrions pas nous tutoyer depuis longtemps ? demanda Knupp.

Taler avait effectivement parfois trouvé étrange qu'ils aient passé tellement de temps ensemble et continuent pourtant à se vouvoyer. Mais à présent, il ne savait pas s'il pouvait encore changer d'habitude. Pour les quelques jours qui lui restaient.

— Albert, dit Knupp en levant son verre.

— Peter.

Ils trinquèrent. Suivit un silence embarrassé, comme souvent après ce cérémonial.

Peter mangea son assiette jusqu'au bout, Albert le regarda faire.

— Tu n'y crois pas.

Taler haussa les épaules.

— Tu n'as pas besoin d'y croire. Il suffit que tu y participes. Après le onze octobre, tu décideras si tu y crois ou pas ?

— C'est précisément en cela que je ne crois pas : que nous y arriverons pour le onze octobre. Pas sans aide. Beaucoup d'aide. Et pas sans argent. Beaucoup d'argent.

— L'argent, ça se trouve. Ça ne peut pas échouer à cause de l'argent, fit-il avant d'ajouter, d'un ton pressant : Ça ne *doit* pas échouer à cause de l'argent !

— Et comment comptez-vous vous le procurer ?

— Tu. Comment comptes-tu te le procurer.

— Comment ?

— C'est toi le comptable diplômé, pas moi.

— N'espère rien de moi.

— Je n'ai personne d'autre.

Le vin et cette conversation familière auraient presque incité Taler à lui annoncer, avec précaution, ses intentions pour les jours qui suivaient. Mais il décida ensuite de jouer le jeu :

— Une hypothèque, qu'est-ce que ça donnerait ?

Knupp repoussa l'idée d'un revers de main.

— Il y en a déjà deux sur la maison.

— La vendre ? L'acompte suffirait peut-être.

— Et après, où est-ce que nous vivrons ?

Par « nous », Knupp entendait « Martha et moi ». Il lança à Taler un regard empreint d'un tel désarroi, d'un tel désespoir, que celui-ci finit par dire :

— Il y a peut-être une autre solution.

— N'est-ce pas ? Il y en a une ?

Lorsque Knupp prit congé, en confiance et de bonne humeur, Taler demanda :

— Il reste combien d'argent ?

— Un peu plus de six mille. Et ma retraite qui tombe le mois prochain. Elle s'élève à trois mille six cents francs, tout compris.

Avec le mode de vie retiré qui était désormais le sien, l'épargne de Peter Taler, ajoutée aux économies que Laura et lui avaient faites, s'élevait à un peu plus de trente mille francs. Il décida de virer cette somme, pour son départ, sur le compte de Knupp.

Y avait-il meilleur héritier qu'un vieillard croyant encore aux miracles ?

16

Peter Taler passa le dimanche dans son appartement. Les symptômes du refroidissement s'étaient un peu atténués, mais avaient été remplacés par une étrange mélancolie. Il avait commencé à faire ses adieux.

Les choses qui l'entouraient avaient perdu leur évidence. Toutes portaient leur histoire comme des étiquettes, toutes lui imposaient les souvenirs auxquels elles s'attachaient.

Peter se promenait au petit bonheur dans son appartement, vêtu d'un pyjama, d'un foulard et d'un peignoir, et posait une main lourde tantôt sur tel dossier de siège, tantôt sur telle étagère.

C'est Knupp, une fois de plus, qui l'arracha à sa léthargie. Cette fois, au moins, il annonça sa visite par téléphone. Il apporta un petit seau à lait plein de pot-au-feu, un peu de pain et une bouteille de vin.

Peter Taler se réjouit de la visite du vieil homme. Aussi extravagant fût-il, il était tout de même devenu une sorte d'ami paternel. Et Peter appréciait quiconque était en état de le distraire de lui-même.

Ils mangèrent la soupe à la table du salon. Des nuages gris cendre étaient suspendus au-dessus du quartier Gustav-Rautner. Il faisait tellement sombre, à l'heure du déjeuner, que Taler avait allumé la lumière dans son salon.

— D'ici, effectivement, tu peux regarder dans mon assiette, remarqua Knupp en voyant la perspective depuis la fenêtre aux jardinières.

— Le contenu de ton assiette m'intéresse seulement depuis que je sais quel bon cuisinier tu es.

— Je me suis souvent demandé pourquoi tu te tenais chaque jour à cette fenêtre, comme un spectre.

— Peu avant l'assassinat de Laura, quelque chose à l'extérieur n'était pas pareil que d'habitude. Je voulais trouver de quoi il s'agissait et j'espérais me mettre ainsi sur la trace de l'assassin.

— Et tu as trouvé ?

— Oui. C'étaient les plantes que tu avais changées.

— Mais ça ne t'a pas mis sur la piste de l'assassin.

— Indirectement, si. Parce que le sentiment que quelque chose n'était pas pareil revenait, l'idée m'est venue de prendre une photo. En guise de témoin pour la fois suivante. C'est comme cela que je suis tombé sur la photo prise par Laura. Et du même coup sur le conducteur du vélomoteur.

— Le mystérieux homme à la mob.

— Il n'est plus mystérieux. Je sais qui c'est. Il habite au 43.

— Tu en es sûr ?

— À cent pour cent. Je l'ai vu, je lui ai même parlé. Mieux, je lui ai serré la main.

— Je veux dire : tu es certain que c'est l'assassin ?

— Il avait un mobile.

— Lequel ?

— Je ne veux pas en parler.

Knupp hocha la tête, compréhensif.

— Et ce dont tu ne veux pas parler, tu en es certain aussi ?

Peter hésita.

— Il y a, hélas, des indices parfaitement clairs dans les affaires de Laura.

— Je comprends. Et que fait la police ?

— La police n'est pas dans le coup.

— Pourquoi pas ? demanda Knupp, étonné.

— C'est une affaire entre lui et moi.

Taler vida son verre et se resservit.

— Peter ?

La voix de Knupp était empreinte d'une grande gravité.

— Quoi ?

— Ne fais pas de bêtises.

— Des bêtises ? Sûrement pas.

Lorsque Peter Taler ouvrit les stores, le lundi matin, il fut surpris par un ciel frais et bleu. Il fut aussitôt saisi d'un étrange besoin d'agir. On ne sentait plus rien de l'indécision qui s'était emparée de lui au moment où il avait compris que lundi pourrait être le jour fatidique.

La question avait été tranchée par une instance supérieure. Ce jour était *le* jour.

Sa fièvre s'était dissipée, et les autres symptômes étaient en voie de disparition. Peut-être la stratégie utilisée par Martha pour tromper le corps était-elle la bonne.

Taler prit le temps d'un petit déjeuner ; il quitta l'appartement un peu plus tôt que d'habitude, pressé d'agir.

C'était le troisième lundi du mois, le jour où il déclenchait les paiements. Lorsque Betty entra dans le bureau, le compteur situé sur la marge inférieure droite de l'écran indiquait déjà plus de quatre cent mille francs.

— Je connais les couleurs, maintenant, dit-il sans interrompre son travail. Jaune moutarde, rouge et bleu.

Le visage de Betty s'éclaira.

— Ça veut dire que tu y vas ? Enzo pensait déjà que c'était trop cher pour toi.

— Jaune moutarde, c'est bien clair. Mais rouge et bleu ? Je suppose qu'il y avait des standards. Enzo est certainement capable de les trouver.

— J'appelle tout de suite.

— Et dis-lui : la variante location, pas achat. Et demande-lui quelle remise il accorde en cas de paiement en liquide. Sans facture.

Il n'avait pas ressenti depuis longtemps pareille humeur d'homme d'action. Dès que Betty fut sortie du bureau, à l'heure du déjeuner, il s'occupa de son armoire et de son tiroir privé. Il inspecta le fatras qui s'y était accumulé au cours des années précédentes et tria les objets qui n'étaient pas d'utilité générale ou ne regardaient personne. Il en remplit deux cabas et alla les vider personnellement dans l'un des deux conteneurs qui se trouvaient dans la cour. Puis il passa à sa banque, retira trente et un mille cent francs suisses et clôtura son compte.

L'après-midi Betty lui remit trois échantillons de teintes.

— Voilà les bleu, rouge et jaune de série : pour la Fiat Bertone Blu imperiale, code KNP, pour la

Peugeot 205 Rouge pompier, code EKC, et pour la Volvo Gul, code 97.

— Et la remise ?

— Cinq pour cent.

Peter Taler lui tendit dix-neuf billets de mille. Il lui fit signer un reçu.

— Juste au cas où je ne réceptionnerais pas les voitures en personne.

Il quitta le bureau un peu plus tôt qu'à l'accoutumée et surprit Betty en prenant congé avec une chaleur à laquelle il ne l'avait pas habituée.

Revenu chez lui, il poursuivit son rangement. Là encore, il rassembla tout ce qui n'était pas destiné à des yeux étrangers. Ce n'était pas grand-chose : quelques lettres, quelques photos, quelques données informatiques personnelles qu'il effaça. Et l'agenda de Laura, celui au feu d'artifice. Il fourra le tout dans un sac poubelle officiel fourni par la municipalité et le posa à côté de la porte de l'appartement.

Puis il s'assit à la table et écrivit quelques lignes à Knupp. Il le pria de l'excuser de le laisser ainsi tomber prématurément, glissa les douze mille francs restants dans l'enveloppe et la cacheta.

Il se changea : jeans, tee-shirt, sweat-shirt et sneakers. Il prépara sa veste de sport, alla chercher son sac à bandoulière au portemanteau et en vérifia le contenu : jumelles, lampe de poche, pistolet.

Il soupesa l'arme qu'il avait dans la main. Cela faisait plus de vingt ans qu'on la lui avait remise dans le cadre de ses fonctions d'infirmier réserviste. « Confiée », avait souligné le chef de compagnie au cours de son allocution pompeuse. En signe de la confiance que l'État lui accordait à lui, citoyen responsable.

Il sortit le magasin plein, le glissa de nouveau dans le puits de chargement, leva et rabaissa le cran de sécurité, braqua l'arme des deux mains, pour voir ce que cela donnait, et la rangea de nouveau dans le sac. Il la cacha avec la veste de sport et jeta un dernier coup d'œil dans l'appartement où il avait été tellement heureux et tellement malheureux.

Puis il sortit, referma la porte, prit le sac poubelle et descendit l'escalier. Ni nostalgie ni peur. Juste un singulier sentiment d'euphorie.

Il ne traversa pas directement la rue pour aller chez Knupp, mais monta dans sa voiture et alla chez Juanitos. Il y acheta deux bouteilles de vin rouge. Il était certain que Knupp l'avait observé et avait besoin d'un prétexte pour son déplacement en voiture. Sur le chemin qui le ramenait à son parking, il fit un petit détour.

Il passa très lentement devant le 43, chemin Gustav-Rautner. On ne voyait personne, mais les deux fenêtres étaient ouvertes dans le salon. Un seul véhicule était rangé sous l'abri à vélos. C'était le vélomoteur.

Il était six heures lorsqu'il sonna à la porte d'A. et M. Knupp-Widler. L'heure habituelle.

— Wertinger livre déjà demain matin de bonne heure, tu peux prendre ta journée ? lui demanda Knupp en guise de salutation.

— Demain, de toute façon, je ne travaille pas, répondit Taler.

Ils se mirent à table pour dîner. Knupp avait préparé sa salade saucisses fromage à base de cervelas, d'emmental, de rondelles d'oignons, de vinaigre, d'huile et de moutarde. Taler mangea avec un appétit inhabituel, il alla même jusqu'à essuyer son assiette, à la fin, avec le pain de campagne.

Puis il montra les échantillons de peinture.

— Ces couleurs te disent quelque chose ?

Knupp les observa.

— Je crois bien.

— Ce sont les teintes standard pour ces voitures, selon mon correspondant.

— Tu as pu négocier le prix avec lui ?

— Les trois voitures sont payées.

Knupp le dévisagea, incrédule.

— Comment ça ?

— J'ai eu une idée, fit Taler en souriant.

Le vieux prit sa bière, se recala sur sa chaise, but une grande gorgée et commenta :

— Tu vois bien.

Le ciel était si dégagé que l'obscurité n'était pas encore totale lorsque Peter Taler sortit de la maison de Knupp, peu avant dix heures et demie. Il se dirigea droit vers la clôture du jardin situé à l'arrière du pavillon et l'escalada. On ne voyait pas la moindre lumière dans la Villa Latium.

Dans les chambres d'enfants de la maison voisine, les rideaux baissés étaient éclairés de l'intérieur, et dans la cuisine s'offrait le même tableau que quelques jours plus tôt : Mme Hadlauber rangeait la cuisine et son mari se tenait à côté d'elle, un verre à la main.

Taler continua à avancer discrètement.

Sous l'abri, on distinguait le vélomoteur et une bicyclette. Probablement celle du motocycliste.

Taler s'approcha de son poste d'observation.

Soudain il entendit un bruit. Il resta comme une

statue, aux aguets. Rien. Il reprit prudemment sa marche.

Quelques pas plus loin, un animal bondit devant lui, courut dans sa direction, fit demi-tour et disparut dans les fourrés. C'était le chat tricolore, celui que Knupp ne tolérait pas.

Le cœur battant, Taler avança jusqu'au coin de la clôture et s'accroupit.

Une fois encore, la cuisine n'était que faiblement éclairée par la lumière qui filtrait de l'entrée par la porte entrouverte. On ne voyait personne, mais de la musique classique s'échappait doucement par la fenêtre ouverte.

Taler se prépara à une longue attente. Mais quelques minutes plus tard seulement, on ouvrit brusquement la porte. L'espace d'un bref instant, la silhouette d'un homme se détacha dans l'encadrement éclairé, puis la lampe s'alluma.

L'homme au vélomoteur.

Il ouvrit un placard au-dessus du buffet, chercha quelque chose, descendit une boîte en carton, l'ouvrit, la referma, la rangea, continua à chercher, trouva un emballage long et mince, le déchira et en tira quelque chose qu'il mit dans sa bouche.

Mastiquant, les joues pleines, l'homme se dirigea vers le réfrigérateur, en sortit un pack de lait, laissa la porte ouverte, chercha un verre, le remplit à ras bord, remit le lait au frais et laissa la porte du frigo se refermer.

Il but une gorgée de lait, remit de nouveau dans sa bouche quelque chose qu'il avait pris dans la boîte, coinça celle-ci sous son bras et éteignit la lumière avec sa main libre. Peter le vit s'éclipser dans le couloir.

Taler n'hésita pas, prit l'arme dans le sac, la glissa à sa ceinture, grimpa au-dessus de la clôture et se dirigea vers l'entrée de la maison. Comme pour un rendez-vous ordinaire.

La lampe était allumée sous l'appentis et les vitres jaunes de la porte d'entrée laissaient passer la lumière du vestibule.

Taler appuya sur la poignée. La porte était ouverte. Il avait aussi compté sur la possibilité qu'elle fût fermée. Dans ce cas, il aurait simplement sonné à la porte et attendu l'homme, pistolet braqué.

Peter entra, referma la première porte, sortit le pistolet de sa ceinture et ouvrit la deuxième porte du sas.

L'entrée était pleine de posters. *Pulp Fiction*, *Blade Runner*, *Orange mécanique*, *Le Cinquième Élément*, l'une à côté de l'autre, comme à l'entrée d'un cinéma de village. À mi-chemin, en direction du salon, se trouvait un portemanteau couvert de vestes et de pardessus. Le casque intégral noir était posé sur la grille à chapeaux. Même à proximité immédiate, son logo était illisible.

Ça sentait le tabac. Par la porte ouverte du salon filtrait la musique classique qu'il avait déjà entendue depuis son poste.

Plus que trois pas jusqu'à la porte. Encore deux. Il pouvait à présent voir l'intérieur de la pièce.

L'homme lui tournait à moitié le dos et lisait, assis dans un fauteuil. Sur une table basse en forme de haricot, à côté, celui-ci avait posé la boîte qu'il était allé chercher plus tôt à la cuisine. L'homme en sortit une longue gaufre au chocolat allongée il détacha la moitié d'un coup de dents.

C'est peut-être le craquement de la gaufre qui

empêcha l'homme d'entendre le bruit des trois pas que Taler dut encore faire jusqu'au fauteuil. Il ne réagit qu'au moment où il sentit le canon du pistolet sur sa tempe.

Mais à ce moment-là, sa réaction fut vive. Il ne se figea pas comme dans les films : l'effroi le fit bondir sur ses jambes et reculer.

— Stop ! lui cria Taler. C'est un vrai et il est chargé !

L'homme s'immobilisa et regarda Taler avec angoisse.

— Qu'est-ce que tu veux ? laissa-t-il échapper.

— Te descendre.

Il avait dû lire sur les traits de Taler qu'il ne plaisantait pas, et fut pris de panique.

— Pourquoi ? cria-t-il.

— Comme tu as fait à ma femme.

— Quelle femme ? hurla-t-il. C'est une erreur ! Au secours ! Une terrible erreur ! Je n'ai rien à voir avec ta femme ! Écoute-moi ! Au secours ! Je ne la connais pas, ta femme.

Taler resta de marbre.

— Tu l'as baisée, et quand elle t'a larguée, tu l'as butée.

L'homme joignit les mains devant son grand corps et fit un pas vers Taler.

— Stop !

Il s'arrêta.

— Si ta femme est morte, je suis épouvantablement navré, franchement, c'est vraiment horrible. Mais parole d'honneur, je n'ai rien à voir là-dedans. Je la connaissais même pas, ta femme.

Taler ne se laissa pas déstabiliser.

— J'ai des photos.

— Quelles photos ? À l'aide ! Arrête ! Quelles photos ?

— De toi. Quand tu entres dans l'immeuble. Et quand tu en ressors. Après un foutu paquet de temps.

— Quel immeuble ? Bon Dieu ! De quel immeuble je suis sorti ?

— Le sien. Juste là, derrière. (Il fit un petit mouvement de tête dans cette direction.) Au 40, chemin Gustav-Rautner.

Alors seulement, Taler constata que le cran de son arme était encore en place. Il le leva.

L'homme au vélomoteur baissa les mains qu'il avait, jusqu'ici, jointes dans un geste implorant.

— Tu es Paul, fit-il dans un soupir. Elle avait raison.

— Raison pour quoi ?

L'homme sembla soudain transformé. Il décocha un petit sourire à Peter et répondit :

— Que tu es un connard et un malade.

Au même instant, Taler reçut un coup terrible sur l'avant-bras droit. Le pistolet lui tomba de la main et un bras s'enroula par derrière autour de son cou. Le motocycliste bondit dans sa direction et lui envoya dans le ventre un coup de poing qui lui coupa le souffle.

Allongé par terre, Taler tentait de respirer. Il avait l'impression que son bras droit était en flammes. Les deux hommes l'avaient lâché. Celui au vélomoteur le tenait en joue avec le pistolet, tous deux les yeux baissés dans sa direction.

Le deuxième homme était le blond mince. Il tenait toujours à la main la lourde clef à molette avec laquelle il avait frappé Taler à l'avant-bras. Il était en pyjama, une serviette-éponge autour du cou. Ses cheveux blonds étaient en bataille, sa voix rauque. Il était manifestement malade, raison pour laquelle il était resté à la maison.

— Tu le connais, ce type ?

— C'est celui qui se tenait près de la clôture et qui reluquait la maison l'autre jour.

— C'est l'homme dont la femme a été abattue il y a un an, expliqua le blond. C'est bien ça ? demanda-t-il à Peter.

Taler acquiesça.

— Et il pense que c'était toi, Kurt. Et maintenant, à ta place, j'appellerais les flics, ce type est salement dangereux.

Kurt ! Le « K » à côté du feu d'artifice ! La terreur que lui inspira cette découverte déclencha une vague de douleur dans le bras de Taler.

— Comment tu t'appelles ? demanda Kurt.

— Taler. Peter Taler, gémit-il.

— C'est pas moi, Taler. Je n'ai rien fait à ta femme. Je ne l'ai jamais vue de toute ma vie. Peter Taler.

À chaque montée de douleur, Taler avait l'impression de perdre connaissance. Il attendit de pouvoir recommencer à parler.

— Et dans ce cas, qu'est-ce que tu faisais à l'intérieur pendant tout ce temps ? finit-il par demander d'une petite voix.

Le blond interrompit la discussion d'un violent accès de toux.

— Appelle les flics, maintenant, il faut que je me

recouche, fit-il en haletant lorsqu'il fut de nouveau en mesure de parler.

— Vas-y tranquille, je vais m'en sortir.

— Tu es sûr ? Ça n'est pas l'impression que ça donnait tout à l'heure.

Le blond le regarda avec scepticisme.

— Moi, j'appellerais les flics, répéta-t-il avant de quitter la pièce.

Tu es Paul ! Pendant la brève discussion entre les deux hommes, Taler se rappela la phrase de Kurt. Paul ! Paul et Noëmi Keller-Schenk ! Le couple de bigots du premier étage !

Kurt s'adressa de nouveau à Taler.

— Il va falloir que tu te contentes de savoir que je n'étais pas avec ta femme.

— Tu étais chez Mme Keller.

Kurt posa le pistolet à côté des gaufres sur la table basse et s'accroupit à côté de Peter.

— Fais voir ton bras.

Il tenta de soulever la manche du sweat-shirt, mais Taler poussa un cri.

Kurt se leva, alla vers la porte, changea d'avis et reprit le pistolet avant de sortir.

Peter l'entendit fouiller dans un tiroir ; il revint peu après avec des ciseaux de ménage et lui découpa sa manche sans hésiter. Un hématome avait déjà fait doubler le volume de l'avant-bras. Kurt souleva un peu la main de Taler, il lui sembla qu'il lui enfonçait un couteau dans l'os. Il cria de nouveau.

— Fracture, constata Kurt.

— Tu es médecin ? demanda Taler en se mordant la lèvre.

— J'espère l'être un jour.

Il sortit de nouveau et revint avec un torchon, un verre d'eau et un cachet.

— Tiens, contre la douleur.

Il aida Taler à s'installer sur une chaise et lui mit le bras en écharpe. Ensuite il reprit sa place dans son fauteuil.

— Maintenant, on attend que la douleur ait diminué, et après tu prends un taxi, direction les urgences.

— Pas de police ?

— Je suis pas trop du genre à appeler la police.

— Merci.

Pendant tout ce tumulte, l'appareil avait continué à diffuser de la musique classique. Maintenant qu'ils se taisaient tous les deux, elle revint au premier plan.

— Tu m'aurais tué ?

— Si j'avais été tout à fait sûr.

— Mais tu l'étais.

— Il aurait fallu que tu l'avoues.

— Et après ? Quand j'aurais été mort ?

— Je me serais tiré une balle dans la tête.

— Et si tu trouves le bon, tu feras exactement la même chose, n'est-ce pas ?

Taler confirma de la tête.

La douleur ne disparaissait pas, mais elle ne dominait plus ses sensations. Taler demanda :

— Excuse-moi, mais il faut que je sache. C'est important. Tu as une histoire avec Mme Keller ? Tu comprends à quel point c'est important pour moi ?

Kurt le regarda dans les yeux. Et après une longue pause, il répondit :

— Tu fermes ta gueule, OK ? Sans ça il y aura une deuxième morte dans votre immeuble.

17

Devant la maison de Knupp était garé un grand camion-grue portant l'inscription « Jardins Wertinger – Jardinerie et pépiniériste ». Sur la partie arrière de la plateforme s'entremêlaient des buissons et des arbustes dont les racines accusatrices étaient pointées vers le ciel. Sur la partie avant, joliment arrangées, les trois dernières plantes en conteneur attendaient leur tour. La flèche de la grue avançait en profondeur dans le jardin, un buisson y était suspendu et deux hommes en tenue de travail étaient en train de le réceptionner. Knupp se tenait à côté, son regard excité allait de son porte-bloc à la plante et retour, il donnait des instructions.

Peter Taler franchit le portail ouvert du jardin, s'immobilisa sur le chemin dallé et regarda. Il portait une attelle, une mesure provisoire en attendant que son bras eût dégonflé et que la tuméfaction se fût dissipée. Son bras était tenu par une écharpe bleue à fermeture velcro. Le radius était cassé, le cubitus fêlé. Pour l'instant, il ne ressentait aucune douleur. On l'avait généreusement pourvu en analgésiques.

Taler avait passé la nuit à l'hôpital, d'où il était rentré chez lui une heure plus tôt. Il avait éprouvé un sentiment singulier, à se retrouver de nouveau sur les lieux dont il avait pris congé pour toujours quelques heures auparavant.

Le jardin était un vaste chantier. Des tas de terre s'élevaient un peu partout, les nouvelles plantes sortaient de larges cuvettes de terre meuble, la pelouse était dans un état lamentable.

Knupp mit quelques secondes à comprendre que ce nouveau venu n'était pas l'un des jardiniers. Il boitilla jusqu'à Taler et lui donna l'accolade. Précautionneusement, par égard pour son bras

— Je suis tellement heureux.

Knupp ne posa pas de questions, Taler ne fournit pas d'explications.

Ils se contentèrent de rester l'un à côté de l'autre et de regarder ce qu'ils avaient si longtemps préparé prendre forme lentement.

Les jardiniers étaient partis depuis très longtemps, mais Knupp et Taler se trouvaient toujours dans le jardin et comparaient les nouvelles plantes à celles qui figuraient sur leurs documents. Çà et là, quelques petites corrections étaient indispensables, il fallait tailler ou attacher. Mais ça se présentait bien. On soignerait les cicatrices du jardin à l'aide de dalles de gazon. D'ici au onze octobre, tout aurait retrouvé son unité, leur avait assuré Wertinger Junior.

Mais dès qu'ils eurent accompli les quelques gestes nécessaires à cet inventaire, tous deux comprirent que la main gauche de Peter Taler, désormais manchot du bras droit, ne pouvait plus lui permettre d'assumer ses fonctions d'assistant.

— Apparemment, il te faut un second, toi aussi, constata Knupp.

— Plus d'un, répondit Taler.

En rentrant, il passa devant le numéro 43. C'était une soirée d'été tranquille. Assis dans sa balancelle, le couple Hadlauber bavardait à mi-voix. Au-dessus d'eux, à la lumière d'une lampe dans le style d'une lanterne à gaz miniature, dansaient les insectes nocturnes. Au loin, un chien aboyait.

Dans le jardin du 43, les ampoules colorées brillaient au-dessus de la table à bière où Kurt et le couple étaient en discussion. Lorsque Peter ouvrit le portail du jardin, ils se turent et regardèrent dans sa direction. Kurt dit quelque chose aux deux autres, se leva et marcha à sa rencontre.

— Comment ça va ?

— La fracture est nette. Quatre à six semaines de plâtre. Pas d'opération.

Kurt acquiesça d'un air professionnel.

— Classique.

Il dévisagea Taler comme s'il attendait le motif de sa visite.

— Derrière, près de la clôture, j'ai laissé mon sac par terre. Si je vais le chercher, ça te va ?

Kurt l'accompagna. Il escalada même la clôture à sa place pour aller prendre la gibecière. Lorsqu'il l'eut donnée à Taler, il y eut un blanc.

— Le flingue ? finit par demander Kurt.

Taler acquiesça. Kurt entra dans la maison et en

sortit peu après avec le pistolet de l'armée. Il le lui rendit avec ce commentaire :

— J'espère que tu ne trouveras jamais ce type.

Il aurait volontiers sauvé l'agenda de Laura. Lorsqu'il était revenu chez lui, ce matin-là, en sortant de l'hôpital, son premier geste avait été de soulever le couvercle du conteneur à ordures. Mais la benne était déjà passée.

Laura avait donc remarqué les visites masculines chez la voisine du dessous, tant ces épisodes avaient été bruyants. La première fois, celle au point d'interrogation, elle n'avait pas été sûre d'elle. La dernière, en revanche, celle au feu d'artifice, elle en était tout à fait certaine.

Il était temps de faire amende honorable. Assis dans l'atelier de Laura, il regardait fixement, les yeux baignés de larmes, les illustrations qu'elle avait jugées suffisamment réussies pour leur attribuer une place sur le mur : une salamandre de feu dans ses quatre phases de développement, une coupe transversale du système auditif humain et un houblon avec des fleurs mâles et femelles.

« Pardonne-moi, pardonne-moi, pardonne-moi ! » répétait-il comme un mantra.

Pardonne-moi, pardonne-moi, pardonne-moi – jusqu'à ce que ces mots lui courent après comme une chanson que l'on n'arrive plus à se sortir de la tête.

Ils continuaient à y tourner tandis qu'il se déshabillait – d'une seule main, un numéro de clown sans rires ni applaudissements –, et le suivaient dans son sommeil. Pardonne-moi, pardonne-moi, pardonne-moi.

— Si le temps n'existait pas, dit Peter Taler, alors tout arriverait d'un seul coup.

Ils se trouvaient dans la salle des mesures, dont les murs étaient désormais tapissés de plans. À l'un des murs, ceux de l'époque, à l'autre ceux d'aujourd'hui, au troisième ceux sur lesquels ils répertoriaient les éléments qui venaient d'être corrigés et ceux qui attendaient encore leur intervention. Le deuxième groupe constituait encore, et de loin, la majeure partie.

— La fonction du temps, c'est de séparer, tu comprends ? Il nous sépare de nos ancêtres et de nos descendants, il nous sépare de nous lorsque nous étions enfants, adolescents, adultes, vieillards, défunts. Il est au service de l'ordre. Il nous offre l'avant, le maintenant et l'après. Si le temps n'existait pas, tout serait empilé en un tas.

Knupp avait écouté avec indulgence, comme s'il avait connu tout cela par cœur.

— Ce n'est pas le temps. C'est la modification, qui instaure l'ordre et nous offre l'avant, le maintenant et l'après. Voir la rubrique James Lee Buttonpond.

Peter Taler haussa les épaules. Depuis que ses soupçons à l'égard du conducteur du vélomoteur avaient été réduits à néant, il avait perdu le cap. Pour ce qui concernait l'assassin de Laura, il tâtonnait dans le noir. Quant à la grande expérience temporelle de Knupp, il y participait sans conviction, poussé par un mélange d'ennui et de loyauté. La planification et la préparation, c'est-à-dire les travaux pour lesquels il dépendait de sa main droite, étaient certes achevés, mais on était déjà à la fin juillet et la majeure partie de la mise en œuvre concrète les attendait encore. Ils n'avaient presque plus d'argent, l'essentiel des douze mille cent francs qu'il avait glissés dans la lettre d'adieux à Knupp avait été consacré à des règlements partiels à la jardinerie. Il n'y avait pas de nouvelles sources d'argent en vue. Et avec son bras fichu, il était hors de question qu'il mette lui-même la main à la pâte.

Ils combattaient pour une cause perdue. Mais Knupp ne voulait pas s'en rendre compte. Et Taler n'avait pas la motivation pour entreprendre quoi que ce fût afin que cela change.

Et pourtant cela allait changer – le soir même.

Taler avait comme presque toujours dîné chez Knupp et ne revint dans son appartement qu'à la nuit tombée.

Depuis qu'il l'avait libéré si précipitamment de ce qu'ils avaient eu de plus personnel, elle et lui, le logement était devenu stérile. Taler pouvait faire brûler autant de Marlboro qu'il voulait, vaporiser le Shalimar de Laura aussi souvent que possible, il ne parvenait plus à invoquer une atmosphère qui lui donnât le sentiment que Laura était encore là.

Rien ne servait non plus d'aller se coucher sitôt rentré chez lui – son bras dans le plâtre ne tardait pas à le réveiller, et lorsque c'était fait, le méli-mélo de ses pensées ne le laissait plus se rendormir.

Le plus souvent, il s'asseyait donc avec un livre et une bouteille de vin à la grande table du salon, jusqu'à ce que celle-ci ou celui-là lui fît tomber les paupières.

Ce soir-là, il reprit encore une fois *L'Erreur temps* de Walter W. Kerbeler. Il voulait relire attentivement l'expérience Buttonpond.

Il n'y trouva rien de nouveau, mais, comme la dernière fois, l'expérience elle-même et la crédibilité de la démonstration contribuèrent à faire fondre ses doutes. Lorsqu'il referma le livre, il avait retrouvé une partie de la motivation qui le poussait à aider Knupp dans la mise en œuvre d'une version beaucoup plus large de l'expérimentation, une version qui entrerait peut-être dans l'histoire.

Il reposa devant lui, sur la table, le livre aux pages usées. Quelque chose le déconcertait. Quelque chose qu'il avait perçu inconsciemment. Comme les modifications dans le jardin de Knupp, jadis.

Il rouvrit le livre, le feuilleta, tenta de le voir d'un œil neuf.

Et il comprit soudain de quoi il s'agissait.

Mais il lui fallut rester longtemps debout devant la fenêtre aux jardinières et regarder fixement le paisible chemin Gustav-Rautner avant de comprendre toute la portée de sa découverte.

18

Le lendemain matin, il arriva au bureau une heure avant Betty. Il commença par ouvrir un nouveau compte créancier intitulé « Wertinger », appela Wertinger Junior et le pria de changer à compter de ce jour le compte client « Chemin Gustav-Rautner » en numéro de projet 46144WB, de transformer la référence en « Waldberg », de donner à toutes les factures l'intitulé « travaux de plantation divers » et de les adresser à Feldau & Co. « Pour des raisons comptables internes », expliqua Taler, en ajoutant : « Pour vous, ça ne fait aucune différence, du moment que l'argent arrive à l'heure. » Waldberg était un lotissement créé en banlieue, l'un des plus grand programmes de Feldau & Co.

Il ouvrit ensuite un nouveau compte créancier. Il l'appela « Illulaura », comme l'agence d'illustration de Laura, et indiqua dans la case « corps de métier » : « fers à béton ».

Il passa le reste de sa journée de travail à accomplir les travaux de routine habituels. La seule chose qui sortît de l'ordinaire était sa nouvelle détermination, dont il fit preuve jusque dans les choses les plus accessoires et les moins importantes.

Le soir, après le travail, il se rendit avec Betty et Enzo à l'atelier auquel avaient été confiées les trois voitures, et vérifia que le travail avançait correctement. Puis il rentra chez lui et se rendit chez Knupp.

Le vieil homme était vexé. Il avait préparé son rôti de viande hachée à la purée de pommes de terre, mais Taler ne faisait que le picorer sans commentaire.

Son assiette était encore à moitié pleine lorsqu'il quitta la table et alla chercher le dossier dans lequel ils inventoriaient toutes les plantes qui restaient à remplacer. Il lut à voix haute :

— Cinquante-trois arbres ou arbustes de taille moyenne et grande, entre autres des morceaux comme le bouleau de Sophie Schalbert ou l'épicéa des Scholter. Trois cent douze petites plantes, fleurs, couvre-sol, annuelles, plantes grasses à fleurs, vivaces, etc. Et nous ne parlons là que des végétaux. À quoi s'ajoutent : restauration des équipements du terrain de jeu, reconstitution de la maison Scholter, reprise sur la construction de la maison Hadlauber, remise en état de la couverture d'asphalte du chemin Gustav-Rautner, le tout en un peu moins de soixante jours. À supposer que l'argent ne joue aucun rôle, comment procéderais-tu ?

À cet instant seulement, il remarqua que les yeux du vieil homme s'était remplis de larmes. Knupp haussa les épaules, désemparé, les laissa retomber et posa sa tête sur ses avant-bras, qu'il avait joints devant lui sur la table.

Taler regarda cette tête secouée par les sanglots, et dont la moumoute avait glissé sur le côté. Il vit les cheveux clairsemés et teints en noir avec leur racine blanche, il entendit le sanglot juvénile et déplacé et ne parvint tout de même pas à trouver l'énergie suffisante pour poser sa main sur l'épaule du vieux ou au moins lui dire deux mots de consolation.

Taler attendit simplement que Knupp se soit suffisamment remis pour qu'il pût se redresser et se moucher.

— À supposer que l'argent ne joue aucun rôle, comment procéderais-tu ? répéta-t-il.

Knupp se moucha encore une fois.

— Les plantes, dit-il d'une voix encore étouffée par les larmes, les plantes, c'est Wertinger qui s'en occupe.

— Mais comment vas-tu obtenir l'autorisation de Sophie Schalbert pour le bouleau ?

— Je l'obtiendrai.

— Comment ?

Knupp hésita.

— Je sais quelque chose que son mari ne doit pas apprendre.

— Quoi donc ?

Knupp se tortilla un certain temps avant de dire :

— Quelque chose que Martha ne devait pas apprendre non plus… Tu comprends ?

Taler comprit. Mais Knupp voulut s'expliquer :

— Sophie a toujours été une femme solitaire. C'était la fille unique d'Otto Schalbert, le propriétaire de l'usine de fil de fer, et elle a tenu son foyer après la mort de sa mère. Elle ne s'est mariée qu'après le décès de son père ; elle approchait déjà la quarantaine. Son mari, un ancien employé du père, a perdu en bourse et Sophie a été forcée de céder l'usine. Peu après, il a fait une attaque cérébrale. Depuis, il est en fauteuil roulant et Sophie s'occupe de lui. Tu comprends ?

— Ça ne me regarde absolument pas.

— Je ne veux pas que tu croies que je te raconte des histoires au sujet de Martha. Ça n'était rien de sérieux. Sophie m'a simplement fait de la peine. Et à cette époque, Martha avait un poste d'enseignante en travaux manuels. Avec un emploi du temps totalement différent.

— Je comprends.

Knupp le regarda avec scepticisme.

— La vie connaît parfois des retournements inattendus.

— Et les Scholter ?, demanda Taler.

— Si l'argent ne jouait aucun rôle, je les paierais pour obtenir leur accord. Ils sont aux abois.

— Et les Hadlauber ?

— Je croyais te l'avoir déjà dit. Nous ferons les travaux pendant les vacances d'automne. À cette époque-là, ils sont au Canada.

— Et la chaussée ?

— Pure question d'argent.

Knupp laissa retomber les épaules ; on aurait dit qu'il allait se remettre à pleurer d'un instant à l'autre.

— Ton compte est à quelle banque ?

— Je te l'ai dit : il est presque vide.

— À quelle banque ? insista Taler.

— À la Federal, pourquoi ?

— Ouvres-en un à la Caisse d'Épargne municipale.

— Pourquoi ?

— Les réseaux informatiques des petites banques n'ont pas des systèmes de contrôle aussi raffinés.

Knupp regarda Taler sans le comprendre.

— Des systèmes de contrôle qui sonnent l'alarme aussitôt qu'ils repèrent des mouvements inhabituels sur un compte.

Knupp ne posa pas d'autre question.

La Caisse d'épargne municipale avait récemment été modernisée dans un style un peu provincial. Les trois guichets, que l'on avait conservés dans leur décor de placage clair, étaient séparés les uns des autres par un espalier de ficus en hydroculture. Lorsque Knupp expliqua à la femme du guichet qu'il voulait ouvrir un compte, elle posa derrière l'hygiaphone un panonceau annonçant « fermé » et emmena Knupp et Taler dans une salle de réunion. Elle remplit leur formulaire à tous les deux, le vieux monsieur à la main tremblante et son cadet à la main plâtrée, leur remit à l'un et à l'autre des dépliants sur la banque et les services qu'elle proposait, et prit congé de ses nouveaux clients en formulant ses meilleurs vœux pour leur future collaboration.

Knupp était désormais titulaire d'un compte au nom d'Albert Knupp-Widler et sur lequel Peter Taler avait procuration.

Le soir même, dans le bureau de Knupp, l'en-tête de l'entreprise « Knupp & Widler, béton prêt à l'emploi » glissait hors de l'imprimante de Laura.

La première facture concernant « divers travaux de plantation » émise par Wertinger « 46144WB Waldberg » atterrit sur la table de Betty.

— Wertinger, Wertinger, ce sont des nouveaux ?

demanda-t-elle, plus à l'attention d'elle-même que de son collègue.

Quand elle n'avait pas son portable à l'oreille, elle menait ce genre de soliloques. Mais cette fois, Taler répondit. Il était un peu effrayé, il aurait préféré que cette facture-là tombât sur sa pile à lui.

— Non, je crois qu'il y a un dossier fournisseur, vérifie.

Mais Betty avait déjà trouvé le fournisseur et comptabilisa le montant, un peu plus de vingt-quatre mille francs, sans autre commentaire.

Les comptabilisations de l'Illulaura SARL et de Knupp & Widler, le lendemain, ne lui valurent pas de telles secondes d'effroi. Elles arrivèrent directement sur le bureau de Taler.

Il s'agissait de 36 432,55 francs suisses en règlement de fers à béton, et de 28 312,60 francs suisses pour du béton prêt à l'emploi, tous deux au titre du grand chantier 46144WB Waldberg.

L'affaire ne fut toutefois complètement réglée qu'au moment où l'ordre de paiement fut signé. Deux fois par semaine, Feldau & Co lançait des règlements de fournisseurs. Le système informatique établissait la liste des créanciers en fonction des dates de paiement comptabilisées. Illulaura SARL et Knupp & Widler accordaient trois pour cent d'escompte en cas de règlement dans un délai de cinq jours après réception de la facture et faisaient donc partie du prochain lot de virements.

Selon une note interne que le chef du service financier, Perlucci, avait diffusée en reprenant une consigne de son prédécesseur, tous les ordres de paiement, à concurrence de cent mille francs, devaient être visés par Gerber. Les sommes supérieures requéraient à la fois le visa de Gerber et celui de Perlucci en personne. En règle générale, on ne leur présentait que la somme globale, mais il arrivait que Gerber, ou même Perlucci, se fassent transmettre la liste détaillée, et même, très rarement, qu'ils demandent à consulter certaines factures originales.

Peter Taler était nerveux lorsqu'il se présenta dans le bureau de Gerber avec l'ordre de paiement d'un peu moins de trois cent quarante mille francs.

Son supérieur téléphonait, comme toujours, et laissa ostensiblement lanterner son subordonné pour bien lui faire comprendre lequel des deux avait le temps le plus précieux. Au bout de quelques minutes, il fit comme s'il venait tout juste de le découvrir, et l'invita, d'un geste, à s'asseoir sur le siège des visiteurs. Taler resta debout. On faisait moins longtemps attendre des gens debout que des gens assis.

— Comment va ton bras ? demanda d'abord Gerber, comme chaque fois qu'il le voyait.

— Bien. Avec le nouveau bandage, j'ai pu me remettre à conduire.

Il lui tendit l'ordre de paiement. Il garda le détail dans son petit dossier transparent.

Gerber regarda la somme, hocha la tête, l'air soucieux, comme s'il s'agissait de ses économies personnelles, et commenta :

— Des fluctuations pareilles, ça ne facilite pas vraiment le *cash management*.

Taler savait que Gerber n'avait rien à voir avec le *cash management* de Feldau & Co et que cette fois, la fluctuation allait vers le bas – il y avait veillé en comptabilisant. Il sembla tout de même un instant que Gerber, par pure chicanerie, allait demander le détail de la facture. Mais le téléphone sauva Taler.

Gerber jeta un coup d'œil sur l'écran digital, signa l'ordre de paiement et dit :

— Excuse-moi. Ça, il faut que je le prenne.

Perlucci ne posa pas de problème. Assis à son bureau rempli de photos de famille, il abandonna un bref instant sa lecture – une épaisse liasse d'interminables colonnes de chiffres – pour diriger les yeux vers Taler, demanda : « Gerber l'a contrôlé, ça ? » et signa l'ordre de paiement sans le regarder. Taler lui souhaita « encore une bonne journée », mais Perlucci avait déjà replongé dans ses chiffres.

Il était toujours dans l'ascenseur lorsque son portable sonna. « Marti », annonçait l'écran. Taler répondit.

— Nous le tenons, dit le sergent.

— Qui ?

— L'homme au vélomoteur. C'est un voisin à vous.

Taler ne savait pas s'il devait prendre l'air surpris ou informé. Il choisit finalement la surprise.

— Je dois malheureusement vous le dire tout de suite : ce n'était pas lui. Il a un alibi en béton.

— Et qu'est-ce qu'il fichait dans la maison ?

Marti toussota.

— Je ne peux pas vous le dire, pour des raisons liées à la technique des investigations. Mais c'est probant. Et confirmé.

— Fausse alerte, donc ?

— Fausse alerte. Mais nous ne lâchons pas. Je vous tiens au courant.

Il le salua et raccrocha.

Set Factory, lisait-on en caractères d'affiches de cinéma rouges sur fond noir, à la façade du bâtiment un peu décrépi qui hébergeait les ateliers dans un quartier industriel de la ville. Taler gara sa Citroën à côté de la rampe de chargement et sonna.

« Set Factory, décors de cinéma et set design » annonçait le panonceau fixé près de la porte qui s'ouvrit devant lui. Il se retrouva dans une entrée qui débouchait sur un escalier. À côté, un grand monte-charge. Une odeur de peinture provenait de l'atelier situé à sa gauche. De celui de droite lui parvenait le couinement d'une scie circulaire. Une flèche portant le mot « bureau » était pointée vers le haut.

Peter Taler suivit la flèche et monta l'escalier. Passant par un autre atelier, il arriva devant une paroi de verre couverte d'autocollants, et vit dans cette paroi une porte où était inscrit le mot « administration ».

La salle avait été séparée en deux par un comptoir. Dans la partie avant se trouvaient trois postes de travail ; l'arrière était aménagé comme un club anglais avec sièges en cuir, murs couverts de livres, tapis persans et mobilier victorien.

À l'un des trois bureaux, une femme d'âge moyen était assise devant un écran. Lorsque Taler entra, elle leva les yeux.

— Monsieur Taler ?

Il était annoncé. Il avait eu le patron, Ronnie Betrio, au téléphone, et était convenu avec lui de ce rendez-vous entre midi et deux heures.

La femme se leva et guida Taler en passant le long du comptoir.

— Ronnie, ta visite.

Betrio se cabra pour s'extraire de son fauteuil de cuir et vint à la rencontre de Taler. C'était un homme trapu et musclé, la cinquantaine, avec une longue chevelure poivre et sel en bataille. Il portait un costume noir, une chemise blanche et une cravate noire. Quelques pellicules enneigeaient ses épaules et son revers.

— Bienvenue, monsieur Taler. J'espère que vous vous laisserez tenter par un petit lunch.

Il désigna un plateau en argent où étaient disposés des sandwichs triangulaires en pain blanc et très mou.

— Une tradition que j'ai gardée de mes douze années aux Pinewood Studios. Du thé ? Ou la même chose ? (Il désigna un verre rempli d'un liquide couleur ambre.) Scotch. L'autre tradition ramenée des Pinewood Studios.

— Du thé, dit Thaler, et tandis que la femme le servait, Ronnie la présenta :

— Samantha, mon assistante. Mais asseyez-vous donc.

Ils se laissèrent tomber dans les profonds fauteuils, et Betrio en vint au fait.

— Maintenant j'ai vraiment hâte de savoir. Une commande très inhabituelle, vous avez dit ?

Peter Taler commença à raconter l'histoire qu'il avait concoctée :

— Je suis lié d'amitié avec un monsieur d'un certain âge et il a un vœu qui vous paraîtra peut-être un peu excentrique : il souhaite, avant sa mort, revivre encore une fois une journée bien précise – le onze octobre mille neuf cent quatre-vingt-onze. Une journée heureuse, où son épouse était encore en vie.

Grâce à un test qu'il faisait sur son appareil photo, il possède plus de deux cent clichés de cette journée, et il compte s'en servir pour reconstituer cette journée particulière. Cela fait des semaines et des semaines que nous travaillons à la reconstitution du jardin, une grande jardinerie nous aide à la mettre en œuvre concrètement. Nous devons hélas reconnaître que notre projet dépasse nos capacités, notamment à cause de cela. (Il désigna son bras cassé.) Bref, nous ne le maîtrisons plus.

— Et c'est là que nous entrons dans la partie ?

— Exact.

Betrio sourit.

— Excentrique, c'est le bon mot. Mais je suppose qu'il en va de votre ami comme de la plupart des excentriques : il peut se le permettre ?

— Il le peut. Vous êtes intéressé ?

Betrio prit le temps de réfléchir.

— Nous n'avons jusqu'ici travaillé que pour des projets de film.

— C'est aussi ce que vous allez faire dans ce cas. En tout cas pour tous ceux qui vous poseront la question. Vous travaillerez pour un film à mi-chemin entre le documentaire et la fiction. Les anciennes prises de vue se mélangent constamment aux nouvelles, et ces transitions doivent être sans raccords.

— Comment s'appelle le film ?

— Je ne sais pas encore. Quelque chose avec « le temps ».

— Quand pourrai-je aller voir les lieux ?

— Ce soir ?

— D'accord. Ça me permettra d'établir ce qui nous attend. Et ce qui attend votre vieux monsieur.

Financièrement, je veux dire. Et si c'est faisable, pour nous, dans le délai imparti.

Taler ne doutait pas que le délai le permettrait. Il s'était procuré le bilan d'endettement de la Set Factory.

Cette nuit-là, Taler fut réveillé par des cris. Par la fenêtre ouverte de la chambre à coucher, il entendait les hurlements d'un homme et la voix d'une femme, tantôt implorante, tantôt furieuse. Il alla voir à la fenêtre. Le bruit provenait de la chambre à coucher située sous la sienne, l'appartement des Keller. Il ne comprenait rien, sauf un mot que l'homme répétait en s'égosillant : « Putain, putain, putain ! »

Soudain le silence se fit. Une porte claqua dans la cage d'escalier. Peu après, un moteur vrombit. Taler rejoignit vite la fenêtre aux jardinières et vit la Nissan de Keller qui s'en allait. Tout était calme. « Tu fermes ta gueule. Sans ça il y aura un deuxième mort dans votre immeuble », avait dit Kurt. Peut-être la police n'avait-elle pas été aussi discrète que lui.

Le silence durait. Taler s'apprêtait à aller voir. Mais il entendit de la musique qui montait. Et une voix de femme qui chantait en même temps.

Le samedi après-midi, les Scholter le reçurent pour un café. Knupp ne l'accompagna pas. Il s'était avéré qu'il s'était fâché avec eux comme avec la plupart de ses voisins, et Taler, dans sa nouvelle quête d'efficacité, avait proposé spontanément de faire la visite seul.

Mme Scholter devait avoir à peu près quarante-cinq ans, c'était une femme maigre, avec une coupe à la garçonne grisonnante et une robe d'été imprimée à la main. Son mari, fonctionnaire de niveau moyen aux ateliers municipaux, avait la chevelure blanche et épaisse, portait un jean, une chemise bleue et une veste d'été kaki et élimée. Il suffisait de regarder la maison pour voir que des enfants y avaient grandi : les meubles avaient beaucoup vécu et l'on trouvait partout des dessins et des travaux manuels enfantins.

Taler avait entouré sa visite d'un certain mystère. Il s'agissait, avait-il expliqué, d'un grand projet pour lequel on aurait besoin de leur aide. Lorsqu'ils étudièrent les vieilles photos qu'avait prises Knupp de leur maison et de leur jardin, M. Scholter s'exclama :

— La loco de Regula !

Derrière un buisson, au bord du chemin qui traversait le jardin, dépassait un morceau de tuyau à propos duquel Knupp et Taler s'étaient longtemps perdus en conjectures.

— Existe-t-elle encore ?

Scholter regarda sa femme, d'un air interrogateur.

— Nous l'avions offerte à ma sœur, elle a des enfants plus jeunes. Pourquoi ?

Taler expliqua le motif de sa visite, décrivit le projet de film et insista fortement sur l'importance qu'il y avait à ce que la reconstitution de cette journée fût parfaitement fidèle à l'original.

Lorsqu'il eut terminé son vibrant plaidoyer, le mari et la femme se regardèrent comme si chacun voulait deviner l'opinion de l'autre avant d'exprimer la sienne.

C'est finalement Mme Scholter qui répondit :

— Comprenez bien, nous y tenons, à ces plantes.

Elles sont un morceau de notre vie. Elles ont grandi avec nos enfants et ont vieilli avec nous.

Son mari commença par hésiter, puis l'approuva :

— On ne peut pas les remplacer, on ne peut pas les rajeunir. Pas plus que nous.

Taler ne lâcha pas prise :

— Je vois déjà la beauté de la scène : tout cela retourné à l'état d'il y a vingt et un ans, le jardin, le terrain de jeu. Un petit voyage dans le passé.

C'est encore une fois la femme qui répondit la première :

— Un triste voyage. Le terrain de jeu sans enfants. Et nous, les vieux, dans le décor de nos plus belles années. Non, moi, ça me fait frissonner.

Son mari compléta :

— Nous sommes des gens serviables. Mais il faut que vous sachiez une chose : Albert – Albert Knupp – n'est pas précisément un ami. Nous étions amis, dans le temps, quand Martha était encore en vie. Mais après sa mort, il a changé. D'abord nous avons pris ça avec indulgence. Quand on perd sa femme aussi soudainement… Mais vous êtes bien placé pour le savoir.

Et sa femme ajouta :

— C'est devenu un vieil homme méchant qui fait du mal à tout le monde. Nous n'avons aucun service à lui rendre. Ça serait plutôt le contraire.

Peter Taler sortit son ultime argument :

— Il sait pertinemment tout cela. C'est la raison pour laquelle il est aussi disposé à vous remercier généreusement pour votre éventuel accord.

Le couple resta coi. De toute évidence, ils attendaient un chiffre.

— Vingt mille, finit par dire Taler.

Une fois de plus, M. et Mme Scholter se dévisagèrent. Et une fois de plus, c'est elle qui se chargea de répondre :

— Trente.

19

Le pont élévateur ne pouvait atteindre le bouleau ni en passant par le jardin de Knupp ni en traversant le terrain de la Villa Latium. Les gens de Wertinger étaient forcés de travailler avec des échelles. Le jeune Slovène spécialisé dans ce genre de travaux qui se balançait au sommet de l'arbre, coupant branche après branche avec sa tronçonneuse, donnait l'impression d'être particulièrement téméraire. À chaque fois que la scie s'arrêtait de tourner, sa victime tombait au sol dans un craquement hideux.

Quand un morceau de tronc était ébranché, le jeune homme le sécurisait avec une corde. Alors seulement, il le sciait et le faisait descendre vers les assistants qui attendaient en dessous, les pieds dans la sciure.

En moins d'une heure, il ne resta plus du bouleau que la souche et les racines ; les jardiniers, armés de pioches, de râteaux et de pelles, se mirent à les déterrer.

Sophie Schalbert regardait ce sacrilège de loin, bras croisés, lèvres serrées. Taler ignorait comment et à quelle occasion Knupp avait recueilli son accord. Il s'était contenté de dire, un beau jour :

— Sophie a accepté, Wertinger peut apporter le bouleau.

Taler n'avait pas posé de questions.

Même le plus petit bouleau était un arbre de belle stature, sa cime atteignait le dessous de la fenêtre du premier étage. La transformation était pourtant saisissante. Le jardin de derrière, ombragé, retrouva le soleil, et il redevint possible d'installer des plantes de mi-ombre, comme on en voyait sur les photos de l'époque. Les pièces supérieures du côté nord, le refuge en dentelle et en crochet de Martha, la salle de bains et la salle des mesures furent elles aussi d'un seul coup baignées d'une lumière qui les rendit aimables.

À lui seul, l'échange du bouleau coûta plus de six mille francs à Feldau & Co.

Le bourdonnement furibond d'une abeille restée prisonnière entre le rideau et la vitre se tut ; quelque part dans la maison, le vent fit claquer une porte.

Les voix des enfants qui jouaient dans une piscine gonflable sur la pelouse située entre le bloc avant et le bloc arrière montèrent jusqu'à lui.

Et de très loin, le grondement de l'orage désiré.

Peter était allongé nu sur le lit et s'imaginait que Laura était couchée contre lui.

Depuis qu'aucun soupçon ne l'éloignait plus de lui, elle était devenue toute proche.

La collaboration des jardiniers et décorateurs de cinéma lui permettait de profiter de moments de ce genre. Il n'avait plus à passer chacune de ses minutes auprès de Knupp. Il était désormais plus occupé à des tâches d'administration et d'organisation. Payer des factures, se procurer de l'argent, coordonner les travaux, entretenir le contact avec les Scholter et retrouver les objets de l'époque.

La locomotive de Regula, par exemple, restait introuvable. La nièce de Mme Scholter l'avait transmise à ses propres enfants et avait déposé à la déchetterie ce qu'il en restait, pas très longtemps avant cette date. Les Scholter, après un long travail de persuasion, en avaient trouvé des photos et les avaient sorties des albums ; à présent, les hommes de Betrio s'appliquaient à reconstituer la locomotive.

C'est dans l'atelier de Laura qu'il s'acquittait des travaux de bureau. Il s'était acheté un petit notebook, car il avait toujours besoin de l'ordinateur de la graphiste, de son scanner et de son imprimante pour la suite des recoupements d'images. Mais depuis la découverte lourde de conséquences qu'il avait faite, Taler essayait de passer le moins de temps possible en compagnie du vieil homme. Il le supportait de moins en moins.

Le mois d'août avait favorisé leurs plans. Il avait certes plu de temps en temps, mais pas au point de gêner les travaux de jardin. Au contraire, une averse bienfaisante tombait après chaque plantation. Le pipi des anges, avait dit Wertinger.

Ce dernier dimanche du mois d'août était le seul où la chaleur eût été accablante. Comme jadis, à Lisbonne, au cours de leurs premières vacances communes. Ils étaient descendus dans un *hostel* bon marché de la vieille ville. L'air vicié sentait la poussière et le mortier. Les volets de la fenêtre ouverte étaient fermés, et les bruits fatigués de la rue filtraient à travers les fentes des jalousies. Ils étaient nus sur le lit, trempés de sueur. Il faisait trop chaud pour se toucher, mais le matelas creusé comme un hamac soudait leurs corps l'un à l'autre en son point le plus profond.

Taler passa à la salle de bains, ôta la bande élastique qui avait remplacé son attelle, prit sa douche, refit le bandage de son avant-bras, se passa une serviette-éponge autour des hanches et s'installa à la fenêtre aux jardinières.

La majeure partie des plantes étaient remplacées, et les blessures de la pelouse avaient presque cicatrisé. La maison était entourée d'échafaudages. Il avait confié à une entreprise le soin de repeindre la façade dans sa couleur de l'époque, l'équipe de Ronnie Betrio se chargerait ensuite du processus de vieillissement et reconstituerait les éclats de crépi visibles sur les photos.

Les travaux avaient bien avancé aussi chez les Scholter. Les petites plantes avaient été échangées, et Set Factory avait commencé la restauration des jeux pour enfants. L'épicéa étalait toujours sa vieille majesté, mais on avait trouvé son remplaçant et les travaux étaient prévus pour la semaine suivante.

Chez les Hadlauber, en revanche, tout était encore en l'état. Taler leur avait aussi demandé, pour la forme, l'autorisation de remettre provisoirement leur propriété dans son état de l'époque, et comme prévu on lui avait ri au nez. Il avait regretté que, dans ces conditions, leur maison et leur jardin ne puissent apparaître dans le film, et donné le feu vert à Betrio et Wertinger pour planifier le début des travaux à la date du premier octobre, sans rien laisser au hasard. La famille partirait pour le Canada au cours du week-end ; le lundi, les équipes de décorateurs et de jardiniers commenceraient leur besogne. À quelques exceptions près, les plantes étaient déjà choisies et mises de côté chez Wertinger. Le matériel nécessaire était quant à lui stocké chez Berio : des dalles de béton à gravier issues de l'entrepôt de récupération, pour la reconstruction de l'ancienne terrasse de jardin. Et l'espalier original, que l'on avait reconstitué à partir de bois équarri et délavé par les intempéries, imité de celui de la façade de Knupp. Les volets que Betrio avait arrachés à force de persuasion aux propriétaires de l'une des maisons identiques à l'autre bout de la rue, et remplacés par de nouveaux volets aux normes, en plastique. La clôture du jardin, qu'il avait elle aussi dénichée dans l'entrepôt d'un récupérateur et dont il avait adapté la couche de lasure à celle de Knupp. Quatre grands pots en terre cuite, identiques à ceux qu'avaient utilisés les Hadlauber pour les petits lauriers qui flanquaient l'entrée de la maison.

La Citroën de Taler était l'unique voiture garée sur le parking. Mme Feldter était sans doute entre ciel et terre, et les Steingärtner – il parvenait enfin à se rappeler le nom de la nouvelle famille – étaient partis pour leur excursion dominicale obligatoire. Venus d'Autriche, ils alignaient consciencieusement les curiosités de leur pays d'accueil. La Nissan de Keller n'était pas là non plus, mais son épouse semblait se trouver à la maison : sa musique continuait à résonner obstinément depuis son appartement.

Les travaux de jardinage autour de l'immeuble de Taler avaient été ajournés jusqu'au moment où aurait disparu l'échafaudage qui serait monté la semaine suivante. Ensuite seulement, on remplacerait les trois buissons persistants au bord du chemin dallé et l'étroite plate-bande de fleurs ornementales qui séparait la façade de la pelouse.

C'était l'un des travaux d'organisation dont Taler avait dû s'acquitter : il avait obtenu du syndic l'autorisation de pratiquer ces modifications. Il s'était présenté en compagnie de Ronnie Betrio, ce qui avait donné au projet plus de poids et de sérieux. Après concertation et à la condition expresse que l'état d'origine soit rétabli immédiatement après le tournage, la collaboratrice chargée du dossier donna le feu vert.

Les frais engendrés par l'ensemble du projet avaient dépassé depuis longtemps l'estimation de Taler. Sans compter les voitures, qu'il avait payées de sa poche, il était parti d'une somme totale d'environ cent vingt mille francs. Mais Wertinger, à lui seul, avait déjà établi d'autres factures au nom de Feldau & Co., pour un montant de plus de cinquante-quatre mille euros. Et Set Factory, avec ses acomptes et ses faux frais, avait déjà pompé les comptes de Knupp & Widler et de l'Illulaura SARL – qui s'élevaient tout de même à plus de soixante-quatre mille francs – à tel point que Taler avait été forcé de prendre le risque d'enregistrer de nouvelles factures de béton prêt à l'emploi et d'armement.

Il ne se faisait pas d'illusions : l'affaire sortirait tôt ou tard. Cela lui était égal. La seule chose qui l'inquiétait était la possibilité que cela se produise avant le onze octobre.

Il suffisait que la chance reste de son côté pendant quatre semaines.

Depuis quelques jours, Angela faisait des allers-retours chez Knupp. Étudiante en cinéma, elle effectuait un stage chez Set Factory. Betrio l'avait détachée pour servir d'assistante à Knupp et facturait ses heures de travail au tarif plein.

Angela était une jeune fille renfermée ; mais c'est surtout à ses piercings que Knupp avait du mal à s'habituer. La regarder lui faisait mal, avait-il confié à Taler.

Elle était toutefois adroite et précise. Deux qualités importantes pour le travail qu'ils avaient à accomplir. La phase de reconstitution interne, puisque c'est ainsi que Knupp l'appelait, avait en effet commencé. Il s'agissait de remettre les espaces intérieurs dans l'état exact où ils se trouvaient le jour dit.

Knupp n'avait certes pratiquement pas modifié l'aménagement depuis la mort de Martha, mais les objets posés çà et là le onze octobre devaient retrouver leur place. Il les avait presque tous conservés ; quant aux rares qui n'étaient plus dans la maison, il avait réussi à en dénicher de semblables sur des marchés aux puces et chez des brocanteurs depuis qu'il avait conçu son projet. Il fallait à présent déterminer le lieu où ils se trouvaient.

Ils procédèrent selon la même méthode que pour les plantes et les objets situés à l'extérieur : l'ancienne position des meubles avait été établie à l'aide de la *camera obscura* ; désormais ils déplaçaient les objets que l'on voyait sur les anciens clichés et les photographiaient jusqu'au moment où l'image correspondait à la prise de vue de jadis.

La salle des mesures était la pièce qui avait subi le plus de modifications. À l'aide des photos passées, Taler initia Angela au maniement de la *camera obscura*. Angela se montra d'emblée plus habile que Taler, même après une longue pratique.

— Vous ne tournez pas de film.

La constatation tomba d'une manière tellement impromptue que Taler en sursauta.

— Qu'est-ce que tu veux dire ?

— Dans un film, on crée des illusions. Le cinéma n'est pas une science exacte.

— En l'occurrence, on veut passer sans faux raccords du passé vers le présent et réciproquement.

— Mais personne n'en a rien à foutre de savoir si cette table se trouve trois centimètres plus à gauche ou plus à droite, et si ce vase est un peu plus en avant ou en arrière. On peut se servir des fondus enchaînés, des trucages, du traitement d'image. Il s'agit d'autre chose.

— Et de quoi donc ?

— D'une expérience.

Taler en resta coi un bref instant.

— Quel genre d'expérience ?

— Je ne sais pas.

Elle serra ses minces lèvres et reprit son travail de remise en ordre du contour de la literie. Mais elle rouvrit les lèvres peu après et dit :

— Mais j'ai un soupçon.

Le même jour, on livra l'épicéa de Scholter. Le couple s'était replié dans la maison lorsque l'homme à la tronçonneuse commença à abattre le majestueux prédécesseur. Lorsque Taler et Angela sortirent de la maison, après leur travail en chambre noire, le successeur était déjà à la place de l'autre, l'air un peu perdu avec ses vingt années de moins.

Les hommes de Wertinger étaient en train de charger les branches lourdes et les sections de tronc sur la plate-forme du camion, et Knupp signait un bon de livraison que lui tendait l'un des jardiniers. Taler sortait justement dans la rue lorsqu'il entendit une voix de femme :

— Hoho ! Peter !

Devant sa maison, près des boîtes aux lettres, se trouvait une voiture de sport d'un bleu lumineux, dont la porte du passager s'ouvrit au même instant. Betty descendit, montra la voiture comme si elle présentait un spectacle, et trompeta :

— Tatatataaaa !

Enzo descendit alors à son tour.

— Alors ? Qu'est-ce que tu en dis ? Ça n'est pas un bijou ?

Et il se mit à expliquer en détail et avec enthousiasme les qualités de la Fiat Bertone.

Le moteur diesel du camion de Wertinger démarra. Betty leva les yeux et le regarda partir. Puis elle écouta de nouveau l'exposé d'Enzo.

Taler aurait préféré qu'elle ne vît pas le poids lourd de la jardinerie.

Knupp les rejoignit. Pour qu'ils remarquent la présence du vieil homme, il fallut qu'il fasse ce commentaire, pendant l'une des rares pauses marquées par Enzo :

— Oui. Elle était exactement comme ça.

Le menu numéro deux était composé de saucisses de Francfort garnies d'une salade de pommes de terre et d'une salade de concombres ramollie avec trop d'aneth. Taler avait aussi commandé un grand verre d'eau minérale.

Il était assis tout seul, à une petite table proche du point de retour des couverts, le regard rivé à son assiette pour ne pas donner l'impression qu'il cherchait de la compagnie.

Ses quinze mois de veuvage en avaient fait un solitaire. Ses collègues de travail continuaient à garder leurs distances. Ce n'était peut-être plus par crainte ou par respect, comme autrefois, mais plutôt par habitude. Il savait cependant toujours indiquer sans peine qu'il voulait qu'on le laisse tranquille. Il fut donc étonné d'entendre une voix demander :

— La place est libre ?

C'était Betty. Elle portait un plateau et baissait les yeux dans sa direction. Taler jeta malgré lui un regard dans le restaurant du personnel. À cette heure, il n'était même pas à moitié rempli. Il désigna la chaise, en prenant l'air aussi engageant que possible.

Betty avait commandé la grande salade fitness, et Taler redoutait déjà qu'elle se lance dans l'un de ses sujets préférés, les régimes amincissants. Mais elle s'assit et fit preuve d'un laconisme qui n'était pas dans ses habitudes.

Taler avait déjà fini et la regardait manger sa salade avec soin et méthode. D'un seul coup, elle quitta son assiette des yeux et dit :

— Ce Wertinger semble être un bon homme d'affaires.

— Comment cela ? demanda Taler, bien qu'il eût aussitôt compris où elle voulait en venir.

— Il est engagé à fond dans le lotissement Waldberg. Et j'ai vu qu'apparemment, vous lui avez également passé des commandes. Il travaille sur cette histoire de film, lui aussi ?

— Aucune idée. Ça passe par le décorateur.

— Je pensais que ça passait par toi. Comme pour les voitures. Je vais me chercher un dessert, pas toi ?

Taler refusa d'un signe de la main. Il revint à son bureau. Sur la table de Betty, tout au-dessus de la pile des créanciers, se trouvait une facture des jardineries Wertinger. « Divers travaux de plantation, 26 345 francs suisses ».

— C'est donc pas une blague, on va vieillir cet immeuble-là, maintenant ? rouspéta Mme Gelphart. Vous êtes aussi derrière cette histoire-là ?

Elle était encore dans l'appartement au moment où il était rentré chez lui, bien qu'à cette heure-là, normalement, elle aurait dû être en train de préparer le dîner pour son mari.

Taler donna sa réponse standard :

— C'est pour un film.

— Un joli film, pour lequel on rend les choses plus laides qu'elles ne l'étaient !

— Après, fit Peter pour l'apaiser, ça redeviendra comme c'était. Ou plus beau.

Mme Gelphart essuyait avec un chiffon la table propre depuis longtemps.

— Il y a des gens qui disent que tout ce cirque n'a rien à voir avec un film. Ils affirment que le vieux Knupp veut simplement que tout redevienne comme avant, quand sa femme était encore en vie. Tellement il tient encore à elle.

Puis elle ajouta :

— Il aurait mieux fait d'y tenir de son vivant.

Taler dressa l'oreille.

— Qu'est-ce que vous voulez dire ?

Elle continuait à lustrer sa table.

— Il s'entendait très bien avec certains voisins, à l'époque. Enfin je devrais plutôt dire : avec certaines voisines.

— Plusieurs ?

— Une en particulier.

Elle marqua de nouveau une pause un peu factice.

— Allez savoir qui paie tout ça.

— La production du film, qui voulez-vous que ce soit ?

— Je vous l'ai dit : tout le monde ne croit pas à ce film.

— Qui par exemple ?

Mme Gelphart replia très soigneusement son chiffon.

— Vous connaissez Mme Gerstein, du 40 B ?

Taler fit signe qu'il ne la connaissait pas.

— Son fils travaille dans le cinéma. Il est éclairagiste.

— Et alors ?

— Il dit qu'il n'a encore jamais entendu parler de ce film. Quand on est à deux doigts de commencer un tournage, au plus tard, tout le monde est au courant dans le métier. Ce film-là, personne n'en a entendu parler.

Elle alla à l'armoire de ménage, rangea le chiffon et accrocha son tablier.

— À jeudi ! cria-t-elle, et elle s'éclipsa.

La grande fourgonnette de Set Factory était garée devant la maison de Knupp. Les hommes de Betrio étaient en train d'évacuer tout ce qu'on avait ajouté dans les lieux depuis mille neuf cent quatre-vingt-onze. Il vit la table à dessin et la table d'atelier que l'on avait sortie de la salle des mesures et quelques affaires qui avaient dû se trouver au grenier.

Deux hommes en combinaison travaillaient sur le terrain des Scholter. L'un d'eux était en train de recouvrir les graffitis sur le mur de la maison. L'autre, muni d'un échantillon de peinture, semblait tenter de trouver une teinte aussi proche que possible de la couleur originelle de la façade. Il s'était avéré que le reste de celle-ci n'avait pas été rénovée depuis mille neuf cent quatre-vingt-onze, et l'on avait décidé de se contenter de la nettoyer. Ce qui avait été fait depuis.

Mme Scholter assistait aux travaux. Lorsqu'elle vit Taler, elle lui fit signe d'attendre, rentra dans sa maison en vitesse et en ressortit peu après. Elle tenait à la main une enveloppe qu'elle lui apporta à la clôture.

— De la part de Mme Schalbert. Elle m'a demandé de donner ça à Albert. Mais je l'ai vu qui s'en allait.

L'enveloppe portait la mention « personnel », soulignée trois fois. Et en dessous les mots : « M. Albert Knupp ». Les deux d'une écriture vieillie.

— Elle a dit à plusieurs reprises que c'était très important.

Puis Mme Scholter observa en silence le peintre qui recouvrait le dernier fragment des graffitis. Lorsqu'il posa son rouleau et recula de deux pas, elle dit, plus pour elle-même que pour Taler :

— Encore un morceau de vie qui s'en va.

Il ne savait pas s'il devait partir ou rester, et c'est dans cet embarras que le surprit la pétarade d'une moto, un bruit qui s'arrêta aussitôt.

— Oh non, dit Mme Scholter, avant de se retourner en souriant.

Le motard ôta son casque. C'était son fils, mais il ne souriait pas. Il commença par regarder le mur, puis dévisagea sa mère, remit son casque, démarra son engin et partit.

— Félix ! eut tout juste le temps de crier Mme Scholter.

Mais il ne réagit pas. Elle lança à Taler un regard réprobateur et s'en alla.

Angela travaillait seule dans la salle des mesures. Les hommes de Betrio étaient allés chercher au grenier les meubles d'origine, la pièce ressemblait déjà de nouveau à la chambre d'amis qu'elle avait été jadis. Elle avait installé le trépied portant le Leica de Knupp et était en train de mettre le lit en place.

— Où est Knupp ?

— En cure, à ce qu'il a dit.

— Quel genre de cure ?

— Une cure de rajeunissement, à ce qu'on dit.

Le bras de Taler ne lui permettait pas encore d'effectuer de travaux de force ; Peter se chargea de l'appareil photo et laissa Angela déplacer les meubles. Il n'était pas très compliqué de les remettre à leur place, ils avaient laissé des empreintes sur le linoléum et contre les papiers peints, tout comme les tableaux et le miroir au-dessus de la commode.

Au bout d'une bonne demi-heure, ils purent passer aux finitions de détail.

Ils commencèrent par définir l'angle des battants des fenêtres une fois ouverts. Taler dirigea Angela jusqu'à ce que l'image qui apparaissait dans son viseur corresponde à celle des photos en noir et blanc, et réalisa la série de prises de vue qu'il entrerait ensuite dans l'ordinateur pour relever les cotes. À part « À gauche, à droite, en avant, en arrière » et « stop ! », on ne disait pas grand-chose. Jusqu'à ce qu'Angela glisse :

— Il se fait faire des injections de botox.

— Knupp ?

— Ça se voit. Cette expression figée.

— Je n'ai pas remarqué, mentit-il. On continue avec le vase ?

Ils posèrent sur la table le vase bombé dans lequel les neuf roses étaient disposées sur la photo, et reprirent la procédure au début. Mais Angela ne lâcha pas prise :

— Il a aussi fait faire d'autres corrections. Là et là. (Elle désigna la bouche, la mâchoire, le cou et les yeux.) Il est lifté. Personne n'a une tête pareille à quatre-vingt-deux ans.

— En arrière, en arrière, encore un petit peu. Stop ! Non, c'est trop.

Taler n'avait pas l'intention de s'engager plus avant sur ce sujet. Mais Angela, si.

— Il veut avoir le même aspect qu'en mille neuf cent quatre-vingt-onze. Il intègre sa personne dans la reconstitution, pas vrai ?

Peter Taler dut admettre qu'il ne ferait pas l'économie de cette discussion. Il quitta son appareil et tenta une autre manœuvre de diversion.

— C'est vrai. Il est un peu excentrique. Ça arrive, à cet âge-là.

— M. Knupp n'est ni excentrique ni fou. M. Knupp est un kerbélien.

— Un quoi ?

— Et tu en es un aussi.

Taler ne trouvait pas ses mots et tenta de le dissimuler en secouant longtemps la tête, l'air incrédule. Jusqu'à ce qu'Angela dise :

— James Lee Buttonpond.

Peter arrêta son mouvement de tête et la regarda dans les yeux. Elle esquissa un sourire.

— J'en suis une aussi.

— Tu es kerbélienne ?

Elle acquiesça, et sa mine était redevenue sérieuse.

— Quel hasard.

— Pas tout à fait. On m'a passé le tuyau.

— Quel tuyau ?

— Que quelque chose de grand se déroulait ici.

— Qui te l'a dit ?

— Nous ne sommes pas nombreux. Les nouvelles circulent vite.

Elle consacra de nouveau son attention au vase. Taler se pencha une fois de plus vers l'appareil

— Juste un peu plus sur la gauche. Un peu, j'ai dit !

Angela corrigea l'erreur, Taler appuya sur le déclencheur.

— Vous voulez que ce onze octobre mille neuf cent quatre-vingt-onze se déroule de nouveau, c'est bien ça ?

— Pas nous. C'est lui qui le veut.

Et après un bref instant d'hésitation, il ajouta :

— Je ne suis pas un kerbélien.

— Et pourtant tu l'aides ?

— Je ne suis pas un kerbélien, c'est vrai. Mais j'aimerais en être un. Je donnerais beaucoup pour cela, s'ils avaient raison. Pour être sincère : je donnerais tout pour ça.

La jeune fille, cette créature qui avait encore un

pied dans l'enfance et qu'on ne remarquait que pour ses piercings, le regarda de ses yeux sages et dit :

— Tu n'y crois pas, mais tu fais tout cela dans l'espoir que tu te trompes.

— C'est le seul qui me reste.

20

— Je ne sais pas comment te le dire.

Betty s'était appuyée des deux mains sur le rebord du bureau de Taler. Le pli du coude tendu, la face intérieure de ses bras nus tournée vers lui, la poitrine encore un peu plus intimidante qu'à l'ordinaire.

— Ce serait bien la première fois, répliqua Peter Taler.

Elle répondit d'un rire exagéré. Puis elle expliqua :

— Il s'agit de mes vacances.

Taler, étonné, leva les sourcils.

— Enfin, des tiennes. Enfin, des nôtres.

Taler sentit venir le coup.

— Je ne peux pas déplacer les miennes, si c'est de cela qu'il s'agit.

— Tu vois, c'est aussi ce que j'ai dit à Enzo. À cause du film. C'est pour cela que Peter a posé ses vacances à ce moment-là, je lui ai dit, parce que ça sera celui où l'on tournera le film. La déveine, c'est que ce sont justement les vacances scolaires.

— Mais vous n'avez pas d'enfants, non ?

— Nous, non. Mais ma sœur, si. Deux. Et tous les deux d'âge scolaire. Elle et son mari ont loué une villa de rêve à Chypre avec deux couples de leurs amis. Juste au bord de la mer, piscine, jacuzzi, tout. Et l'un des deux couples vient de leur faire faux bond. Les complications d'une grossesse.

— Je suis désolé, mais c'est impossible.

— Juste la première semaine de vacances. La deuxième, pour le début du tournage, je suis de retour et je te relaie. Et tu raccroches ta semaine après la première, tout simplement.

— Ça n'est pas possible, Betty. On a besoin de moi pendant la semaine qui précède le début du tournage. J'ai donné ma parole. Je t'aiderais volontiers, crois-moi. Mais ça n'est pas possible. Autrement, quand tu veux…

— OK, OK, c'était juste une question. Oublie ça.

Elle revint à son bureau et resta inhabituellement silencieuse tout le reste de la journée.

C'était la dernière semaine de septembre. Les vacances de Taler commençaient le vendredi soir. Le samedi, la famille Hadlauber partait pour le Canada. Et le lundi, les équipes de Wertinger et Betrio s'abattraient sur le chemin Gustav-Rautner. Elles avaient dix jours pour mettre en œuvre la métamorphose définitive. Rien ne devait s'interposer.

Or quelque chose s'interposa.

Le lendemain matin, son avant-dernier jour de travail, trois factures étaient posées sur son clavier. L'une de Knupp & Widler pour du béton prêt à l'emploi, une d'Illulaura pour des fers à béton, et une des jardins Wertinger pour divers travaux de plantation. Des tampons et visas qu'ils portaient, il ressortait qu'ils avaient été comptabilisés et que leur paiement avait été déclenché. Tous par PTA, Peter Taler.

Il s'agissait de la dernière facture de Wertinger, qui s'élevait à quarante-huit mille francs. Taler lui avait demandé de décompter aussi les travaux qui n'étaient pas terminés. Les deux autres visaient à alimenter les deux comptes pour les paiements à venir à Betrio et à l'entreprise de travaux publics.

— Qu'est-ce qui se passe avec ça ? demanda-t-il en brandissant les factures.

Betty, qui n'avait encore rien dit, assise devant son écran, se retourna.

— Ah, oui, celles-là. (Elle se leva et se campa près de lui.) Quand tu seras en vacances, si des factures du même genre arrivent, comment est-ce que je les traite ?

Taler sentit battre son pouls.

— Comme tout le reste : tu comptabilises et tu paies.

— D'accord, dit-elle en souriant. Sauf que les fournisseurs ont bien un répertoire racine, mais je ne les trouve pas sur la liste des fournisseurs. Il n'existe pas non plus de contrat-cadre de fournitures établi à leur nom, pas d'évaluation, pas d'accord sur la qualité garantie. Figure-toi que ces trois-là n'ont fait l'objet d'aucune saisie à la gestion des fournisseurs. Comme c'est toi qui as créé un répertoire fournisseur pour eux, je me suis dit que tu en savais sûrement plus. Alors j'ai préféré te poser d'abord la question avant d'embêter Gerber avec ça.

Et sans attendre sa réponse, elle revint à sa place.

La réponse, elle aurait pu l'attendre longtemps : Taler n'en trouva aucune.

C'est seulement au moment où elle en remit une couche et remarqua, en passant : « Ah, tiens, il faut que tu appelles Enzo, il a des problèmes pour les délais de livraison », qu'il finit par demander :

— C'est quand, votre vol pour Chypre ?

Betty bondit sur ses jambes, lui sauta au cou et dit :

— Je le savais, tu es un amour de trésor !

Lorsqu'il rentra chez lui ce soir-là, l'échafaudage avait disparu de son immeuble. Le brun de la façade paraissait un peu terni, et le crépi était abîmé en quelques emplacements. Deux jardiniers s'appliquaient à reconstituer les plates-bandes.

Angela surveillait le travail. Taler vint la voir. Elle lui tendit un petit dossier qui contenait des photos et des plans. C'étaient ceux de la façade.

— Tu vois la tache, là-bas ? Au troisième étage, sous la fenêtre à droite ?

Taler la vit. Comme une tache d'eau. Le contour clair, presque blanc, au centre un tracé en couleur sombre.

Angela montra la photo où l'on avait marqué les défauts de la façade.

— La tache est trop à droite.

Taler compara l'image et la réalité. Il ne parvint pas à distinguer le moindre décalage.

— Ça n'est pas grand-chose. Imagine un prolongement du cadre de fenêtre droit.

Taler ferma un œil et tint la photo devant lui, au bout de son bras tendu.

— Bon, et maintenant, ici.

Elle prolongea le cadre de la fenêtre, sur la photo, avec le bord du dossier. Et de fait, la ligne passait plus près de la tache.

— C'est bien ton appartement, celui d'en dessous. On peut mesurer ça en vitesse ?

Et sans attendre une réponse, elle se dirigea vers l'entrée de l'immeuble.

Peter Taler la suivit et la guida jusqu'à son appartement.

Elle portait un large pantalon de travail vert olive, qu'une sangle serrait sur la maigreur de sa taille. Elle alla pêcher un mètre enrouleur dans l'une de ses nombreuses poches. Elle tira le rideau sur le côté, ouvrit la fenêtre et grimpa sur le rebord. Elle semblait ne pas connaître le vertige. Contrairement à Taler, qui la retenait maladroitement par la jambe du pantalon.

Elle s'étira pour atteindre la tache et commença à mesurer.

— Note, ordonna-t-elle.

Taler fut contraint de lâcher le pantalon d'Angela et de prendre les cotes par écrit. Lorsque la jeune fille redescendit, elle annonça :

— Il faut que tu dises à Betrio de corriger ça. Moi, je ne peux pas. Il me foutrait dehors. Tu as un verre d'eau ?

Lorsqu'il revint de la cuisine, le verre à la main, elle se tenait à la fenêtre et regardait en bas, dans la rue. Chez Knupp aussi, l'échafaudage avait disparu. Le crépi projeté de la façade était jaune avec une pointe de gris. Les collaborateurs de Betrio avaient utilisé des brosses pour intégrer, d'en haut, aux reliefs du crépi, un mélange de cendre et de peinture à dispersion, pour simuler la salissure et les dommages laissés par les intempéries.

La maison des Scholter avait elle aussi retrouvé l'état dans lequel elle se trouvait vingt et un ans plus tôt.

La façade peinte était désormais assortie aux autres. La même couleur, mais un peu plus fraîche après le nettoyage. Les volets étaient peints en vert, mais les peintres avaient vaporisé sur le produit encore frais une fine couche de vernis mat qui lui donnait l'air un peu passé. Le jardin, lui aussi, était pratiquement terminé, et le terrain de jeu avait retrouvé l'allure qui était la sienne sur les photos.

Seule la maison des Hadlauber restait comme un corps étranger dans ce tableau des années 1990.

— À quoi ça pourra bien ressembler, le jour d'après ? demanda Angela, perdue dans ses pensées.

— Tu crois que ça pourrait avoir un autre air ?

L'idée n'était pas une nouveauté pour Taler.

— Je ne sais pas, personne ne le sait. Mais pourquoi pas ? Chaque cause a un effet. Si tu modifies une cause après coup, ça devrait forcément provoquer un autre effet. Ça change le cours des choses. Tu ne crois pas ?

Taler avait toujours à la main le verre qu'il destinait à Angela, et y but une gorgée, par distraction.

— C'est précisément la question : cela change-t-il le cours des choses ? Et si oui, que devient le temps présent ? (Il reprit une gorgée d'eau.) Tu comprends ce que je veux dire ? Si nous changeons le cours des choses après coup ? Si, par exemple, la tache sur la façade s'était trouvée au bon endroit, si nous n'étions donc pas montés ici et si nous n'avions pas eu cette conversation : que deviendrait cette conversation que nous menons à présent ? Est-ce que nous ne l'aurions pas eue ?

Angela lui ôta le verre des mains et le vida.

— Foutu temps. On ne se la sort pas de la tête,

cette pensée temporelle. Avant, maintenant, après. Il n'y a pas de temps, c'est la raison pour laquelle tout se passe simultanément. Tu ne peux pas changer une cause après coup parce qu'il n'y a pas d'après-coup.

Taler réfléchit.

— Et le onze octobre ? Il est tout de même bien dans le futur ?

L'objection ne la perturba pas.

— Non. Le onze, c'est maintenant.

Sur son bureau se trouvait une boîte de pralinés avec un gros nœud dans lequel était coincée une petite carte avec une trace de baiser rouge foncé et la signature de Betty. L'avion pour Chypre décollait dès le vendredi après-midi. Taler s'était dit prêt à contribuer à régler les affaires que Betty laisserait en souffrance ce jour-là.

Kübler fit irruption dans le bureau en lançant son « Une belle et heureuse journée ! » habituel. Il s'approcha du bureau de Taler et posa une pile de papiers à côté de l'écran.

— Ceux de Betty aussi, c'est elle qui me l'a demandé. Waouh !

Il avait vu les pralinés, tira la carte de sous le nœud et embrassa l'empreinte des lèvres de Betty.

— L'ambiance de travail s'améliore de jour en jour, dans le bureau Taler.

Taler lui adressa un regard inexpressif jusqu'à ce que Kübler eût quitté la pièce. Encore un qu'il ne regretterait pas.

Il commença à progresser dans son double pensum.

Il n'eut aucun mal, car il le faisait avec le sentiment que c'était la dernière fois.

En entrant dans le bureau, il avait profité de l'absence de Betty, allergique aux courants d'air, et ouvert une fenêtre. Mais le vent venait de se lever, et il alla la refermer. En passant devant le bureau de Betty, il vit dans sa corbeille « départ » une enveloppe de diffusion interne. Kübler ne l'avait pas remarquée parce qu'il avait déposé le courrier de Betty directement chez Taler. Peter la prit et la posa dans sa propre corbeille départ.

C'était une enveloppe brune, adressée à Gerber, son chef de service. Par les quatre trous percés dans l'enveloppe, il vit qu'il s'agissait de feuillets dactylographiés.

Il les en sortit.

C'étaient des copies des trois factures. Sur un Post-it jaune, Betty avait écrit : « Je ne les trouve pas sur la liste des fournisseurs. En te souhaitant une bonne semaine, Betty. »

Et elle le tutoyait, en plus.

La reconstitution du cabinet de travail de Knupp était prévue pour le week-end. Ils avaient déjà décroché du mur les photos, plans et esquisses qu'ils avaient utilisés pour adapter les plantes et les objets. Taler était en train de les classer et de les ranger dans des boîtes d'archives. Il les apporterait plus tard dans son appartement : il ne devait rien rester dans la maison qui ne s'y fût trouvé à l'époque. Tout ce matériau servirait aussi de documentation sur l'expérience. Le douze octobre, estimait Knupp, il prendrait d'un seul coup une valeur scientifique inestimable. Taler envisageait aussi la possibilité que ces documents cessent purement et simplement d'exister en cas de réussite de l'expérience. Angela ne participa pas à ces spéculations.

Elle était occupée à remettre en place, à l'aide de Knupp, la collection de trophées. Les clous et crochets muraux destinés à suspendre diplômes et fanions étaient tous marqués au papier adhésif et numérotés au feutre. Les lieux où avaient été disposés coupes et autres récompenses étaient marqués eux aussi. Pour chaque pièce, on disposait d'une photo avec cotes. On ne parlait pas beaucoup. Ils étaient tous plongés dans leur travail comme des enfants dans leur jeu.

La cure de rajeunissement qui avait justifié l'absence d'Albert Knupp quelques jours plus tôt l'avait encore une fois transformé. Çà et là, sa peau était devenue encore un peu plus lisse, l'expression de son visage un peu plus rigide. Il avait fait rafraîchir et teindre sa barbe. Les poils blancs avaient certes repoussé à sa lisière, mais il avait pris rendez-vous pour un rasage le dix octobre au soir, avait-il révélé à Taler.

Les relations de Knupp avec Angela étaient devenues très familières. Taler supposa qu'elle lui avait révélé, à lui aussi, qu'elle partageait sa croyance. Le fait qu'elle n'ait plus parlé avec Knupp de film ou de début du tournage, mais du « onze », avec le même naturel que Knupp et Taler, ne laissait guère de doutes sur ce point.

On sonna à la porte, et Angela sortit. Des membres des différentes équipes ne cessaient de venir poser des questions, apporter des informations ou déposer des objets qu'ils avaient dénichés ou reconstitués, et laisser Angela négocier avec eux était devenue une habitude.

Mais cette fois, elle revint les voir.

— De la visite pour vous.

Knupp alla à la porte. Taler entendit une femme qui parlait à mi-voix. Puis la porte de la maison, la porte du sas et la porte du salon que l'on fermait.

— La voisine de la grande villa, expliqua Angela.

Sophie Schalbert resta plus d'une heure. Après que Knupp l'eut raccompagnée à l'extérieur, il était encore moins loquace que d'habitude.

Le dimanche, Peter Taler tomba sur l'étau.

Il était dans la cave, en train de démonter la *camera obscura.* Il devait dévisser du mur le projecteur mobile improvisé, afin de le mettre à l'abri des travaux de Betrio, qui allait prochainement faire tomber la paroi noire. La chambre noire devait elle aussi retrouver son état d'origine.

Knupp avait trouvé chez un brocanteur avec lequel il était en contact depuis le début le papier photo Agfa, qui n'était plus disponible dans le commerce, et les produits chimiques qu'il utilisait à l'époque, dans leur emballage d'origine. L'homme les avait dénichés dans une maison qu'il avait été chargé de vider.

En dépit de sa main toujours un peu handicapée, Taler était parvenu à ôter la dernière vis et à apporter le bras articulé dans le petit vestibule de la cave. Lorsqu'il fit de la place sur l'établi pour l'y déposer, il aperçut l'étau. Un morceau d'acier lourd et terni, avec une manette de serrage courbée et une tige filetée reluisant de graisse. Il était posé sur le flanc, à côté des vis adaptées aux quatre trous de sa partie inférieure. L'étau attendait qu'on le fixe de nouveau à l'établi.

Mais à la place qui lui revenait, il n'y avait que trois trous et la trace imprimée de quelque chose de rond. Les vis étaient aussi beaucoup trop courtes pour ces orifices destinés à le fixer dans le bois épais de l'établi. Il manquait de toute évidence une pièce intermédiaire. Taler chercha, ne trouva rien et abandonna. Il retourna à son travail dans la chambre noire.

Le lundi il sortit du sommeil bien avant que le réveil ne sonne. C'était un matin gris, un fin voile de pluie était suspendu au-dessus des maisons et des jardins, l'éclairage public ne s'était pas encore éteint.

Peter Taler prépara son petit déjeuner et le prit à la lumière crépusculaire du salon. Des boîtes d'archives et les dossiers de l'expérience Martha-Knupp-Widler jonchaient le sol tout autour de lui. Le matériel technique était lui aussi stocké dans son appartement ; le théodolite et son pied, les jalons, le mètre ruban, la table à dessin et les accessoires de la *camera obscura*. Seul le Leica et son trépied étaient encore de l'autre côté. On en avait encore besoin pour les réglages de finition chez les Hadlauber.

La famille était, comme prévu, partie en vacances le samedi. Depuis la maison de Knupp, ils les avaient vus – les parents plus excités que les enfants – charger un taxi et s'en aller.

Désormais la maison abandonnée était livrée à son destin.

Taler débarrassa la table, passa à la salle de bains et s'habilla.

Peu après sept heures, le chemin Gustav-Rautner s'anima. Deux camions d'une entreprise de bâtiment et la fourgonnette de Set Factory y entrèrent.

L'un des camions apportait des machines et des matériaux de construction qu'il déposa avec sa grue dans le jardin des Hadlauber.

L'autre déchargea des planches et des tubes de fer à l'aide desquels deux hommes à casque jaune commencèrent à monter un échafaudage.

Les hommes de Betrio installèrent un tuyau au bout d'une pompe motorisée et vidèrent l'eau de la piscine hors-sol, toujours remplie, par une bouche d'égout située dans la rue. D'autres démontèrent la balancelle et rangèrent ses éléments à l'intérieur de la fourgonnette.

À huit heures précises, Taler appela chez Feldau & Co. Il demanda d'une voix rauque qu'on lui passe Gerber, et comme celui-ci, conformément à ses attentes, n'était pas encore arrivé, il fit savoir qu'il était tombé malade. Une fièvre forte et subite, des douleurs aux membres, bref : la grippe.

— Au fait, ajouta-t-il, on ne peut me joindre que sur mon portable. Je n'ai plus de ligne fixe.

C'était la seule chose qu'il n'eût pas inventée de toutes pièces. Il avait résilié sa ligne la veille.

Si Knupp était nerveux, il le cachait bien. Assis dans la cuisine, il plongeait son quignon de pain noir dans son café au lait. Et entre les bouchées, il racontait. Installée en face de lui, Angela défaisait un galon de dentelle. Le jour où Knupp avait testé son appareil, celui-ci était posé, avec exactement trente-deux aiguilles, dans son coussin à broder rond qui se trouvait sur un siège. Dix-huit fuseaux de bois étaient accrochés dans le galon, dans des positions qu'il restait à reconstituer. Elle avait deviné par où, sur la photo, les pointes de dentelle passaient sans être fixées sur le galon, et Angela s'adonnait au jeu de patience consistant à défaire l'ouvrage manuel jusqu'à ce qu'elle eût retrouvé ce point précis.

— Moi, expliquait Knupp en cet instant, ça ne m'intéressait pas trop, le Dalaï-Lama, le bouddhisme, et tout ce genre de choses. Ma femme, si. Elle était toujours en quête. Et malgré tout : nous aurions mieux fait de prendre l'avion pour Katmandou.

Lorsque Taler entra dans la pièce, il s'adressa à lui :

— Angela aussi lit le Dalaï-Lama, comme Martha. Un café ?

La cuisine était le dernier lieu de la maison où l'on pût encore se déplacer librement. Toutes les autres pièces étaient ou bien déjà restaurées, pour reprendre le terme de Knupp, ou bien en voie de l'être.

Ce travail était plus compliqué qu'ils ne l'avaient pensé. C'étaient surtout les innombrables petits objets qui leur posaient des problèmes. L'angle des ciseaux qui étaient posés, ouverts, sur la table de chevet de Martha. Les plis formés par les coins de la nappe. La proportion entre le cendrier rond et le briquet ovale de table. Il était question de millimètres et de degrés d'angle. Parfois il fallait réaliser des dizaines de photos pour un seul objet. Taler s'était aménagé un plan de travail dans la cuisine, sur une table de camping ; il y passait des heures à adapter et à mesurer des photos digitales à l'aide de l'ordinateur de Laura.

Il s'y assit, démarra l'ordinateur et ouvrit la première image : le journal dans lequel avait été publiée la nécrologie de Roy Black, le numéro du onze octobre mille neuf cent quatre-vingt-onze, celui qui était posé sur le siège. Le bruit des machines de chantier lui parvenait de l'extérieur, mêlé, de temps à autre, aux voix des ouvriers. Knupp parlait du passé à mi-voix, et Angela s'efforçait de venir à bout de ses galons entremêlés et noués.

— J'ai voulu refixer l'étau sur l'établi, mais il en manque un bout, dit Peter pendant une pause, sans quitter son écran des yeux.

Il attendit que Knupp lui réponde pour regarder dans sa direction. Le vieux était assis et faisait comme s'il n'avait pas entendu sa remarque.

Taler avait déjà fréquemment remarqué combien le vieil homme avait encore une bonne ouïe. Il ne crut pas qu'il ne l'avait pas entendu. Mais il répéta tout de même ce qu'il avait à dire.

— Quel bout ? demanda alors Knupp.

— La pièce que l'on fixe à la table pour pouvoir visser l'étau dessus.

Knupp réfléchit. Puis il haussa les épaules.

— Tu peux en parler à Betrio, Angela ? Ça se trouve, tout de même, ce genre de choses.

Elle posa son ouvrage, sortit son bloc-notes de l'une de ses nombreuses poches de pantalon et se fit un mémo.

Il y a quelque chose qui ne colle pas dans cette histoire de partie manquante, se dit Peter Taler. Sans cela, Knupp n'aurait pas réfléchi de manière aussi ostentatoire.

Les travaux de déblaiement avançaient vite. Les dalles de la terrasse avaient été soulevées et emportées, on avait vidé le lit de sable et de gravier qui se trouvait en dessous. La piscine hors-sol était démontée et deux maçons étaient en train de démonter la cuisine d'été.

Dès le mardi, les jardiniers arrivèrent et commencèrent les préparatifs. Ils apportaient de la terre végétale pour l'ancien emplacement des dalles, où ils posèrent du nouveau gazon et éliminèrent les végétaux qui avaient été plantés après le onze octobre mille neuf cent quatre-vingt-onze. C'est-à-dire à peu près tous.

Lorsque les ouvriers eurent fini leur journée, le jardin de la famille Hadlauber n'était plus qu'un champ brun où poussait un seul arbre : le vieux mirabellier.

Mme Kaab, du 33, celle qui avait été la dernière à voir Laura vivante, se tenait à la clôture de son jardin et répétait sans arrêt, l'air désapprobateur :

— Tout ça pour un film. Tout ça pour un film.

Et Mme Gelphart commenta :

— Si c'était ma maison, moi aussi, j'irais me terrer au Canada.

Plan en mains, les jardiniers commencèrent à jalonner les emplacements des anciennes plantes. Taler et Knupp surveillaient les travaux, Angela était dans la maison et continuait à s'occuper des détails compliqués.

Le mercredi, Gerber l'appela sur son portable. Taler reconnut le numéro sur l'écran et courut dans la cuisine pour que son correspondant n'entende pas le bruit révélateur de la petite pelleteuse.

Son chef de service lui parla sèchement et le questionna plus longuement sur la date de son retour que sur son état de santé. Taler ne lui laissa pas grand espoir qu'il reviendrait guéri avant la fin de la semaine.

— Et lundi je suis en vacances, ajouta-t-il sur le ton du regret.

— Eh bien j'espère qu'après ça tu seras de nouveau sur pied, lança Gerber, venimeux, avant de raccrocher.

Il ne lui avait pas souhaité un bon rétablissement.

Le jeudi, le camion-grue arriva avec un chargement de plantes. Le grutier commença par arracher le mirabellier, puis suspendit dans les airs la copie rajeunie de l'arbre.

Taler le guida à l'aide des repères et du pied, à grand renfort de cris. Cela prit plus d'une demiheure. Et encore, le problème du mirabellier était simple à résoudre. Son emplacement était marqué par le trou laissé par son prédécesseur. Les autres plantes devraient quant à elles être localisées à l'aide de mètres d'arpenteur.

Dans le secteur qui devait être rétabli dans l'état du jour J – c'est-à-dire, selon Knupp, tout ce qui était visible à vingt mètres de la limite du terrain –, cela représentait un total de soixante-quatre végétaux. Et il leur restait quatre jours de travail.

Angela était parvenue à se faire prêter, par un ami photographe, un trépied, le même appareil photo et le même objectif. Ce qui lui permettait au moins de faire progresser le travail à l'intérieur de la maison tandis que Taler travaillait à l'extérieur. Ils n'y parviendraient cependant pas sans heures supplémentaires ni travail de week-end.

D'une discussion avec Wertinger Junior, il résulta que lui et son personnel étaient disposés à les assister. Moyennant une prime de cent pour cent. Taler accepta aussitôt.

Le travail de la Set Factory se déroula conformément à l'échéancier. L'échafaudage fut démonté dès le vendredi, dévoilant une maison gris clair en crépi brut, tel qu'il était jadis, à en croire les rares photos en couleurs prises par Knupp. Le crépi était récent à l'époque, ce qui facilita le travail. Tout comme le fait que, ce jour-là, les volets aient été fermés. Knupp se rappela que les prédécesseurs des Hadlauber étaient eux aussi en vacances à cette période. Les peintres et les ravaleurs avaient de nouveau scellé à côté des fenêtres des gonds qui permirent aux hommes de Betrio d'accrocher les anciens volets. Ils étaient repeints de frais en vert sapin haute brillance, tout comme à l'époque.

On installa aussi, le même jour, l'espalier de bois. Contrairement à celui de Knupp, qui était déjà vide à l'époque, il soutenait un jeune poirier palissé que Wertinger avait dû chercher longtemps en raison de sa forme inhabituelle.

Ils comptaient commencer le samedi la pose des anciennes dalles de béton gravillonné. Pour des décorateurs de cinéma, travailler le week-end n'avait rien d'exceptionnel.

Ronnie Betrio dirigeait personnellement les travaux dans l'appartement de Peter Taler et dans les trois logements situés en dessous et au-dessus du sien. Les habitants s'étaient dits prêts à changer leurs rideaux et à faire reconstituer les jardinières de leurs fenêtres. Ce dernier point en particulier était une entreprise complexe, car ils devaient reconstituer par-derrière l'aspect que les plantes avaient à l'avant. Dans le jardin de Knupp, Peter Taler passait d'un cadrage photographique à un autre et dirigeait par talkie-walkie la fleuriste que Betrio avait engagée pour accomplir cette mission.

Avec ses manières professionnelles et un peu pompeuses, Ronnie Betrio put aussi convaincre les habitants de l'immeuble qu'il serait nécessaire, le dix octobre, au plus tard une demi-heure avant minuit, ou bien de quitter leur appartement, ou bien de se retirer dans les pièces donnant sur l'arrière du bâtiment. Pour Mme Feldter, cela tombait bien : elle avait un vol ce jour-là. Les Steingärtner acceptèrent volontiers d'aller passer deux nuits à l'Hôtel du Lac avec leur bébé, aux frais de la production du film. M. Keller ne vit « strictement aucun inconvénient » à ne pas mettre les pieds chez lui pendant deux nuits. Et sa femme informa Betrio que de toute façon, ces derniers temps, elle préférait passer ses journées dans les pièces de derrière.

Le couple Scholter avait en tout état de cause l'intention d'éviter le branle-bas de combat qui accompagnerait ces journées de tournage, et s'était donc replié pour dix jours dans l'appartement de vacances que leur prêtaient des amis dans le Valais.

Peter Taler avait ses propres projets pour ces vingt-quatre heures-là.

Le lundi, les ouvriers des travaux publics barrèrent le chemin Gustav-Rautner. Ils dessinèrent, aux emplacements que leur désigna Taler, deux traits de craie jaune en travers de la rue et creusèrent les lignes au marteau-piqueur. Puis ils soulevèrent le revêtement entre les deux marques et ouvrirent une tranchée. Ils n'allèrent pas jusqu'au point où couraient les canalisations et les câbles, car Walter W. Kerbeler considérait que les seules modifications sur lesquelles il fallait revenir étaient celles qui étaient visibles.

Dès le début de l'après-midi, le bruit d'un compresseur emplit toute la rue, et il n'était pas encore cinq heures lorsque le camion remporta le compacteur ; les ouvriers levèrent le barrage. Peter Taler signa le rapport de chantier que lui soumettait le contremaître. Il était établi au nom de Feldau & Co.

Un raccommodage bien propre traversait à présent de biais le chemin Gustav-Rautner ; les hommes de Betrio en atténuèrent un peu le contour avec un mélange de sable et de cendre.

Elles furent longues, ces journées qui précédèrent le onze. Les ouvriers durent travailler à la lumière des projecteurs pour réussir à installer les plantes restantes avant le mardi : car c'est à cette date, au plus tard, qu'il fallait poser les rouleaux de gazon. On avait gardé le mercredi en réserve pour régler les derniers détails avant que débute, à minuit, la journée fatidique.

Taler était exténué et sur les nerfs. Le manque de sommeil usait sa patience. Or la patience était ce dont il avait le plus grand besoin pour les ultimes travaux.

Betty avait appelé dès le lundi matin.

— Tu as résolu le problème avec beaucoup d'élégance, dit-elle d'un air suffisant. Merci pour la montagne de dossiers en souffrance.

— J'étais vraiment malade. Je te montrerai mon certificat médical.

— S'il est aussi authentique que certaines factures...

Lorsque, au bout du compte, le dernier buisson de houx fut intégré à la haie mixte ressuscitée des Hadlauber, et que les jardiniers éteignirent les projecteurs, Wertinger Junior vint lui annoncer :

— J'ai reçu un coup de téléphone d'un certain Gerber. Il veut me parler des factures. Il y a un problème ?

— Ah, celui-là, répondit Taler. Quand avez-vous rendez-vous ?

— Quand ça sera fini ici et quand j'aurai pris une journée de sommeil. Vendredi.

— Vendredi, c'est parfait.

Lorsque Taler entra dans l'appartement de Knupp, un peu avant une heure du matin, Angela était agenouillée dans le salon, devant le fauteuil au rouleau de dentelle, et pleurait. Debout à côté d'elle, Knupp lui caressait les cheveux, l'air désemparé.

— Les épingles, expliqua le vieil homme.

Taler ne comprit pas tout de suite. Toutes les

aiguilles étaient fichées, tous les fuseaux disposés. C'est ensuite qu'il vit le problème : les têtes d'épingles étaient colorées.

— Elle a essayé de déterminer les couleurs à l'aide des nuances de gris sur la photo. Mais maintenant… (Il désigna la jeune fille en sanglots.) Je lui ai dit que pour moi, ça ne faisait pas forcément partie des modifications visibles. Mais…

Il haussa les épaules, et Peter vit qu'il était lui aussi au bord des larmes.

Il fallait que Taler aille dormir. Sans ça, lui aussi allait se mettre à chialer.

Dès sept heures, le lendemain matin, les jardiniers commencèrent à rouler la pelouse. Dans le court laps de temps séparant la douche et le petit déjeuner, la moitié du jardin avait verdi comme en accéléré. Sa tasse de café à la main, Taler se tenait à la fenêtre, près de l'assemblage inhabituel de plantes d'intérieur installé sur le rebord ; il resta un moment à observer la métamorphose.

Ronnie Betrio l'accueillit avec une mauvaise nouvelle. Il avait apporté les pots en terre cuite décorée où étaient plantés les buis, et attendait Taler pour que celui-ci lui indique l'emplacement des arbustes avec son pied et son appareil photo.

Lorsqu'il vit Taler arriver, il plongea la main dans sa poche de poitrine et lui tendit une feuille de papier :

— Nous comptions aller chercher les voitures aujourd'hui, comme prévu.

C'était une facture à l'en-tête de Carenzo.

Carenzo était le nom de l'entreprise d'Enzo. La

facture mentionnait les trois véhicules : Fiat X 1/9 Bertone, Volvo 940 break, Peugeot 205. En dessous, sur trois pages, la liste de tous les travaux réalisés. Le dernier poste était intitulé : « Frais imprévus, forfait ». Et ces mots étaient suivis du nombre 9 999,00.

— Sans ça, il ne laisse pas sortir les voitures, c'est ce qu'il dit.

— Salopard, marmonna Taler.

— Qu'est-ce qu'on fait ?

— On paie. Que voulez-vous faire d'autre ? répondit Peter. Je passerai à la banque tout à l'heure.

— Ok, dit Ronnie.

Il ne pouvait pas savoir que c'était son argent que Taler allait chercher.

Taler fit de la place pour la Bertone sur le parking et gara sa Citroën dans la rue. On installa la Volvo sur la place de Mme Feldter, libre jusqu'à vendredi. Seule la Peugeot dut attendre au bord du trottoir que les Steingärtner partent pour leur hôtel, le mercredi.

Taler, Betrio et l'un de ses collaborateurs étaient en train de délimiter l'emplacement des deux voitures. Le mètre dérouleur tendu d'un côté à l'autre de la rue empêcha un moment la benne à ordures de passer. Le conducteur klaxonna et Taler lui demanda, d'un signe, une seconde de patience.

L'homme baissa sa vitre et cria quelque chose que Taler ne comprenait pas. Mais ce prétexte insignifiant suffit à lui faire perdre le contrôle. Il se dirigea vers la benne, monta sur le marchepied, attrapa le chauffeur par sa combinaison et cria :

— C'est quoi, ton problème, connard ?

Les deux éboueurs arrivèrent de derrière le camion. L'affaire aurait dégénéré si Ronnie n'était pas intervenu. Il posa une main rassurante sur le bras de Taler et l'emmena.

— Toutes nos excuses, dit-il au chauffeur et à ses collègues.

Comme le propriétaire d'un dogue aux dents retroussées se serait adressé à un groupe de joggers.

— Une bonne chose qu'ils soient passés, dit-il à Taler, maintenant nous pouvons échanger les containers.

Taler remercia Ronnie de l'avoir tiré de là. Mais la tension et le surmenage avaient fragilisé la digue qui retenait jusqu'ici la haine accumulée contre tous et contre tout.

Peu après l'incident, les hommes de Betrio remplacèrent les conteneurs à déchets par les modèles plus anciens que l'on voyait sur les photos.

21

La météo avait annoncé du beau, mais lorsque Peter Taler vint jeter un coup d'œil à sa fenêtre, après une nuit courte et agitée, le chemin Gustav-Rautner s'était enveloppé de la première brume automnale de l'année, comme s'il voulait se dissimuler pour échapper au temps.

Les trois petites maisons paraissaient perdues dans leurs songes. Derrière, on apercevait la silhouette floue des arbres anciens de la Villa Latium.

Tout était aussi irréel que l'avaient été les semaines et les mois précédents.

Lorsqu'il traversa la rue, il fut frappé par le silence. Les jardiniers et les décorateurs étaient au travail dans la lumière laiteuse de cette matinée d'automne. Mais ils l'accomplissaient en silence, comme par respect pour cette journée chargée de mystère.

Le silence régnait aussi dans la maison de Knupp. Taler et Angela l'avaient attendu. Ils voulaient faire une dernière inspection dans les pièces, à la recherche d'erreurs ou de négligences.

Ils commencèrent par la chambre à coucher. Le lit picot de Knupp avait été évacué, et le jeté de lit en dentelle était posé sur le lit conjugal. Les plis que celui-ci semblait former de manière si naturelle étaient le résultat de plusieurs heures de travail de fourmi.

Au pied du lit étaient posés une chemise de nuit bleu clair et un pyjama rayé. Pour l'un comme pour l'autre, les plis étaient parfaitement identiques à ceux des photos.

Sur la plaque en marbre du lavabo étaient disposés un peigne, une brosse et le diffuseur de parfum aux motifs d'argent.

La chambre de Martha paraissait avoir été la plus complexe de toute la maison, avec toutes ses broderies, dentelles, brochures, napperons et volants. En réalité, c'était le contraire : pendant toutes ces années, Knupp n'avait rien touché dans le refuge de Martha. La plupart des pièces de collection avaient gardé leurs plis pendant vingt et un ans. Il est possible que telle ou telle pièce se soit un peu fragilisée sur la ligne de pli. Mais rien de tout cela n'était visible, au sens kerbélien du terme.

La salle des mesures était redevenue la chambre d'amis. La fenêtre était encore fermée, mais on avait marqué les angles des battants : il n'y avait plus qu'à les ouvrir. Il manquait encore les fleurs dans le vase. La fleuriste avait reçu des instructions précises, elle apporterait les roses dans la journée et les disposerait selon les indications fournies par Angela. Les roses de l'époque étaient forcément jaunes, Knupp en était certain. Pour ce qui concernait les roses, le jaune était la couleur préférée de Martha.

Ils ne virent pas le moindre problème dans tout l'étage supérieur. Au grenier, l'affaire était un peu plus délicate. Knupp n'en possédait que trois photos. Il avait certes associé, à l'époque, le test de son appareil à une sorte de reportage sur la maison, afin de ne pas gaspiller entièrement la coûteuse pellicule, mais s'il y avait intégré le grenier, c'était plus pour la forme qu'autre chose. Il avait certes éliminé les modifications qu'il avait lui-même apportées, par exemple l'estrade posée sur des briques sur laquelle il se postait pour surveiller et photographier. Les meubles et les objets qu'il avait entreposés ici pour la durée des préparatifs avaient retrouvé leur place d'origine.

Deux photos, en tout et pour tout, montraient les revues, les corbeilles à linge pleines de bric-à-brac, les cartons de trophées de chasse. Pour tout ce qui n'y était pas visible, il devait se reposer sur l'idée que l'on n'y avait rien changé au cours de toutes ces années. Ce qui, disait-il pour se rassurer, n'était pas invraisemblable dans le cas d'un grenier.

Ils descendirent au rez-de-chaussée. Le bureau de Knupp était dans l'état où il l'avait quitté vingt et un ans plus tôt. Sur la table, débarrassée de ce qui l'encombrait jusqu'alors, se trouvaient les emballages de pellicules ouverts, une carte Michelin du Kenya, à moitié dépliée, et un calendrier perpétuel vieillot en cuir bordeaux. Dans le casier indiquant le mois, tout en haut, on lisait « octobre », et dans celui du jour, déjà, le nombre onze.

Là encore, comme sur le modèle photographié, on trouvait un bouquet de fleurs dans un vase. Des asters. Ils provenaient du jardin et devaient donc forcément être lie de vin, puisqu'on n'y trouvait pas d'autres couleurs. Ceux-là aussi, la fleuriste ne tarderait pas à les apporter. En même temps que les marguerites destinées au salon.

Dans le bureau, ils firent une liste de quelques

trophées qui devaient encore être très légèrement déplacés.

Lorsqu'ils entrèrent dans le salon, Angela poussa un cri. Le coussin rond posé sur le fauteuil avait basculé vers l'avant, entraîné par le poids excessif des fuseaux à dentelle qui pendaient à présent au bord du fauteuil.

— Avec un peu de chance, une heure et demie, fit Angela après avoir estimé le temps nécessaire à la remise en état.

La cuisine n'était plus désormais un lieu de travail et de séjour. La table de camping avait disparu, l'ordinateur de Laura et le matériel électronique avaient réintégré l'appartement de Taler. Sur le linoléum de la table de la cuisine, six pommes boskoop étaient posées à côté d'une planche et d'un couteau de cuisine. Les six pommes avaient été choisies dans un tas de soixante kilos, avait fièrement expliqué le collaborateur qui les avait sélectionnées pour leur conformité à la photo de l'époque.

Dans l'évier reposaient les tiges coupées des nouveaux asters et – formant le bon angle avec la plus grosse d'entre elles – les sécateurs en fer virant au noir. Par terre, à côté de la cuisinière, un cabas au sigle de la boutique du quartier, qui avait été reprise quelques années plus tôt par Juanitos et avait depuis connu une nouvelle prospérité. Angela avait réussi le tour de force d'en retrouver un exemplaire. Elle avait déniché l'ancien propriétaire, devenu magasinier chez un grand distributeur, un homme aigri et à deux doigts de la retraite.

Ils descendirent à la cave. La première chose que remarqua Taler était l'étau. Il était de nouveau monté sur l'établi. La pièce qui manquait encore quelques jours plus tôt était le plateau rotatif. Il permettait de faire tourner l'étau sur son axe et de le fixer dans la position souhaitée à l'aide d'une clé à broche.

— Où l'as-tu trouvé ? demanda Taler.

— C'est Betrio qui a mis la main dessus.

La chambre noire était redevenue une pièce d'un seul tenant. Il flottait une odeur de produits photographiques. La surface chromée de la sécheuse reflétait l'ampoule rouge. Les bacs de développement, entonnoirs et doseurs brillaient à sa faible lumière. L'agrandisseur hors d'âge faisait l'effet d'une statue dans une chapelle oubliée.

Knupp alluma la lumière. Ici aussi, ils comparèrent les positions des objets avec les modèles figurant sur les photos et les plans.

Lorsqu'ils revinrent au rez-de-chaussée, le vestibule était inondé de lumière. Le soleil avait dissipé la brume et montrait leur œuvre aux artistes sous un jour rayonnant.

Knupp refit le tour des pièces en boitant, admiratif, suivi par Angela et Peter.

— Oui, chuchotait-il sans arrêt, oui, c'était comme ça à l'époque.

Ils allèrent dans le salon, sur la pointe des pieds, les bras collés le long du corps pour ne surtout rien toucher. Taler ouvrit une fenêtre jusqu'aux fines marques qui, portées au crayon noir sur le rebord, indiquaient l'angle des battants.

Ce qu'ils voyaient était exactement l'univers qu'ils connaissaient par les photos de Knupp. Mais en couleurs et en trois dimensions.

À l'extérieur, un jardinier mettait, çà et là, la

dernière main. Les décorateurs déchargeaient des accessoires qui devaient encore être intégrés avec leur aide. Sur le parking, en face, on venait tout juste de garer la Fiat sur les marques que Taler et Betrio avaient dessinées la veille à la craie.

— Oui, comme ça. Exactement comme ça, répétait Knupp, saisi par l'émotion.

Mais soudain, cette scène idyllique fut perturbée. Une femme ouvrit le portillon du jardin. Cela ne lui fut pas facile, car elle marchait en s'aidant d'une canne et portait un objet dans l'autre main.

— Sophie ? dit Knupp.

C'était la voisine de la Villa Latium. Elle n'avait pas encore remarqué les trois personnes qui l'observaient par la fenêtre et traversait la pelouse d'un pas décidé.

— Sophie ! cria Knupp.

Elle regarda dans leur direction. Taler parvint alors à discerner l'objet qu'elle portait. C'était une cisaille à haies toute neuve, équipée de poignées d'un rouge fluorescent.

Elle ne répondit pas, mais se dirigea tout droit vers l'érable nain, au bord de la terrasse.

Peter Taler comprit en un éclair quelle était son intention.

— Arrêtez ! cria-t-il avant de partir en courant.

Knupp et Angela réagirent à leur tour.

— Sophie, non ! s'exclama Knupp.

Et Angela cria à l'un des jardiniers, accroupi devant une plate-bande :

— Mario ! Arrête-la !

Le jardinier bondit et courut vers la vieille femme. Il l'atteignit en même temps que Peter Taler.

Mais ils arrivèrent trop tard tous les deux. Sophie

Schalbert avait déjà donné trois coups de cisailles dans la menue cime du petit arbre, avant qu'ils puissent la retenir.

Et tous regardaient fixement, désormais, l'érable outragé.

Alors, tout d'un coup, dans le silence, retentit la voix de Sophie Schalbert :

— Tu restes là ! Tu ne la rejoins pas !

Lorsque Taler revint dans le salon, Knupp était assis par terre et pleurait. Angela était agenouillée à côté de lui.

— Je n'aurais pas dû réagir à cette lettre. Je n'aurais pas dû la laisser entrer dans la maison. Je n'aurais pas dû le lui raconter, disait le vieil homme en sanglotant. Elle n'aurait jamais dû savoir.

Angela lança à Taler un regard interrogateur. Elle aussi avait les larmes aux yeux.

— Je peux essayer, dit-il. Mais ne vous faites pas trop d'illusions.

Si la Land Rover de Betrio n'atteignait pas les cent vingt, elle faisait en revanche beaucoup de bruit. Ils avaient décidé de la prendre parce qu'elle était assez grande pour transporter l'érable, si jamais ils en dénichaient un.

Wertinger leur avait confié une liste des jardineries et pépinières situées à l'ouest de la région. Lui-même était parti vers l'est avec un de ses jardiniers. Il n'avait même pas eu besoin de chercher dans sa propre pépinière : il savait qu'il n'y trouverait rien de semblable.

Ils avaient quitté l'autoroute et roulaient sur la

nationale, au soleil du début de l'automne. Taler était resté suffisamment laconique pour étouffer dans l'œuf toutes les tentatives menées par Betrio pour nouer une conversation. Il était dans cet état d'apathie qui s'empare de vous lorsque vous comprenez, à deux doigts de votre objectif, que vous ne l'atteindrez pas. Il faisait comme s'il continuait à se battre, mais au fond il avait baissé les bras et commençait déjà, au fond de lui-même, à s'accommoder de l'idée de la défaite.

Les bourgades défilaient autour d'eux, agrégats anonymes de villages paysans, de zones industrielles et de cités-dortoirs. Ils s'étaient déjà arrêtés dans deux jardineries. Ni l'une ni l'autre ne pouvait leur proposer d'érable nain semblable à celui qu'ils cherchaient.

Ronnie Betrio fit une nouvelle tentative :

— Mes gars ont compris depuis longtemps, bien entendu, qu'il ne s'agit pas d'un film.

Il releva sa vitre pour barrer le bruit du vent. Taler laissa la sienne ouverte.

— Et alors ? Qu'est-ce que vous leur dites ?

— La vérité. Enfin, ce que vous m'avez fait passer pour la vérité : qu'il veut avoir l'illusion de revivre une journée bien précise.

Taler, à son tour, remonta sa vitre.

— C'est presque la vérité. La seule chose qui ne soit pas vraie, c'est « avoir l'illusion ». Knupp veut revivre cette journée-là pour de bon.

Betrio regarda si longtemps Taler qu'il franchit la ligne de sécurité. Il fallut qu'un véhicule arrivant dans l'autre sens lui envoie un coup de klaxon pour qu'il serre le volant et ramène la voiture sur sa trajectoire normale.

— Knupp veut faire un voyage dans le temps ?

— Non, répondit Taler. Il ne croit pas au temps.

Betrio éclata de rire.

— Il ne croit pas au *temps* ?

— Il croit seulement à la modification. Elle seule nous fait croire à l'existence de ce que l'on appelle le temps.

— *Ce qu'on appelle le temps ?*

Betrio s'arrêta sur le parking d'une jardinerie. Ils errèrent dans un labyrinthe de sacs de compost, de terreau et d'engrais, devant des poteaux, des rouleaux de clôture et de bacs en plastique, jusqu'à ce qu'ils arrivent devant une arche couronnée de lierre et portant l'écriteau « Bienvenue au paradis des arbres ».

Il y avait en tout et pour tout trois érables, et leur taille était de moitié inférieure à ce qu'ils recherchaient.

— Revenez au mois de mars, leur conseilla une employée vêtue d'un tablier de jardinier frappé de l'inscription « Demander ne coûte rien ».

Lorsqu'ils eurent repris leur place dans la voiture, Betrio reprit :

— Nous en étions à *ce qu'on appelle le temps.*

Taler renoua à contrecœur avec le sujet.

— Ce que nous ressentons comme l'écoulement du temps n'est en réalité que la genèse de la modification. Si nous empêchons la modification, le temps ne passe pas non plus.

Ronnie réfléchit.

— Continuez.

— Et si vous annulez la modification, le temps n'est pas passé non plus.

Betrio secoua la tête, incrédule.

— Et vous, à moins que je puisse te tutoyer ? Et toi ? *You're in for the money,* comme moi ?

— Non, répondit Taler, pas pour l'argent.

— Ne me dis pas que tu y crois aussi.

Les phares de la voiture faisaient déjà briller les réflecteurs fixés sur les poteaux qui jalonnaient la route. Peter Taler voyait défiler le ruban sombre du talus. Alors que Betrio avait cessé d'espérer une réponse, il marmonna :

— J'ai essayé.

Ils se turent de nouveau, jusqu'à ce que Taler demande :

— Au fait, où as-tu réussi à trouver aussi vite un plateau tournant adapté pour le vieil étau ?

— Il était dans mon entrepôt, avec les affaires de Knupp. Un de mes gars s'en est souvenu. Il était vissé sur une sorte de tabouret.

— Un tabouret ?

— L'un de ces hauts trucs en bois à quatre pieds sur lesquelles on pose les plantes descendantes.

— Bizarre.

— Comme tout le reste.

Le lac de Neuchâtel s'étendait en gris sombre aux pieds des vignes. Çà et là, il reflétait les lueurs de petits villages.

Ils étaient sur le chemin du retour depuis une demi-heure. Leur quête de l'arbrisseau n'avait rien donné. Et ils n'avaient pas de nouvelles de Wertinger. Ils avaient vainement tenté de le joindre, et Angela non plus n'avait rien eu de neuf à son propos.

Betrio rompit le silence résigné :

— Supposons que cela fonctionne. Knupp a annulé toutes les modifications survenues au cours des vingt et une dernières années et se trouve de nouveau à la date du onze octobre quatre-vingt-onze. Et il fait quelque chose de différent. Disons par exemple qu'il n'achète pas le fatras qui est aujourd'hui entreposé chez moi – où tous ces trucs se trouvent-ils alors ? Je veux dire : à partir d'après-demain ?

Il lui donna la réponse qu'il s'était déjà donnée à lui-même :

— Personne ne peut l'imaginer parce que ça n'est pas prévu. Notre imagination n'est pas programmée pour ça.

Le portable de Taler sonna. C'était Wertinger.

— Bingo ! dit-il.

La nouvelle fit l'effet d'un remontant. Betrio mit les gaz, et l'apathie de Taler se dissipa d'un seul coup. Si rien ne survenait d'ici là, ils seraient de retour à temps.

À cinquante kilomètres de la limite de la ville, Angela appela pour annoncer l'arrivée de Wertinger et le début du travail d'intégration.

— Si jamais ça devait marcher, plaisanta Betrio, qu'est-ce que je fais de tout le foutoir qui est entassé chez moi ? Tondeuse électrique, parasol, vêtements, trophées, ustensiles de cuisine, revues, pétoire, plantes d'intérieur. À moins que tout n'ait simplement disparu après-demain ?

— Une pétoire ?

Il était plus de dix heures lorsqu'ils atteignirent la ville. Taler insista pour qu'ils fassent un détour par la Set Factory.

La « pétoire » était un fusil de petit calibre avec lunette de visée et silencieux vissé au canon. C'est ce que lui expliqua Ronnie, qui avait un peu chassé à l'époque où il était en Angleterre.

Le tabouret à fleurs mesurait un mètre cinquante et présentait trois trous de perçage et une trace circulaire identiques à ceux que portait l'établi.

La crosse du fusil, en lamellé clair, présentait plusieurs empreintes des deux côtés. Elles étaient en éventail, comme si l'on avait, à de nombreuses reprises, et chaque fois sous un angle différent, coincé la crosse entre les mâchoires d'un étau.

Ronnie Betrio reconduisit Taler au chemin Gustav-Rautner, dans la maigre circulation du soir. De loin, déjà, ils aperçurent les lueurs des projecteurs dans le jardin de Knupp.

Angela, Wertinger et deux jardiniers étaient toujours occupés à adapter l'érable nain. Betrio fit un dernier tour pour contrôler et prit congé. Taler aida à remettre le petit arbre dans la position qui était la sienne vingt et un ans plus tôt. Le temps filait, et ils devenaient plus nerveux à chaque minute qui passait.

Lorsque l'arbre fut enfin debout et que Wertinger, en deux gestes routiniers, eut coupé deux branches superflues juste contre le tronc, il était près de minuit moins vingt.

Tandis que Wertinger tassait la terre avec ses pieds et la recouvrait d'un tapis de gazon, Angela et les jardiniers évacuaient le mètre d'arpenteur, les balises, le pied et l'appareil photo. Ils éteignirent les projecteurs et les emportèrent.

Taler rejoignit son appartement à grands pas. Lorsqu'il revint, les jardiniers étaient partis. Angela sortait justement de la maison et l'attendait sur le chemin du jardin.

— Bonne chance pour la suite. (Elle lui tendit la main, hésita et l'embrassa finalement sur les deux joues.) Tu y crois, maintenant ?

— Je fais comme si.

— Une bonne chose. Ça aide, de faire comme si.

Elle voulut partir, mais il la retint par la main.

— Dis-moi : le tuyau, c'est bien Louise Neuschmid qui te l'a donné, la bouquiniste de l'Antiquariat Librorum ?

Elle leva les yeux vers lui, la tête de biais.

— Rejoins-le, il ne reste plus beaucoup de temps.

Knupp était assis dans son fauteuil. Il avait sur les genoux le journal où avait été publiée la nécrologie de Roy Black. Son vieux Leica était posé sur la table basse. Il avait offert à Angela le nouveau boîtier digital. Il n'en avait plus besoin, avait-il dit.

Il avait coincé les mains entre les cuisses et accoudoirs, pour les empêcher de trembler. La coiffeuse était venue à l'heure dite, il était rasé de près, sa barbiche noire avait l'air d'avoir été peinte.

Taler baissa les yeux vers le vieil homme rénové et ne ressentit rien. Il dit :

— Même avec les mains tremblantes, on peut coincer un fusil dans un étau.

Knupp le regarda, étonné.

— Tu as eu du temps pour t'exercer. Des semaines. Des mois. Chaque fois que Laura se tenait à la porte, tu pouvais corriger un peu la visée. Et ensuite, le jour où elle a oublié ses clefs, tu as eu suffisamment de temps pour tirer.

Knupp détourna les yeux.

— Regarde-moi !

Le vieil homme obéit.

— Ce n'est pas vrai que tu as parlé avec Laura. Elle ne s'intéressait pas non plus à la théorie de Kerbeler. Vous n'avez jamais discuté de part et d'autre de la clôture du jardin. Elle n'était pas non plus chez la bouquiniste juste avant Noël. Elle n'a pas commandé le livre. C'est ton livre, j'ai reconnu ton écriture, bien qu'elle n'ait pas été aussi tremblante à l'époque où tu as fait les annotations. Louise Neuschmid est ta complice.

Knupp fit de la tête un mouvement de dénégation.

— Louise n'est pas une complice. C'est une amie. C'est elle qui m'a ouvert les yeux à propos du temps. Non, elle n'est pas la complice. C'est la penseuse, l'éclaireuse de cette immense expérience.

Le mécanisme de la pendule cliqueta comme s'il prenait son élan. Puis il sonna douze coups. Les deux hommes les comptèrent. Après le dernier, Knupp dit :

— Va-t'en maintenant. Vite. Il faut que tu partes, sans quoi quelque chose ne collera pas.

Taler l'ignora.

— Tout cela n'avait qu'un seul but : me pousser à vous aider pour votre grande expérience.

— Il faut que tu partes. Pars, s'il te plaît.

— Tout cela, je l'ai compris. Mais dis-moi : pourquoi Laura devait-elle mourir ?

Knupp détourna de nouveau la tête.

— Dis-le-moi en face !

Le vieil homme le regarda dans les yeux.

— Je savais que le jour viendrait où j'aurais besoin d'aide.

— Et alors ?

— Je ne pouvais l'attendre que d'une personne se trouvant dans la même situation que moi.

Peter Taler eut besoin d'un moment pour comprendre toute la monstruosité de cette phrase.

— Et c'est pour ça que tu as tout simplement abattu une jeune femme ? finit-il par lâcher.

Il plongea la main dans la poche de sa veste de sport, en tira le pistolet, ôta le cran de sécurité et le dirigea vers la tête de Knupp.

— Non, arrête. Enfin, essaie de comprendre : si je l'ai abattue, c'est uniquement parce que j'étais sûr que je ne l'aurai pas eu abattue.

Le coup fut plus bruyant que Taler ne s'y était attendu. La tête de Knupp partit vers l'arrière puis s'immobilisa contre le dossier du fauteuil. On voyait un petit trou rond sur le front.

Taler quitta la maison. Un mince croissant de lune était suspendu dans le ciel. Peter traversa le jardin de jadis, la rue de jadis, passa devant les autos de jadis et rentra dans son appartement d'aujourd'hui.

Il posa le pistolet sur la table où il prenait ses repas. Ce soir-là il ne se posta pas à la fenêtre aux jardinières, ne regarda pas non plus vers le bas, vers le triste et paisible onze octobre mille neuf cent quatre-vingt-onze.

La haine s'était dissipée. Il se sentait libéré. Comme s'il avait enfin réglé une affaire qu'il aurait sans cesse reporté à plus tard.

Il ouvrit une bouteille de bière, s'assit sur le

canapé et la but jusqu'au bout. Puis il en ouvrit une deuxième. Après la troisième, il passa au vin. Sur sa montre-bracelet, il était quatre heures lorsqu'il finit par s'endormir.

22

— Oh ! Vous êtes encore là ?

Mme Gelphart se tenait à côté du canapé, vêtue de son tablier de travail.

— Quelle heure est-il ?

— Neuf heures et demie.

Taler se redressa. Son crâne battait, ses yeux brûlaient, son estomac était à deux doigts de se retourner. Il tenta de rassembler ses idées.

— Vous ne vous sentez pas bien ?

La question de Mme Gelphart exprimait plus de reproches que d'inquiétude.

Alors, d'un seul coup, ses souvenirs remontèrent à la surface en éclatant comme des bulles, l'un après l'autre.

Il se leva du canapé et rejoignit la fenêtre à jardinière.

Le large rebord en bois était vide et maculé de vieilles taches d'eau laissées par les plantes d'intérieur des anciens locataires.

Il regarda à l'extérieur. Quelque chose n'était pas pareil.

Le jardin de la famille Hadlauber s'étendait jusqu'à la clôture de celui des Scholter. Là où s'était dressée la maison de Knupp, une gigantesque piscine scintillait de reflets bleu turquoise au soleil du matin.

— Madame Gelphart ! s'exclama-t-il. Madame Gelphart !

— Qu'est-ce qu'il y a ?

Elle revint auprès de lui, effrayée.

— La maison ! De l'autre côté ! Enfin, hier encore, il y avait une maison, là-bas !

Elle le regarda d'un air soucieux.

— Hier ? Mais ça remonte à vingt ans !

— La maison de Knupp, n'est-ce pas ?

— Les pauvres Knupp. Ils sont partis en vacances au Népal. Leur avion s'est écrasé lors de l'atterrissage à Katmandou. Cent treize passagers. Pas un survivant. C'était en mille neuf cent quatre-vingt-onze... Mais vous ne vous sentez pas bien ? Vous êtes blanc comme un linge.

La porte de l'atelier s'ouvrit derrière Mme Gelphart, et de la pénombre où était plongée la pièce émergea... Laura.

Elle s'était habillée pour sortir et semblait pressée.

— Dis-moi, tu n'as pas vu mon fichu agenda quelque part ?

Remerciements

Je remercie le Pr Lorenz Hurni, directeur du département Construction, environnement et géomatique et de l'Institut de cartographie et de géo-information de l'ETH de Zurich, pour ses informations et ses idées (notamment celle, admirable, de la *camera obscura*), et pour la patience avec laquelle il a répondu à mes questions de profane. Je remercie le docteur en médecine Bernhard Beck, spécialiste de médecine tropicale et de médecine des voyageurs à Zurich, pour son anamnèse, son diagnostic et son pronostic du dossier de la patiente Martha Knupp-Widler. Je remercie R. A. Livio D. Zanetti pour son conseil sur la question délicate du détournement, dans les règles de l'art, des fonds d'une entreprise par l'un de ses comptables. Je remercie M. Christoph Wyler, *Relationship Manager* du Crédit suisse, pour les tuyaux qu'il m'a donnés sur l'ouverture fictive du compte d'une entreprise imaginaire. Je remercie M. Nino Castellan, du bureau d'architecture homonyme à Zurich, pour son aide dans l'invention de factures de livraison réalistes dans le secteur du bâtiment.

Je remercie Henri Salles, l'inventeur de la gravimotion, pour son livre *The Harmony of Reality*,

In No Time… (Millennial Mind Publishing, ISBN 978-1-58982-421-8) et pour sa page web <http://www.gravimotion.info>, d'où sont tirées quelques-unes des citations que j'ai attribuées à l'auteur fictif Walter W. Kerbeler. Je remercie mon éditrice de toujours, Ursula Baumhauer, pour sa collaboration comme toujours professionnelle, efficace, imaginative et loyale, et pour son soutien. Je remercie mon épouse et première lectrice, Margrith Nay Suter, pour sa critique précautionneusement sagace et constructive. Je la remercie, ainsi que notre fille Ana, pour leur indulgence lors des phases où j'ai, pendant mon travail sur ce livre, perdu le sens du temps.

Et je serais reconnaissant pour tout indice me mettant sur l'auteur d'une comptine que j'ai copiée, étant gamin, dans un album de poésie et que je n'ai pas retrouvée à ce jour sur Internet : « *Die Zeit, die Zeit, / ihre Reise ist weit, / sie läuft und läuft / in die Ewigkeit.* » (« Le temps, le temps / il fait un long voyage, / il court il court / vers l'éternité. »)

Martin Suter

Réalisation : Nord Compo à Villeneuve-d'Ascq
Impression : CPI Firmin-Didot à Mesnil-sur-l'Estrée
Dépôt légal : mai 2013. N° 2209 (117576)
Imprimé en France